U0738564

人生若只如初见

纳兰词鉴赏

掌阅公版组 编著

浙江大学出版社
ZHEJIANG UNIVERSITY PRESS

饮水词序

顾贞观　撰

　　非文人不能多情，非才子不能善怨。《骚》《雅》之作，怨而能善，惟其情之所钟为独多也。　容若天资超逸，翛然尘外，所为乐府小令，婉丽凄清，使读者哀乐不知所主，如听中宵梵呗，先凄惋而后喜悦。　定其前身，此岂寻常文人所得到者。　昔汾水秋雁之篇，三郎击节，谓巨山为才子。　红豆相思，岂必生南国哉。　荪友谓余，盍取其词尽付剞劂。　因与吴君菌次共为订定，俾流传于世云。　同学顾贞观识。　时康熙戊午又三月上巳，书于吴趋客舍。

饮水词序

吴　绮　撰

　　一编《侧帽》，旗亭竞拜双鬟；千里交襟，乐部唯推只手。吟哦送日，已教刻遍琅玕；把玩忘年，行且装之珷玞矣。迄因梁汾顾子，高怀远询《停云》；再得容若成君，新制仍名《饮水》。披函昼读，吐异气于龙宾；和墨晨书，缀灵葩于虎仆。香非兰茞，经三日而难名；色似蒲桃，杂五纹而奚辨。汉宫金粉，不增飞燕之妍；洛水烟波，难写惊鸿之丽。盖进而益密，冷暖只在自知；而闻者咸歔，哀乐浑忘所主。谁能为是，辄唤奈何。则以成子姿本神仙，虽无妨于富贵；而身游廊庙，恒自托于江湖。故语必超超，言旨奕奕。水非可尽，得字成澜；花本无言，闻声若笑。时时夜月，镜照眼而益以照心；处处斜阳，帘隔形而不能隔影。才由骨俊，疑前身或是青莲；思自胎深，想竟体俱成红豆也。嗟乎！非慧男子不能善愁，唯古诗人乃云可怨。公言性吾独言情，多读书必先读曲。江南肠断之句，解唱者唯贺方回；堂东弹泪之诗，能言者必李商隐耳。茵次吴绮序于林蕙堂。

"文笈"开篇:

行到水穷处,坐看"文"起时

书者,述也,以载道,以寄情,以解惑,以明智。

何谓"文笈"? 盖经典之所藏。华夏文明悠悠数千载,以聿成箸,以文述典,存天地浩然气于寸方间,自有一分感召,一种精神在里面。

文学的魅力是无穷的,千万本书有千万种意境,千万个奇伟瑰怪的世界。

读诗,如空音相色。或于玲珑之处脱出几点意境。恰似"风散雨收,雾轻云薄",取半半之声刚好。或一步尽得天光云影,在酣畅时挥毫泼墨,拟把疏狂解这万古千愁。

读史,读人世之钩沉,犹有明镜照骨,自省然后识理。竹帛之上,书写的是中华民族从未断绝过的文化结晶,史在则国在。繁文琐事皆是妙笔,动情时喜怒哀乐随之涌动,实在妙趣横生。

读经,可知格致之道,开阔心胸,而后立身存世。读经者不恶俗,不忘本。俯仰天地,明察古今,探索大道之行。然后天人合一,物我同源,追其法,索其经脉之轮,得先人之道,塑民族之魂魄。

行到水穷处,坐看"文"起时,读书本是自在洒脱的事。数点梅花天地心,于书中所得的乐趣,一支秃笔难以尽数。然而作为古代文化的瑰宝,文学传承至今,所积者瀚如星海,名作佳句浩繁,亦有无数奇文异作掩于尘埃。

吾等同仁爱书、惜书之余，择其中挚爱之卷与众书友分享，其时于修正、补缺，乃至书部取舍颇费一番功夫，此中辛劳百味不再赘述。望诸位书友细心品读，若能从中有所得，亦是对吾等无限慰藉。

甲午年丙寅月壬申日龙头节

掌阅公版组书

在此特别感谢为此书辛勤付出的掌阅公版团队：王珂、赵牡丹、徐媛、刘浪、刘志东、路宜畅、刘明智

目录

纳兰性德

生平时间轴

1655 年 一月十九日,生于京师。其父明珠时年二十岁,任銮仪卫云麾使。三月,清圣祖玄烨生。

1661 年 七岁。顺治帝崩,玄烨即位。秋,顾贞观入京,以诗得龚鼎孳赏识。

1664 年 十岁。作《上元月蚀》《上元即事》等诗。三月,明珠升内务府总管。

1666 年 十二岁。明珠升内弘文院学士。

1667 年 十三岁。得董讷教授,学业大进。

1668 年 十四岁。九月,明珠升刑部尚书。

1671 年 十七岁。入国子监,得徐元文器重,结识张纯修。

1672 年 十八岁。中顺天府乡试举人,曹寅与其同榜。秋,严绳孙入京。朱彝尊入京,同年编成《江湖载酒集》。

1673 年 十九岁。因病错过殿试,始撰《渌水亭杂识》《通志堂经解》。春,结识严绳孙。夏,结识姜宸英。九月,龚鼎孳卒于京。

1674 年 二十岁。娶卢氏,纳颜氏,仲弟揆叙生。

1675 年 二十一岁。皇子保成立为太子,为避太子讳,成德改名性德。长子富格生,为颜氏所出。十月,明珠转吏部尚书。

1676 年 · 二十二岁。皇太子保成更名胤礽,成德改回原名。补殿试,中进士。初识顾贞观,合编《今初词集》,赠顾以《金缕曲》,词名大振。

1677 年 · 二十三岁。次子富尔敦生,卢氏卒。秋冬,始任三等侍卫,作《沁园春》《蝶恋花》等悼亡词。

1678 年 · 二十四岁。七月,葬卢氏于京郊皂荚村。始筑茅屋,《饮水词》刻成。

1679 年 · 二十五岁。暮春,与朱彝尊、陈维崧、严绳孙、姜宸英等人游张见阳山庄。夏,邀诸友渌水亭观荷。《今初词集》刻成,收成德词十七首。

1680 年 · 二十六岁。于亡妻忌日作《金缕曲》,或于是年继娶官氏。

1682 年 · 二十八岁。升二等侍卫,出使梭龙,岁末归。正月十五日上元夜,与朱彝尊、陈维崧、严绳孙、顾贞观、姜宸英、吴兆骞、曹寅等共集花间草堂,作《水龙吟》。五月,陈维崧卒。七月,明珠等为纂修《明史》监修总裁官。十一月,明珠加赠太子太傅。

1684 年 · 三十岁。扈从南巡。六月,明珠兼《大清会典》总裁官。九月,顾贞观携沈宛赴京。年底,成德纳沈宛为妾。

1685 年 · 三十一岁。升一等侍卫。二月,徐乾学充《大清会典》副总裁官。四月,严绳孙弃官南归,与成德别。五月二十二日,与顾贞观、梁佩兰、姜宸英等人宴饮后得疾;五月三十日,病故;秋,沈宛生遗腹子富森。

1686 年 · 葬成德于京郊皂荚村。徐乾学撰《墓志铭》《神道碑文》,韩菼撰《神道碑铭》,顾贞观撰《行述》,姜宸英撰《墓表》,董讷撰《诔词》,张玉书等六人撰《哀词》,严绳孙等十八人撰《祭文》,徐元文等二十七人撰《挽诗》,蔡升元等五人撰《挽词》。

情·殇

卷一

情，

多情，

多情总余殇。

正是生死两渡头，

箪纹灯影，青衫空楼。

酒醒不胜愁。

画堂春·一生一代一双人

一生一代一双人。　争教两处销魂。　相思相望不相亲。　天为谁春。
浆向蓝桥易乞，药成碧海难奔。　若容相访饮牛津。　相对忘贫。

【笺注】

"一生"句：唐·骆宾王《代女道士王灵妃赠道士李荣》："相怜相念倍相亲，一生一代一双人。"

"争教"句：宋·杜安世《诉衷情》："梦兰憔悴，掷果凄凉，两处消魂。"

"相思"句：唐·王勃《寒夜怀友杂体二首》："故人故情怀故宴，相望相思不相见。"唐·李白《相逢行》："相见不相亲，不如不相见。"

"蓝桥"句：蓝桥，地名，今陕西省蓝田县西南蓝溪之上，这里化用裴航与云英的典故，表明自己曾经的"蓝桥之遇"。

"药成"句：这里指嫦娥奔月的典故，即使情深也难以再相见。唐·李商隐《嫦娥》："嫦娥应悔偷灵药，碧海青天夜夜心。"

饮牛津：天河边，指与恋人相会的地方。宋·刘筠《戊申七夕》："淅淅风微素月新，鹊桥横绝饮牛津。"

【典故】

☆ 浆向蓝桥易乞——裴航与云英

典出唐·裴铏《传奇·裴航》。故事讲述的是唐长庆年间秀才裴航，

明·洪绶《荷花鸳鸯图》

在回京途中,与樊夫人同舟,裴航赠诗向她表达情意,樊夫人回了一首诗便离开了。诗曰:"一饮琼浆百感生,玄霜捣尽见云英。蓝桥便是神仙窟,何必崎岖上玉清。"裴航不解其意,后来途中经过蓝桥驿,因口渴而向一织麻的老妪求水。老妪唤一名为云英的女子取水过来,那水甘如玉液,云英更是十分美貌,裴航对其一见倾心,便向老妪求亲。老妪便要他寻得捣药的玉杵臼,才将云英嫁给他,裴航找来了玉杵臼,捣药百日,终于与云英成亲,两人共入仙途。

☆ 药成碧海难奔——嫦娥

典出《淮南子·览冥训》:"譬若羿请不死之药于西王母,恒娥窃以奔月。""恒娥"即嫦娥,又作"姮娥",西汉时为避汉文帝刘恒的忌讳而改称嫦娥。在神话中嫦娥是射日英雄后羿之妻,后羿从西王母那里求得不死药,托与嫦娥。逢蒙听说后前去窃取,但是被嫦娥撞见,逢蒙欲加害嫦娥,嫦娥无以为计,遂吞不死药升天。然而她不忍离开后羿,便滞留在月宫,因思念后羿,嫦娥遂催吴刚伐桂,玉兔捣药,欲配飞升之药,重返人间。另一说法则是嫦娥求仙心切,私自窃取了不死神药,吞食后因惧怕被指责,不得已飞向了月宫。

☆ 若容相访饮牛津——八月槎

典出西晋·张华《博物志·卷十》:"旧说云:天河与海通,近世有人居海渚者,年年八月,有浮槎来去,不失期。"有一个人听说后也踏上了去寻找天河的路,于是他在槎上建造了楼阁,准备好了干粮,乘浮槎而去。"十余日中犹观星月日辰,自后茫茫乎亦不觉尽夜。"许久之后,他看见一个地方,"有城郭状,屋舍甚严"。远远望去宫中有织布妇人,且见一男子在水边饮牛,牵牛人看见男子惊叹道:"何由至此?"这人说明了自己的来意,并问男子这是何处,男子让他回去问蜀郡的著名神算严君平便知,"竟不上岸,因还如期"。之后他回到蜀地问了严君平,严君平说道:"某年月日,有客星犯牵牛宿。"这人根据年月日推算,正好是当初他到达天河的时间,而那饮牛的男子便是天河的牛郎。

如梦令·正是辘轳金井

> 正是辘轳金井。 满砌落花红冷。 蓦地一相逢,心事眼波难定。
> 谁省。 谁省。 从此簟纹灯影。

【笺注】

"正是"句:南唐·李煜《采桑子》:"辘轳金井梧桐晚,几树惊秋。"宋·周邦彦《蝶恋花》:"更漏将阑,辘轳牵金井。"辘轳,井上汲水工具。金井,以"金"代"珍贵、华美"之义,一般用以指宫廷园林里的井,井栏上有华美雕饰。

"蓦地"句:清·彭孙遹《醉春风》:"蓦地相逢乍,三五团圆夜。"蓦地,突然地。

"心事"句:明·王彦泓《戏和子荆春闺》:"懒得闲行懒得眠,眼波心事暗相牵。"

簟纹:簟纹,即席纹。簟,竹席。宋·苏轼《南堂》:"扫地焚香闭阁眠,簟纹如水帐如烟。"

灯影:灯光。唐·沈佺期《夜游》诗:"月华连昼色,灯影杂星光。"

如梦令·黄叶青苔归路

> 黄叶青苔归路。 屟粉衣香何处。 消息竟沉沉,今夜相思几许。
> 秋雨,秋雨,一半因风吹去。

【笺注】

"屟(xiè)粉"句:清·陈维崧《多丽》:"今朝三月逢三,映一行、水边粉屟,立几簇、桥上红衫。"屟粉衣香,指与情人幽会之地。屟是古代的一种木底鞋。明清时期女子常穿"高底儿",即古代的高跟鞋。明末的南方仕女有将鞋底镂空装上香粉,走动时香粉从镂花中洒落,可谓步步生香,清代贵女们也有效仿。衣香,古代的衣服用香料熏染以散发香味。

"消息"句:宋·张先《清平乐》:"陇上梅花落尽,江南消息沉沉。"沉沉,杳无音信之意。

"秋雨"句:清·朱彝尊《转应曲》:"秋雨。秋雨。一半回风吹去。"

点评

清·陈廷焯评:"容若词深得五代之妙。如此阕及下《酒泉子》一阕,尤为神似。"(《云韶集》)

如梦令·纤月黄昏庭院

纤月黄昏庭院。语密翻教醉浅。知否那人心,旧恨新欢相半。谁见。谁见。珊枕泪痕红泫。

【笺注】

纤月:月牙。唐·杜甫《夜宴左氏庄》诗:"风林纤月落,衣露净琴张。"

语密:恋人见缠绵的情话。

翻:反,竟。

"旧恨"句:宋·欧阳修《渔家傲》:"一别经年今始见,新欢往恨知何限。"

珊枕:珊瑚色的枕头。宋·徐积《绣屏戏呈思权》:"珊瑚枕上三四更,半醒半醉魂梦惊。"

泫:流泪。

采桑子·彤霞久绝飞琼字

彤霞久绝飞琼字，人在谁边。人在谁边。今夜玉清眠不眠？
香销被冷残灯灭，静数秋天。静数秋天。又误心期到下弦。

【笺注】

彤霞：红霞，传道家说仙家所居之地有彤霞围绕。唐·曹唐《小游仙诗》："西妃少女多春思，斜倚彤云尽日吟。"

飞琼：传说中仙女之名，这里指恋人。

玉清：天上的宫殿，另一说法为仙女之名，同"飞琼"一样，代指恋人。

香销被冷：宋·李清照《念奴娇》："被冷香消新梦觉，不许愁人不起。"

下弦：即下弦月，指农历每月二十二日至二十三日。

【典故】

☆ 彤霞久绝飞琼字——许飞琼

典出汉·刘向《列仙传》。传说周朝人郑交甫游汉江，遇到两个身穿华服、佩戴明珠的女子，交甫"见而悦之，不知其神人也"。于是不顾仆人的劝阻，上前想索要信物定情。交甫曰："橘是橙也，我盛之以笥，令附汉水，将流而下。我遵其旁塞之，知吾为不逊也，愿请子佩。"二女曰："橘是橙也，盛之以莒，令附汉水，将流而下，我遵其旁，卷其芝而茹之。"于是二女把佩戴的明珠摘下赠予郑交甫，交甫接过之后走了几步，再看怀中空空，明珠消失，回头看二女已经不见了。这便是郑交甫汉江遇游女的故事，而此二女便是许飞琼与其女伴。

又有《太平广记·卷第七十》：唐开成初年，进士许瀍游河中，忽然得了大病，不省人事。亲友坐在他周围照看，到了第三天，他突然坐起，拿出笔在墙壁上写道："晓入瑶台露气清，坐中唯有许飞琼。尘心未尽俗缘在，十里下山空月明。"写完后又睡过去了。第二天又惊坐起来，拿笔改了第二句:"天风吹下步虚声。"写完像喝醉一样,说自己"昨梦到瑶台,有仙女三百余人,皆处大屋"。其中有一名叫许飞琼的仙女令自己作诗,写完后又让自己改,并说:"不欲世间人知有我也。"改完后,众人赞赏。既毕,甚被赏叹,令诸仙唱和了一番,便让自己回来了。

☆ **今夜玉清眠不眠——梁玉清**

典出唐代神话志怪小说《女仙传》。《太平广记·卷第五十九》引《东方朔内传》,秦始皇统一六国的时候,太白星把织女的侍女梁玉清和卫承庄拐走,逃进了卫城的少仙洞,四十六天没有出来。天帝大怒,"命五岳搜捕焉。"而后"太白归位,卫承庄逃焉"。梁玉清则被贬到北斗之下。梁玉清有个儿子叫休,每年春天,休都要辅佐河伯驾车行雨。每次到少仙洞,因"耻其母淫奔之所",于是就把雨车赶回,所以这个地方常常少雨。

采桑子·谁翻乐府凄凉曲

谁翻乐府凄凉曲,风也萧萧。雨也萧萧。瘦尽灯花又一宵。
不知何事萦怀抱,醒也无聊。醉也无聊。梦也何曾到谢桥。

【笺注】

翻乐府:指作曲填词。翻,即按曲调作词。

萦怀抱:牵挂在心。唐·蒋防《霍小玉传》:"酒阑宾散,离恶萦怀。"

"醒也无聊"二句:宋·李邴《九日》:"黄花有意怜幽独,白酒无聊漫醉醒。"宋·郑獬《梁卦孙过饮》:"俛仰之间乃陈迹,酒醒梦断还无聊。"

"梦也句":宋·韩缪《长相思·夜萧萧》:"夜萧萧,梦萧萧,又趁杨花到谢桥。"宋·晏幾道《鹧鸪天》:"梦魂惯得无拘检,又踏杨花过谢桥。"谢桥,即谢娘桥。指与情人欢会之地。

点评

清·陈廷焯评："凄凄切切，不忍卒读。"（《云韶集》）"哀婉沉著。"（词则·别调集）

清·谭莹评："容若词固自哀感顽艳，有令人不忍卒读者。至如《采桑子》句云'瘦尽灯花又一宵'，《浣溪沙》句云'生怜瘦减一分花'，《浪淘沙》句云'红影湿幽窗，瘦尽春光'等，窃谓《词苑丛谈》称沈江东嘲毛稚黄有'三瘦'之目，固当以移赠容若耳。"（粤雅堂本《饮水集》跋）

采桑子·冷香萦遍红桥梦

冷香萦遍红桥梦，梦觉城笳。月上桃花。雨歇春寒燕子家。
箜篌别后谁能鼓，肠断天涯。暗损韶华。一缕茶烟透碧纱。

【笺注】

箜篌：是汉族一种十分古老的弹弦乐器，最初被称作称"坎侯"或"空侯"，有卧箜篌、竖箜篌、凤首箜篌三种形制。卧箜篌早在春秋时期便已出现；竖箜篌是汉代自波斯传入的，后被称为"胡箜篌"；凤首箜篌因形制与竖箜篌相近，又常以凤首为装饰而得名。箜篌在明代以后逐渐失传，现代箜篌是在竖琴与古筝的基础上发展出来的新乐器。《史记·封禅书》："于是塞南越，祷祠太一，后土，始用乐舞，益召歌儿，作二十五弦及空侯琴瑟自此起。"

暗损韶华：清·严绳孙《风入松》："别时不敢分明语，蹙春山、暗损韶华。"韶华，韶光、时光。

点评

清·陈廷焯评："凄艳入神。凄绝。"（《云韶集》）

采桑子·桃花羞作无情死

桃花羞作无情死，感激东风。吹落娇红。飞入闲窗伴懊侬。

谁怜辛苦东阳瘦，也为春慵。不及芙蓉。一片幽情冷处浓。

【笺注】

此词作于康熙十二年，康熙十一年性德举顺天乡试，十二年二月应礼部春闱，中式。三月方殿试，因病错过。

娇红：这里代指花。宋·晏幾道《玉楼春》："东风又作无情计。艳粉娇红吹满地。"

懊侬：烦闷，这里指词人自己。

东阳：指南朝沈约，这里是词人自指。宋·贺铸《满江红》："谁念东阳销瘦骨。更堪白纻衣衫薄。"

春慵：春天懒散的情绪。唐·李商隐《垂柳》："思量成夜梦，束久废春慵。"

"一片"句：明·王彦泓《寒词》："个人真与梅花似，一片幽香冷处浓。"

【典故】

☆ 谁怜辛苦东阳瘦——沈约瘦

南朝文学家沈约，字休文，吴兴武康人，出身门阀士族，曾家世显赫，历史上有所谓"江东之豪，莫强周、沈"的说法，父亲被诛后家道中落。沈约从小博览群书，擅长诗文。因曾任东阳太守，故称其为"沈东阳"。沈约晚年因过度劳累，日渐消瘦，并患有消渴症。据《梁书·沈约传》记载，沈约晚年不得志时，给好友徐勉写信诉苦，信中说自己已经"病增虑切"，而且"月增日笃"，严重的时候则"革带常应移孔，以手握臂，率计月小半分"。沈约根据自己的病况担心自己的身体支撑不了多久了。后遂以"沈约瘦"谓愁苦多病，人体消瘦，并由此衍生出"沈约瘦腰""东阳销瘦""东阳瘦体"

等典故名称。南唐后主李煜词有"沈腰潘鬓消磨"句，古代文人将其与韩寿偷香、相如窃玉、张敞画眉合称四大风流韵事。

☆ 不及芙蓉——人镜芙蓉

典出唐·段成式《酉阳杂俎续集·支诺皋中》。唐代李固在考试落榜之后游览蜀地，遇到一位老妇，老妇言："郎君明年芙蓉镜下及第，后二纪拜相，当镇蜀土。"还感叹自己将看不到李固出将入相时的荣耀。李固第二年再次参加考试，果然如言及第，诗赋有"人镜芙蓉"之题目，正应了那老妇的"芙蓉镜下及第"的预言。二十年过去，李固也果然如言拜相。芙蓉镜，即本指背面铸有芙蓉花饰的铜镜。此后便以"人镜芙蓉"，为预兆科举得中的典故，后指考试取得第一名。

采桑子·海天谁放冰轮满

> 海天谁放冰轮满，惆怅离情。莫说离情。但值凉宵总泪零。
> 只应碧落重相见，那是今生。可奈今生。刚作愁时又忆卿。

【笺注】

冰轮：皓月。古人认为月中寒冷，有广寒宫，且满月圆如轮，故称。宋·史浩《宝鼎现》："更漏永，正冰轮掩映，光接康衢万里。"

碧落：道教语，道家称东方第一层天，碧霞满空，叫做"碧落"。后来泛指天上(天空)。唐·白居易《长恨歌》："上穷碧落下黄泉，两处茫茫皆不见。"

可奈：怎奈。南唐·李煜《采桑子》："可奈情怀，欲睡朦胧入梦来。"

采桑子·拨灯书尽红笺也

> 拨灯书尽红笺也，依旧无聊。玉漏迢迢。梦里寒花隔玉箫。
> 几竿修竹三更雨，叶叶萧萧。分付秋潮。莫误双鱼到谢桥。

【笺注】

红笺：红色笺纸，多用于题写诗词或作名片，为唐朝女诗人薛涛所创，又名"浣花笺"、"薛涛笺"。

玉漏：古代的计时漏壶。

"梦里"句：唐·司空曙《送王尊师归湖州》："金阙乍看迎日丽，玉箫遥听隔花微。"寒花，寒冷时节所开的花，多指菊花。

分付：付与、交给。唐·白居易《题文集柜》诗："身是邓伯道，世无王仲宣；只应分付女，留与外孙传。"

秋潮：秋雨。

双鱼：《文选·古乐府》："客从远方来，遗我双鲤鱼。呼儿烹鲤鱼，中有尺素书。"后世多用双鱼代指书信。

【典故】

☆ **梦里寒花隔玉箫——玉箫旧约**

典出唐·范摅《云溪友议·卷三》。唐代名臣韦皋未做官时，曾寓居江夏姜使君门馆，姜使君的儿子荆宝有一婢女名为玉箫，韦皋与玉箫日久生情，二人相爱且私订终身。后来"韦归觐，遗玉指环，与玉箫约为夫妇"。并说少则五年，多则七年定会回来娶玉箫。但七年之后，玉箫不见韦皋回来，伤心至极，"遂绝食死"。姜氏可怜其节操，把玉指环戴在她手上一并葬了。多年后韦皋听闻其死讯，伤心不已，并在一次宴会上偶得一歌女，相貌与玉箫极其相似，名字也为玉箫，中指上还长着一个肉质的指环，韦皋便纳其为妾。后因以"玉箫旧约"为典，比喻痴情男女的婚约。

采桑子·凉生露气湘弦润

凉生露气湘弦润，暗滴花梢。 帘影谁摇。 燕蹴风丝上柳条。

舞鹍镜匣开频掩，檀粉慵调。 朝泪如潮。 昨夜香衾觉梦遥。

【笺注】

湘弦：指琴瑟。唐·韩愈《送灵师》："四座咸寂默，杳如奏湘弦。"

"舞鹍"句：镜匣频频开掩，有顾影自怜之意。镜匣，盛妇女梳妆用品的匣子，里面装有可以支起来的镜子。唐·李商隐《促漏》："舞鸾镜匣收残黛，睡鸭香炉换夕熏。"鹍（kūn），古代传说中像鹤的一种鸟。《楚辞·九辩》："鹍鸡啁哳而悲鸣。"

檀粉：香粉。唐·杜牧《闺情》："娟娟却月眉，新鬓学鸦飞。暗砌匀檀粉，晴窗画夹衣。"

【典故】

　☆　舞鹍镜匣开频掩——山鸡舞镜

典出南朝·宋·刘敬叔《异苑·卷三》。魏武帝时期，南方献给他一只山鸡，这只山鸡十分爱惜自己的羽毛，看到水中的倒影就会翩翩起舞，"帝欲其鸣舞而无由"。于是公子苍舒令人将山鸡放到大镜子前，山鸡看到镜子里的自己也跟着跳起舞来，"不知止，遂乏死"。后因以"山鸡舞镜"来比喻顾影自怜，矜持其美。

采桑子·土花曾染湘娥黛

土花曾染湘娥黛，铅泪难消。清韵谁敲。不是犀椎是凤翘。
只应长伴端溪紫，割取秋潮。鹦鹉偷教。方响前头见玉箫。

【笺注】

"土花"句：唐·李贺《金铜仙人辞汉歌》："画栏桂树悬秋香，三十六宫土花碧。"土花，即器物上的锈蚀斑迹。

"铅泪"句：唐·李贺《金铜仙人辞汉歌》："空将汉月出宫门，忆君清泪如铅水。"

清韵：清雅和谐的声音。

犀椎：古代打击乐器方响中的犀角制的小槌。宋·蒋捷《木兰花慢》："暗冲片响，似犀椎、带月静敲秋。"

凤翘：古代女子的凤形首饰。宋·周邦彦《南乡子》："不道有人潜看着，从教，掉下鬓心与凤翘。"

端溪紫：指紫色的端溪石砚。在中国所产的四大名砚中，以广东省端砚最为著名。端砚石质坚实，温润细腻，为砚中上品，后即以"端溪"称砚台。宋朝著名诗人张九成曾赋诗赞道："端溪古砚天下奇，紫花夜半吐虹霓。"

偷教：偷学。

方响：古磬类打击乐器，又称方晌、铜磬。《旧唐书·音乐志》曰："梁有铜磬，盖今方响之类。方响，以铁为之，修八寸，广二寸，圆上方下。架如磬而不设业，倚于架上以代钟磬。"唐·白居易《偶饮》："千声方响敲相续，一曲云和夏未终。"

采桑子·白衣裳凭朱阑立

> 白衣裳凭朱阑立，凉月趖西。点鬓霜微。岁晏知君归不归。
> 残更目断传书雁，尺素还稀。一味相思。准拟相看似旧时。

【笺注】

衣裳：古时衣指上衣，裳指下裙。后亦泛指衣服。《诗·齐风·东方未明》："东方未明，颠倒衣裳。"毛传："上曰衣，下曰裳。"

朱阑：朱红色的凭栏。南唐·冯延巳《清平乐》："黄昏独倚朱阑，西南新月眉弯。"

趖（suō）：走、移动的意思，多指日月运行偏西。

点鬓：点染两鬓。宋·刘克庄《鹊桥仙·戊戌生朝》："玄花生眼，新霜点鬓，不肯遮藏老态。"也指花白的鬓发。

岁晏：年末之时。唐·高适《宋中别李八》："岁晏谁不归，君归意可说。"

残更：旧时将一夜分为五更，第五更时称残更。唐·沈传师《寄大府兄侍史》："积雪山阴马过难，残更深夜铁衣寒。"

尺素：古代书信的别称。

准拟：料想，打算。唐·刘得仁《悲老宫人》："曾缘玉貌君王宠，准拟人看似旧时。"

【典故】

☆ 残更目断传书雁——传书燕

典出五代·王仁裕《开元天宝遗事·传书燕》。唐代长安有一女子叫绍兰，嫁与巨商任宗。任宗在湖南一带经商，数年不归，也没有家中人的半点消息。一日绍兰见到堂中有双燕戏于梁间，便长吁短叹地对燕子说："我闻燕子自海东来，往复必途经湘中。我夫婿离家不归数年了，音讯全无，也不知是死是活。我欲书信一封，求你带给他。"言毕泪流满面。燕子闻言飞鸣上下，似在承诺。绍兰又问道："你若同意了，就落下来停在我怀中吧。"燕子于是飞到她膝上。绍兰遂吟诗一首："我婿去重湖，临窗泣血书。殷勤凭燕翼，寄与薄情夫。"小书其字系于燕子足上，燕遂飞鸣而去。任宗当时在荆州，忽见一燕于头上飞鸣不去，十分讶异地抬头看，燕遂泊于其肩上。见有一小封书信系在燕子足上，任宗便解下来看，乃是自己的妻子所寄之诗。任宗感动地落下眼泪，燕复飞鸣而去。任宗次年回来，把诗交还给妻子。这件事被人们当作奇事传诵。后遂以"燕足系诗"或"双燕书"为典，以表达传递消息之意。

采桑子·谢家庭院残更立

谢家庭院残更立，燕宿雕梁。　月度银墙。　不辨花丛那辨香。

此情已自成追忆，零落鸳鸯。　雨歇微凉。　十一年前梦一场。

【笺注】

　　"谢家"句：明·陈完《和徐德彰春日杂咏〈八首〉》："谢家庭院秋千下，会有何人拾翠翘。"谢家庭院，指闺房。

　　银墙：泛着银白色月光的墙壁。

　　"不辨"句：唐·元稹《杂忆五首》："寒轻夜浅绕回廊，不辨花丛暗辨香。"

　　"此情"句：唐·李商隐《锦瑟》："此情可待成追忆，只是当时已惘然。"

　　歇：停止。

　　"十一"句：宋·吴文英《夜合花》："十年一梦凄凉。"

【典故】

　　☆ **不辨花丛那辨香——元稹与双文**

　　此句出自唐·元稹《杂忆》，原文为："寒轻夜浅绕回廊，不辨花丛暗辨香。忆得双文胧月下，小楼前后捉迷藏。"为元稹忆及与双文约会所作。后来元稹出仕，娶了韦夏卿之女韦丛，为了表示纪念，元稹写了以自己和双文为原型的《莺莺传》，这便是王实甫《西厢记》的蓝本。

采桑子·而今才道当时错

> 而今才道当时错，心绪凄迷。　红泪偷垂。　满眼春风百事非。
> 情知此后来无计，强说欢期。　一别如斯。　落尽梨花月又西。

【笺注】

　　"而今"句：宋·刘克庄《忆秦娥》："古来成败难描模，而今却悔当时错。"才道，才知道。

红泪：指女子的眼泪。宋·方千里《少年游》："织锦回纹，生销红泪，不语自羞看。"

"满眼"句：唐·李贺《河南府试十二月词并闰月·三月》："东方风来满眼春，花城柳暗愁杀人。"

"落尽"句：唐·郑谷《下第退居二首》："落尽梨花春又了，破篱残雨晚莺啼。"

【典故】

☆ 红泪偷垂——薛灵芸

典出东晋·王嘉《拾遗记·卷七》。谷习以千金聘走了薛灵芸，并献给魏文帝，薛灵芸与父母告别时，泪水沾湿了衣襟，登车上路后，流泪不止，她以玉唾壶盛泪，泪水落在壶中渐渐变成红色，"及至京师，壶中泪凝如血"。后世故称美女的眼泪为"红泪"。薛灵芸距离京师十里，文帝乘雕玉的车辇，远远看见后叹息："昔者言：朝为行云，暮为行雨。今非云非雨，非朝非暮。"因此改薛灵芸的名字为"夜来"。后世花卉名"夜来香"即得自薛灵芸。此外，薛灵芸还针工了得，"虽处于深帷之内，不用灯烛之光，裁制立成"。而"非夜来缝制，帝则不服"。因此薛灵芸在宫中又被称为"针神。"

点评

清·梁启超评："哀乐无端，情感热烈到十二分，刻入到十二分。"（《中国韵文里头所表现的情绪》）

浣溪沙·消息谁传到拒霜

消息谁传到拒霜。 两行斜雁碧天长。 晚秋风景倍凄凉。
银蒜押帘人寂寂，玉钗敲竹信茫茫。 黄花开也近重阳。

【笺注】

拒霜：即木芙蓉花，因仲秋开花，耐寒不落，故名。

"两行"句：宋·汪莘《念奴娇·龙山高会》："西风浩荡，碧天斜去双雁。"

"银蒜"句：宋·苏轼《哨遍·春词》："银蒜押帘，珠幕云垂地。"宋·孙光宪《浣溪沙》："春梦未成愁寂寂，佳期难会信茫茫。"银蒜，银制的蒜形帘押。

"玉钗"句：唐·高适《听张立本女吟》："自把玉钗敲砌竹，清歌一曲月如霜。"

"黄花"句：宋·朱敦儒《望江南》："白日明朝依旧在，黄花非晚是重阳。不用苦思量。"

点评

吴世昌评："此必有相知名'菊'者为此词所属意，惜其本事已不可考。"（《词林新话》）

浣溪沙·雨歇梧桐泪乍收

雨歇梧桐泪乍收。遣怀翻自忆从头。摘花销恨旧风流。帘影碧桃人已去，屧痕苍藓径空留。两眉何处月如钩。

【笺注】

"摘花"句：唐·杜甫《佳人》："摘花不插发，采柏动盈掬。"意思是美好的风流往事。

屧痕：即鞋痕。宋·王沂孙《疏影》："石径春寒，碧藓参差，相思曾步芳屧。"

"两眉"句：南唐·李煜《相见欢》："无言独上西楼，月如钩。"两眉，这里代指恋人。

浣溪沙·欲问江梅瘦几分

欲问江梅瘦几分。 只看愁损翠罗裙。 麝篝衾冷惜余熏。
可耐暮寒长倚竹，便教春好不开门。 枇杷花底校书人。

【笺注】

江梅：野梅，这里喻指沈宛。宋·叶梦得《临江仙》："学士园林人不到，传声欲问江梅。"

麝篝：燃烧麝香的熏笼。

"可耐"句出自：唐·杜甫《佳人》："天寒翠袖薄，日暮倚修竹。"

便教：纵然是。

"枇杷"句：唐·王建《寄蜀中薛涛校书》诗："万里桥边女校书，枇杷花里闭门居。"校书人，原指会诗文的妓女，这里指花下读书之人。

浣溪沙·泪浥红笺第几行

泪浥红笺第几行。 唤人娇鸟怕开窗。 那能闲过好时光。
屏障厌看金碧画，罗衣不奈水沉香。 遍翻眉谱只寻常。

【笺注】

"泪浥"句：宋·陆游《钗头凤》："泪痕红浥鲛绡透。"浥(yì)：沾湿。

"那能"句：宋·晏殊《燕归梁》："双燕归飞绕画堂。似留恋虹梁。清风明月好时光。更何况，绮筵张。"

金碧：画在屏风上的金碧山水，以泥金、石青、石绿三色为主。

水沉香：又名沉水香。沉香按其油脂含量分为：沉水香、栈香、黄熟香。明·李时珍《本草纲目》中有："时珍曰：木之心节置水则沉，故名沉水,亦曰水沉。半沉者为栈香,不沉者为黄熟香。《南越志》言：交州人称为蜜香,谓其气如蜜脾也。梵书名阿迦嚧香。"

"遍翻"句：纳兰性德《浪淘沙》词："眉谱待全删,别画秋山。"眉谱：古代女子画眉的图样。

浣溪沙·睡起惺忪强自支

睡起惺忪强自支。 绿倾蝉鬓下帘时。 夜来愁损小腰肢。
远信不归空伫望,幽期细数却参差。 更兼何事耐寻思。

【笺注】

"绿倾"句：宋·苏轼《浣溪沙·春情》："朝来何事绿鬟倾。"

远信：远方的书信。唐·元稹《得乐天书》："远信入门先有泪,妻惊女哭问何如。"

伫望：伫立凝望,等候的意思。

参差：蹉跎。唐·李商隐《樱桃花下》："他日未开今日谢,嘉辰长短是参差。"

浣溪沙·脂粉塘空遍绿苔

脂粉塘空遍绿苔。 掠泥营垒燕相催。 妒他飞去却飞回。
一骑近从梅里过,片帆遥自藕溪来。 博山香烬未全灰。

【笺注】

脂粉塘：溪名,传说为西施沐浴处,这里指闺房外的池塘。

营垒：营建巢穴。宋·陈允平《西河》："乌衣巷陌几斜阳,燕闲旧垒。"

"一骑"句：宋·辛弃疾《浣溪沙·艳杏天桃两行排》："春意才从梅里

过,人情都向柳边来。"

浣溪沙·五字诗中目乍成

> 五字诗中目乍成。 尽教残福折书生。 手挼裙带那时情。
> 别后心期和梦杳, 年来憔悴与愁并。 夕阳依旧小窗明。

【笺注】

"五字"句:明·王彦泓《有赠》:"矜严时已逗风情,五字诗中目乍成。"

"尽教"句:明·王彦泓《梦游》:"相对只消香共茗,半宵残福折书生。"残福,这里指短暂的幸福。

"手挼"句:唐·曹唐《小游仙》:"玉女暗来花下立,手挼裙带问昭王。"挼(ruó),揉搓。

浣溪沙·谁念西风独自凉

> 谁念西风独自凉。 萧萧黄叶闭疏窗。 沉思往事立残阳。
> 被酒莫惊春睡重, 赌书消得泼茶香。 当时只道是寻常。

【笺注】

"谁念"句:宋·秦观《减字木兰花》:"天涯旧恨,独自凄凉人不问。"

疏窗:刻有花纹的窗户。

"沉思"句:五代·李珣《浣溪沙》:"暗思何事立残阳。"

"被酒"句:宋·程垓《春光好》:"昨夜酒多春睡重,莫惊他。"被酒,醉酒。

赌书:借用李清照和赵明诚的典故,比喻曾经与亡妻的恩爱生活。

消得:享受。

清·无名氏《美人展书》

【典故】

☆ 赌书消得泼茶香——赌书泼茶

据《金石录后序》记载,李清照嫁给赵明诚后,夫妻恩爱,李清照大力支持丈夫编纂《金石录》,每当丈夫对材料出处有疑惑或是遗忘时,李清照总能很快说出来。每当饭后,他们坐在归来堂中烹茶,指着旁边的史书古籍,"言某事在某书、某卷、第几页、第几行"。以是否说中决定胜负和饮茶的先后顺序。而说中的一方经常举杯大笑,使茶水洒在了衣衫上,"反不得饮而起"。后遂以"赌书泼茶"用为夫妻琴瑟和鸣之典。

点评

清·况周颐评:"'被酒莫惊春睡重'云云,亦复工于写情,视此微嫌词费矣。 又:即东甫《眼儿媚》句意。 酒中茶半,前事伶俜、皆梦痕耳。"(《蕙风词话》)

浣溪沙·十八年来堕世间

> 十八年来堕世间。 吹花嚼蕊弄冰弦。 多情情寄阿谁边。
> 紫玉钗斜灯影背,红绵粉冷枕函偏。 相看好处却无言。

【笺注】

"十八"句:唐·李商隐《曼倩辞》"十八年来堕世间,瑶池归梦碧桃闲。"

"吹花嚼蕊"句:借李商隐与柳枝的典故,喻指恋人的才情。冰弦,琴弦。

"紫玉"句:明·汤显祖《紫钗记》:"烛花无赖,背银缸暗擘瑶钗。"紫玉,即紫玉钗。

"红棉"句:宋·周邦彦《蝶恋花》:"泪花落枕红棉冷。"枕函,古代枕

明·仇英《修竹仕女图》

头是木制或瓷制的,内可藏物,因此叫枕函。

"相看"句:宋·陈著《送董稼山二首》:"白发萧萧送出门,相携相看两无言。"

【典故】

☆ 十八年来堕世间——东方朔

典出《仙吏传·东方朔传》。相传东方朔在世的时候经常说:"天下人无能知朔,知朔者唯太王公耳。"东方朔死后,汉武帝找到了星相家太王公,问他知不知道东方朔,他竟然不知道,武帝问他有什么所擅长的能力,太王公说自己"颇善星历",当问及天上星宿是否一切正常时,他说众星都在,"独不见岁星十八年,今复见耳"。汉武帝这才恍然大悟,得知东方朔乃是天上岁星下凡,仰天长叹曰:"东方朔生在朕傍十八年,而不知是岁星哉!"

☆ 吹花嚼蕊弄冰弦——柳枝

唐朝诗人李商隐在堂兄李让山家寄宿时,堂兄的邻居家有一个女孩儿叫柳枝。据李商隐《柳枝诗序》载:"柳枝,洛中里娘也。"父亲死于一场水难,她的母亲喜欢柳枝胜过其他儿子。等到柳枝十七岁时,"涂妆绾髻",并且喜欢弄树叶吹曲子,摆弄丝竹管弦,能"作天风海涛之曲,幽忆怨断之音"。一次李商隐与柳枝邂逅,二人相约三日后"溅裙水上,以博山香待,与郎俱过",但由于李商隐的同伴将其行李提前拿走,无奈之下李商只得爽约而去。后来李商隐听说柳枝被大官给娶走了,便作了《柳枝》五首以示遣怀之情。

点评

清·况周颐评:"《饮水词》有云'吹叶嚼蕊弄冰弦',又云'乌丝阑纸娇红篆'。容若短调,轻清婉丽,诚如其自道所云。"

浣溪沙·莲漏三声烛半条

莲漏三声烛半条。 杏花微雨湿轻绡。 那将红豆寄无聊。
春色已看浓似酒，归期安得信如潮。 离魂入夜倩谁招。

【笺注】

莲漏：即莲花漏。宋·周密《夜坐》："露滴斜河凉不寐，自将莲漏验中星。"

"杏花"句：宋·张辑《好事近》："帘外杏花微雨，罩春红愁湿。"杏花雨，即杏花盛开时下的雨。

"春色"句：宋·郭从周《赠何中立》："钱塘春色浓如酒。"

"归期"句：明·王彦泓《错认》："夜视可怜明似月，秋期只愿信如潮。"

"离魂"句：借用倩女离魂的典故表达对恋人的思念。

【典故】

☆ 离魂入夜倩谁招——倩女离魂

典出唐·陈玄祐《离魂记》。清河张镒曾欲以幼女倩娘许配外甥王宙，后来又悔约别许他人，致使倩娘抑郁成病。后王宙请辞去京城，乘船离去，半夜辗转难眠，这时倩娘忽然出现，泣曰："君厚意如此，寝食相感。今将夺我此志，又知君深情不易，思将杀身奉报，是以亡命来奔。"王宙欣喜万分，偕倩娘赴蜀。五年后，倩娘生下两个儿子。后来王宙与倩娘一同归宁，张镒见了倩娘大惊，卧病在床的倩娘也闻讯出迎，遂与王宙的妻子合为一体。众人这才知道出奔的女子原来是倩娘的精魄幻化而成。元·郑光祖《倩女离魂》杂剧，即根据本篇故事演绎。

浣溪沙·凤髻抛残秋草生

凤髻抛残秋草生。　高梧湿月冷无声。　当时七夕记深盟。
信得羽衣传钿合，悔教罗袜葬倾城。　人间空唱雨淋铃。

【笺注】

"凤髻"句：唐·杜牧《为人题赠二首》："和簪抛凤髻，将泪入鸳衾。"凤髻抛残：谓凤髻散乱，这里指亡妻。

"高梧"句：宋·姜夔《扬州慢》："二十四桥仍在，波心荡，冷月无声。"

"信得"句：唐·白居易《长恨歌》："唯将旧物表深情，钿合金钗寄将去。"羽衣，原为道士或神仙所著之衣，这里指神仙。

罗袜：原指丝罗织成之袜，这里指亡妻遗物。

倾城：《汉书·外戚传上·孝武李夫人》："延年侍上起舞，歌曰：'北方有佳人，绝世而独立，一顾倾人城，再顾倾人国。'"倾城，美女的代称，这里指亡妻。

雨淋铃：雨淋铃，即《雨霖铃》曲，唐玄宗为思念杨贵妃所创。此句指亡妻已逝，空剩自己独自吟唱。

【典故】

☆ 人间空唱雨淋铃——雨霖铃

唐·白居易《长恨歌》："行宫见月伤心色，夜雨闻铃肠断声。"描写了唐明皇与杨贵妃的故事。据唐·郑处诲《明皇杂录补遗》记载，杨贵妃于马嵬坡缢死后，唐明皇日夜思念，悲伤不已。在返回长安的途中，小雨淅淅沥沥地下着，唐明皇"于栈道雨中闻铃，音与山相应"。因悼念杨贵妃，有感而发，便"采其声为《雨霖铃》曲，以寄恨焉"。这就是词牌《雨霖铃》的来历。

浣溪沙·肠断斑骓去未还

肠断斑骓去未还。 绣屏深锁凤箫寒。 一春幽梦有无间。

逗雨疏花浓淡改，关心芳草浅深难。 不成风月转摧残。

【笺注】

"肠断"句：唐·李商隐《对雪》："关河冻合东西路，肠断斑骓送陆郎。"斑骓，毛色青白相间的马，这里指征人。

"绣屏"句：宋·辛弃疾《江神子》："绣阁香浓，深锁凤箫声。"凤箫：即排箫。

逗雨：唐·李贺《李凭箜篌引》："女娲炼石补天处，石破天惊逗秋雨。"逗，引。

"关心"句：唐·皇甫冉《酬裴补阙吴寺见寻》："远山重叠见，芳草浅深生。"

浣溪沙·容易浓香近画屏

容易浓香近画屏。 繁枝影著半窗横。 风波狭路倍怜卿。

未接语言犹怅望，才通商略已蕾腾。 只嫌今夜月偏明。

【笺注】

"风波"句：明·王彦泓《代所思别后》："风波狭路惊团扇，风月空庭泣浣衣。"

蕾腾：原为因醉酒而神志不清，这里指情绪紧张无措。

"只嫌"句：宋·陈元晋《宁都上元有作》："一觉悠然已五更，窗横梅影月偏明。"

浣溪沙·旋拂轻容写洛神

旋拂轻容写洛神。 须知浅笑是深颦。 十分天与可怜春。
掩抑薄寒施软障,抱持纤影藉芳茵。 未能无意下香尘。

【笺注】

轻容:即轻容纱,无花薄纱。宋·周密《齐东野语》:"纱之至轻者,有所谓轻容,出唐《类苑》云:'轻容,无花薄纱也。'"

洛神:洛水女神,宓妃,这里指恋人。

"须知"句:明·祝允明《忆青娥》:"浅笑深颦隔一春。"

"十分"句:宋·范成大《宿东寺二首》:"素娥有意十分春。"

香尘:原为佛教语,后指女子步履而起的芳香之尘。语出晋·王嘉《拾遗记·晋时事》:"(石崇)又屑沉水之香如尘末,布象床上,使所爱者践之。"

浣溪沙·十二红帘窣地深

十二红帘窣地深。 才移划袜又沉吟。 晚晴天气惜轻阴。
珠袄佩囊三合字,宝钗拢鬓两分心。 定缘何事湿兰襟。

【笺注】

"十二红"句:宋·吴文英《喜迁莺》:"万顷素云遮断,十二红帘钩处。"

窣(sū):下垂的样子。

"才移"句:南唐·李煜《菩萨蛮》:"划袜步香阶,手提金缕鞋。"划(chǎn)袜,只穿着袜子走路。

珠袄(jié):缀有珠玉的裙带。

三合字:古代恋人在两个香囊上绣上三个"半字",合起来则是三个完整的字。两人各佩其一,以示同心相爱。宋·高观国《思佳客》:"同心罗帕轻藏素,合字香囊半影金。"

浣溪沙 · 伏雨朝寒愁不胜

> 伏雨朝寒愁不胜。 那能还傍杏花行。 去年高摘斗轻盈。
> 漫惹炉烟双袖紫，空将酒晕一衫青。 人间何处问多情。

【笺注】

"伏雨"句：唐·杜甫《秋雨叹》诗："阑风伏雨秋纷纷，四海八荒同一云。"伏雨，连绵的雨。清·彭孙遹《阮郎归》："几回欲去又消停。朝寒不自胜。"

斗轻盈：与同伴比赛看谁的动作更迅捷。

"人间"句：宋·晏几道《玉楼春》："天若多情终欲问。"

浣溪沙 · 记绾长条欲别难

> 记绾长条欲别难。 盈盈自此隔银湾。 便无风雪也摧残。
> 青雀几时裁锦字，玉虫连夜剪春幡。 不禁辛苦况相关。

【笺注】

"记绾"句：唐·张乔《寄维阳故人》："离别河边绾柳条，千山万水玉人遥。"长条，长木条，指柳条。

银湾：指银河。清·朱彝尊《风入松》："怅迢迢，路断银湾。"

"青雀"句：五代·顾夐《浣溪沙》："青鸟不来传锦字，瑶姬何处锁兰房？"青雀，即青鸟，相传为西王母的信使。锦字：代指书信。

玉虫：比喻灯火。宋·陆游《夜坐》："渐暗玉虫寒有烬，欲残金鸭暖无烟。"

剪春幡：古代立春值之日，人们剪缯绢为小幡，挂在树上或是插在头上。剪：即剪。

浣溪沙·锦样年华水样流

> 锦样年华水样流。鲛珠迸落更难收。病余常是怯梳头。
> 一径绿云修竹怨，半窗红日落花愁。愔愔只是下帘钩。

【笺注】

"鲛珠"句：宋·刘辰翁《宝鼎现》："又说向、灯前拥髻，暗滴鲛珠坠。"鲛珠，原指鲛人的泪化作了珍珠，这里指眼泪。迸落：散落。

"病余"句：宋·周邦彦《南乡子》："早起怯梳头。欲绾云鬟又却休。"

愔愔(yīn)：幽深、消寂的样子。

【典故】

☆ 鲛珠迸落更难收——鲛人泪

典出晋·干宝《搜神记·南海鲛人》。南海中有一类生物名为鲛人，他们"水居如鱼，不废织绩"。生产出的鲛绡，能够入水不湿，哭泣的时候，眼泪会便会化为珍珠。《述异记·卷上》且云："扬州有媼市，市人鬻珠玉而杂货鲛布。"鲛人就是泉先，又名泉客。南海出产的蛟绡纱，就是泉先潜水而织成的，又叫作龙纱，价值百余金，用此当作衣服可以入水不湿。南海有龙绡宫，是泉先织绡的地方，织出来的绡洁白如霜雪。

浣溪沙·肯把离情容易看

> 肯把离情容易看。要从容易见艰难。难抛往事一般般。
> 今夜灯前形共影，枕函虚置翠衾单。更无人与共春寒。

【笺注】

形共影：形影相伴，形容孤单。宋·梅尧臣《秋雁》："共将形影对，安得不早衰。"

浣溪沙·一半残阳下小楼

一半残阳下小楼。 朱帘斜控软金钩。 倚阑无绪不能愁。

有个盈盈骑马过,薄妆浅黛亦风流。 见人羞涩却回头。

【笺注】

斜控:斜斜地垂挂。

不能:不能控制。

盈盈:谓仪态美好的样子。西晋·陆机《百年歌十首》:"光车骏马游都城,高谈雅步何盈盈。"

蝶恋花·辛苦最怜天上月

辛苦最怜天上月。 一昔如环,昔昔都成玦。 若似月轮终皎洁,不辞冰雪为卿热。

无那尘缘容易绝。 燕子依然,软踏帘钩说。 唱罢秋坟愁未歇,春丛认取双栖蝶。

【笺注】

纳兰妻卢氏卒于康熙十六年(1677年)五月三十日,十七年(1678年)七月二十八日葬京师西北郊皂荚村。此为悼亡之作。

昔昔:夜夜。

玦:半环形的玉,这里指不满的月。

无那:无奈。

"唱罢"句:唐·李贺《秋来》:"秋坟鬼唱鲍家诗,恨血千年土中碧。"

"春丛"句:唐·李商隐《蜂》:"青陵粉蝶休离恨,长定相逢二月中。"

明·陶成《蟾宫玉兔》

【典故】

☆ **不辞冰雪为卿热——荀奉倩**

荀粲,字奉倩,颍川颍阴县人,三国时期曹魏著名玄学家,东汉名臣荀彧幼子。据南朝·刘义庆《世说新语》记载,一年冬天,荀奉倩的妻子高烧病重,浑身发热难受,奉倩为了给妻子降温,不惜脱光自己的衣服站在冰天雪地中,等到身体冰冷时回屋,"以身熨之"。用这样的方法给妻子降温,但最终没能挽回妻子的性命。"妇亡,奉倩后少时亦卒。"

点评

唐圭璋:"此亦悼亡之词。'若似'两句,极写浓情,与柳词'衣带渐宽'同合风骚之旨。'一昔'句可见尘缘之短,怀感之深。末二句生死不渝,情尤真挚。"(《纳兰容若评传》)

蝶恋花·眼底风光留不住

眼底风光留不住。和暖和香,又上雕鞍去。欲倩烟丝遮别路。垂杨那是相思树。

惆怅玉颜成间阻。何事东风,不作繁华主。断带依然留乞句。斑骓一系无寻处。

【笺注】

"眼底"句:宋·辛弃疾《蝶恋花》:"有底风光留不住,烟波万顷春江橹。"

"和暖"句:明·王彦泓《骊歌二叠》:"怜君辜负晓衾寒,和暖和香上马鞍。"

相思树:咏男女爱情。唐·王初《即夕》:"月明休近相思树,恐有韩凭一处栖。"

间阻：阻隔。

【典故】

☆ 垂杨那是相思树——相思树

典出晋·干宝《搜神记·相思树》。宋康王舍人韩凭有一妻子何氏，康王垂涎何氏的美貌，把她夺了过来。韩凭怨恨，康王便将韩凭囚禁。妻子何氏偷偷传与韩凭书信，书曰："其雨淫淫，河大水深，日出当心。"康王截得信后，不解其意。招来大臣苏贺，苏贺曰："其雨淫淫，言愁且思也。河大水深，不得往来也。日出当心，心有死志也。"不久，韩凭自杀，其妻也从高台跳下自杀，并留遗书宋康王，"愿以尸骨赐凭合葬"。康王大怒，将他们分葬两处，曰："尔夫妇相爱不已，若能使冢合，则吾弗阻也。"很短时间后，他们的坟墓便有两棵大梓树长出，十来天便一抱粗，树干靠拢在一起，树根交于地下，树枝交错于空中。又有两只雌雄鸳鸯，栖于树上，早晚在此交颈悲鸣，声音令人感动。"宋人哀之，遂号其木曰'相思树'。'相思'之名，起于此也。"

蝶恋花·又到绿杨曾折处

又到绿杨曾折处。不语垂鞭，踏遍清秋路。衰草连天无意绪。雁声远向萧关去。

不恨天涯行役苦。只恨西风，吹梦成今古。明日客程还几许。沾衣况是新寒雨。

【笺注】

绿杨曾折：古人送别折柳相赠。

"踏遍"句：唐·李贺《马诗》："何当金络脑，快走踏清秋。"

"只恨"句：清·龚鼎孳《浪淘沙》："西风吹梦上妆台。"

点评

清·陈廷焯评："情景兼胜，亦有笔力。一味凄感。"（《云韶集》）

蝶恋花·萧瑟兰成看老去

萧瑟兰成看老去。为怕多情，不作怜花句。阁泪倚花愁不语。暗香飘尽知何处。

重到旧时明月路。袖口香寒，心比秋莲苦。休说生生花里住。惜花人去花无主。

【笺注】

兰成：北周庚信之小字。唐·陆龟蒙《小名录》："庚信幼而俊迈,聪敏绝伦,有天竺僧呼信为兰成,因以为小字。"

"阁泪"句：宋·欧阳修《蝶恋花》："泪眼问花花不语。"阁泪,含着眼泪。

袖口香寒：宋·晏幾道《西江月》："醉帽檐头风细,征衫袖口香寒。"

惜花人：宋·王安石《惜春》："春去自应无觅处,可怜多少惜花人。"

点评

谭献评："势纵语咽，凄淡无聊，延巳，六一而后，仅见湘真。"（《箧中词》）

蝶恋花·露下庭柯蝉响歇

露下庭柯蝉响歇。纱碧如烟，烟里玲珑月。并著香肩无可说。樱桃暗解丁香结。

笑卷轻衫鱼子缬。试扑流萤，惊起双栖蝶。瘦断玉腰沾粉叶。人生那不相思绝。

【笺注】

樱桃：比喻女子之唇，这里指恋人。

丁香结：据《本草拾遗》，丁香结蕾未坼，触击则顺理而解绽。比喻愁绪郁结。宋·刘翰《好事近》："东风吹尽去年愁，解放丁香结。"

鱼子缬：一种绢织之物。唐·段成式《嘲飞卿》："醉袂几侵鱼子缬，飘缨长胃凤凰钗。"

试扑流萤：唐·杜牧《秋夕》："银烛秋光冷画屏，轻罗小扇扑流萤。"

玉腰：即玉腰奴，蝴蝶的别名。宋·陶穀《清异录·花贼》："温庭筠尝得一句云：'蜜官金翼使。'遍干知识，无人可属。久之，自联其下曰：'花贼玉腰奴。'予以谓道尽蜂蝶。"

河传·春残

> 春残。　红怨。　掩双环。　微雨花间昼闲。　无言暗将红泪弹。阑珊。　香销轻梦还。
>
> 斜倚画屏思往事。　皆不是。　空作相思字。　记当时。　垂柳丝。　花枝，满庭胡蝶儿。

【笺注】

双环：门上的双环，这里代指门。

皆不是：皆不遂意。

相思字：宋·张炎《水龙吟》："几番问竹平安，雁书不尽相思字。"

河渎神·凉月转雕阑

> 凉月转雕阑。　萧萧木叶声乾。　银灯飘落琐窗闲。　枕屏几叠秋山。
> 朔风吹透青缣被。　药炉火暖初沸。　清漏沉沉无寐。　为伊判得憔悴。

【笺注】

"萧萧"句：宋·柳永《倾杯》："空阶下、木叶飘零,飒飒声乾,狂风乱扫。"乾,声音脆响。

琐窗：刻有连琐图案的窗棂。南朝·鲍照《玩月城西门廨中》诗："蛾眉蔽珠栊,玉钩隔琐窗。"

青缣被：青色织绢之被。唐·白居易《冬夜与钱员外同直禁中》："连铺青缣被,对置通中枕。"

"为伊"句：宋·柳永《蝶恋花》："为伊消得人憔悴。"

河渎神·风紧雁行高

风紧雁行高。 无边落木萧萧。 楚天魂梦与香消。 青山暮暮朝朝。
断续凉云来一缕。 飘堕几丝灵雨。 今夜冷红浦溆,鸳鸯栖向何处。

【笺注】

"无边"句：唐·杜甫《登高》："无边落木萧萧下,不尽长江滚滚来。"

灵雨：好雨。据《后汉书·郑弘传》,郑弘为淮阳太守,政宽人和,致行春天旱,有灵雨随车而降。后用"灵雨"为称颂地方官典故。

冷红：指秋天的花。南唐·冯延巳《临江仙》："冷红飘起桃花片,青春意绪阑珊。"

浦溆：水边。宋·王安石《雨花台》："新霜浦溆绵绵净,薄晚林峦往往青。"

落花时·夕阳谁唤下楼梯

夕阳谁唤下楼梯。 一握香荑。 回头忍笑阶前立,总无语,也依依。
笺书直恁无凭据,休说相思。 劝伊好向红窗醉,须莫及,落花时。

【笺注】

香荑(tí)：女子柔嫩的手指。

直恁：竟然如此。

金缕曲·亡妇忌日有感

此恨何时已。滴空阶、寒更雨歇，葬花天气。三载悠悠魂梦杳，是梦久应醒矣。料也觉、人间无味。不及夜台尘土隔，冷清清、一片埋愁地。钗钿约，竟抛弃。

重泉若有双鱼寄。好知他、年来苦乐，与谁相倚。我自终宵成转侧，忍听湘弦重理。待结个、他生知己。还怕两人俱薄命，再缘悭、剩月零风里。清泪尽，纸灰起。

【笺注】

据考证，此词作于康熙十九年(1680 年)五月三十日，乃纳兰亡妻卢氏的祭日。

"此恨"句：宋·李之仪《卜算子》："此水几时休，此恨何时已。"

葬花天气：指春末落花时节，大致是农历五月。

夜台：指坟墓。汉·阮瑀《七哀诗》："冥冥九泉室，漫漫长夜台。"

悭：缺欠。

"剩月"句：清·顾贞观《唐多令》："双泪滴花丛，一身惊断蓬。仅当年、剩月零风。"

纸灰：焚化纸钱之灰。宋·高翥《清明》："纸灰飞作白蝴蝶，泪血染成红杜鹃。"

点评

唐圭璋评："柔肠九转，凄然欲绝。"（《纳兰容若评传》）

踏莎美人·清明

> 拾翠归迟，踏青期近。香笺小叠邻姬讯。樱桃花谢已清明。何事绿鬟斜嚲、宝钗横。
>
> 浅黛双弯，柔肠几寸。不堪更惹其他恨。晓窗窥梦有流莺。也觉个侬憔悴、可怜生。

【笺注】

拾翠：拾取翠鸟羽毛以为首饰，后多指妇女游春。宋·张先《木兰花》："芳洲拾翠暮忘归，秀野踏青来不定。"

香笺小叠：即信笺。唐·韩偓《偶见》："小叠红笺书恨字，与奴方便寄卿卿。"

嚲：垂。

个侬：那人。

红窗月·燕归花谢

> 燕归花谢，早因循、又过清明。是一般风景，两样心情。犹记碧桃影里、誓三生。
>
> 乌丝阑纸娇红篆，历历春星。道休孤密约，鉴取深盟。语罢一丝香露、湿银屏。

【笺注】

三生：佛家语，指前生、今生、来生。

乌丝阑纸：笺纸有线格，称丝阑，乌丝阑即黑色线格。

孤：古同"辜"，辜负。

南歌子·翠袖凝寒薄

翠袖凝寒薄,帘衣入夜空。病容扶起月明中。惹得一丝残篆,旧熏笼。

暗觉欢期过,遥知别恨同。疏花已是不禁风。那更夜深清露,湿愁红。

【笺注】

"翠袖"句:唐·杜甫《佳人》:"天寒翠袖薄,日暮倚修竹。"

残篆:将要燃尽篆字形的香。宋·陆游《暇日》:"一池新墨生吟思,半篆残香入梦魂。"

愁红:凋落的残花。宋·辛弃疾《鹧鸪天》:"愁红惨绿今宵看,却似吴宫教阵图。"

南歌子·暖护樱桃蕊

暖护樱桃蕊,寒翻蛱蝶翎。东风吹绿渐冥冥。不信一生憔悴,伴啼莺。

素影飘残月,香丝拂绮棂。百花迢递玉钗声。索向绿窗寻梦,寄余生。

【笺注】

"寒翻"句:南唐·李煜《临江仙》:"樱桃落尽春归去,蝶翻轻粉双飞。"

冥冥:幽深的样子。

香丝:柳条,又指恋人的头发。唐·白居易《池边》:"柳老香丝宛,荷新钿扇圆。"

绮棂:饰有花纹图案的窗棂。宋·黄庭坚《满庭芳》:"香渡栏杆屈曲,红妆映、薄绮疏棂。"

点评

清·陈廷焯评:"'不信'二字真妙,真有情人语。凄艳欲绝。"（《云韶集》）

眼儿媚 · 中元夜有感

> 手写香台金字经。 惟愿结来生。 莲花漏转,杨枝露滴,想鉴微诚。
>
> 欲知奉倩神伤极,凭诉与秋擎。 西风不管,一池萍水,几点荷灯。

【笺注】

中元:即中元节,每年农历七月十五日,民间放荷灯以祭亡灵。

香台:佛殿。

金字经:指佛经。唐·元稹《清都夜境》:"闲开蕊珠殿,暗阅金字经。"

奉倩:即荀奉倩,曾为给发烧的妻子降温而躺在冰天雪地里。见《蝶恋花·辛苦最怜天上月》中"荀奉倩"的典故。

秋擎:指所放的荷灯。

眼儿媚 · 独倚春寒掩夕扉

> 独倚春寒掩夕扉。 清露泣铢衣。 玉箫吹梦,金钗划影,悔不同携。
>
> 刻残红烛曾相待,旧事总依稀。 料应遗恨,月中教去,花底催归。

【笺注】

铢衣:传说仙人所穿之衣,仅数铢重,这里指极薄极轻的衣衫。宋·周邦彦《鹊桥仙令》:"晚凉拜月,六铢衣动,应被姮娥认得。"

刻残红烛:古代在蜡烛上刻度,用于计时,这里指夜已深。

―――――――――――――――――――――

眼儿媚 · 重见星娥碧海槎

> 重见星娥碧海槎。 忍笑却盘鸦。 寻常多少,月明风细,今夜偏佳。
>
> 休笼彩笔闲书字,街鼓已三挝。 烟丝欲袅,露光微泫,春在桃花。

清·谢荪《荷花图》

【笺注】

"重见"句：唐·李商隐《海客》诗："海客乘槎上紫氛，星娥罢织一相闻。"星娥，织女。

盘鸦：指女子的发髻。宋·梅尧臣《次韵和酬永叔》："公家八九妹，鬒发如盘鸦。"

"休笼"句：唐·赵光远《咏手》："慢笼彩笔闲书字，斜指瑶阶笑打钱。"

挝：击鼓。

"露光"句：宋·周邦彦《荔枝香》："夜来寒侵酒席，露微泫。乌履初会，香泽方熏。"

荷叶杯·帘卷落花如雪

帘卷落花如雪。 烟月。 谁在小红亭。 玉钗敲竹乍闻声。 风影略分明。 化作彩云飞去。 何处。 不隔枕函边。 一声将息晓寒天。 肠断又今年。

【笺注】

"帘卷"句：唐·宋之问《寒食还陆浑别业》："洛阳城里花如雪，陆浑山中今始发。"

"玉钗"句：唐·高适《听张立本女吟》："自把玉钗敲砌竹，清歌一曲月如霜。"

"化作"句：唐·李白《宫中行乐词八首》："只愁歌舞散，化作彩云飞。"

"一声"句：宋·谢逸《柳梢青》："香肩轻拍。尊前忍听，一声将息。"将息，珍重。

荷叶杯·知己一人谁是

知己一人谁是。 已矣。 赢得误他生。 有情终古似无情。 别语悔分明。 莫道芳时易度。 朝暮。 珍重好花天。 为伊指点再来缘。 疏雨洗遗钿。

【笺注】

"知己"句：清·朱彝尊《百字令》："滔滔天下，不知知己谁是。"

"有情"句：五代·韦庄《长干塘别徐茂才》："才喜相逢又相送，有情争得似无情。"

再来缘：再世之缘，用韦皋与玉箫典，见《采桑子·拨灯书尽红笺也》中"玉箫旧约"之典故。

钿：指用金、银、玉、贝等镶饰的器物。遗钿指亡妻遗物。

寻芳草·萧寺记梦

> 客夜怎生过。梦相伴、绮窗吟和。薄嗔伴笑道，若不是恁凄凉，肯来么。
>
> 来去苦匆匆，准拟待、晓钟敲破。乍偎人、一闪灯花堕，却对著琉璃火。

【笺注】

萧寺：佛寺。相传梁武帝造佛寺，命萧子云书飞白大字"萧寺"，后来萧寺代指佛寺。

薄嗔：假意嗔怒。

琉璃火：此指琉璃灯，用角质透明的灯罩遮罩。

遐方怨·欹角枕

> 欹角枕，掩红窗。梦到江南，伊家博山沉水香。浣裙归晚坐思量。轻烟笼浅黛，月茫茫。

【笺注】

敧：斜靠着。

秋千索·药阑携手销魂侣

> 药阑携手销魂侣，争不记、看承人处。除向东风诉此情，奈竟
> 日、春无语。
>
> 悠扬扑尽风前絮，又百五、韶光难住。满地梨花似去年，却多
> 了、廉纤雨。

【笺注】

"药阑"句：宋·赵长卿《长相思》："药阑东，药阑西，记得当时素手携。"药阑，芍药花的围栏。

看承人处：宋·吴淑姬《祝英台近》："断肠曲曲屏山，温温沉水，都是旧看承人处。"

廉纤雨：宋·岳坷《满江红》："正黄昏时候杏花寒，廉纤雨。"廉纤，细微的。

点评

清·陈廷焯评："悲惋，曰似去年，已不胜物是人非之感，再加以廉纤雨，有心人何以为情也。"（《云韶集》）

秋千索·游丝断续东风弱

> 游丝断续东风弱。浑无语、半垂帘幕。茜袖谁招曲槛边，弄
> 一缕、秋千索。
>
> 惜花人共残春薄。春欲尽、纤腰如削。新月才堪照独愁，却
> 又照、梨花落。

【笺注】

游丝：蜘蛛等虫吐的丝,这里指春天将尽。

茜袖：红色的袖子,这里代指女子。

梨花落：宋·梅尧臣《苏幕遮·露堤平》:"落尽梨花春又了。"

点评

清·谢章铤评："毛稚黄尝自度曲名《拨香灰》,其句法字数与《忆王孙》俱同,但平仄稍异。容若《渌水亭春望》即填此调,因其中有'飏一缕、秋千索'句,故自名《秋千索》。"(《赌棋山庄词话》)

梅梢雪·元夜月蚀

星球映彻。一痕微褪梅梢雪。紫姑待话经年别。窃药心灰,懒把菱花揭。

踏歌才起清钲歇。扇纨仍似秋期洁。天公毕竟风流绝,教看蛾眉,特放些时缺。

【笺注】

元夜：即元宵节,农历正月十五。

紫姑：传说中的厕神,又名子姑、坑三姑。相传紫姑为李景妾,被李景妻所妒,常被役为秽事,死后为神。宋·欧阳修《蓦山溪》:"应卜紫姑神、问归期、相思望断。"

窃药：指嫦娥偷盗灵药奔月的典故,这里指求仙。

菱花：妆镜。唐·韩偓《闺怨》:"时光潜去暗凄凉,懒对菱花晕晓妆。"

钲：古代军中乐器,行军时敲击以节制步伐。

扇纨：汉·班婕妤《怨歌行》:"新裂齐纨素,皎洁如霜雪。裁成合欢扇,团团似明月。"

些时:一会儿。

木兰花令·拟古决绝词

> 人生若只如初见。 何事秋风悲画扇。 等闲变却故人心,却道故心人易变。
> 骊山语罢清宵半。 泪雨零铃终不怨。 何如薄幸锦衣郎,比翼连枝当日愿。

【笺注】

"何事"句:汉·班婕妤《怨歌行》:"裁作合欢扇,团圆似明月。出入君怀袖,动摇微风发。常恐秋节至,凉飙夺炎热。弃捐箧笥中,恩情中道绝。"此句借秋扇搁置比喻人被抛弃。

"泪雨"句:唐·白居易《长恨歌》:"行宫见月伤心色,夜雨闻铃肠断声。"

"比翼"句:唐·白居易《长恨歌》:"在天愿作比翼鸟,在地愿为连理枝。"

【典故】

☆ 何事秋风悲画扇——班婕妤

班婕妤,汉成帝刘骜的妃子,是班固、班超和班昭的祖姑,古代著名才女,进宫后很得汉成帝的宠爱,并且还被王太后比作古代贤后樊姬。赵飞燕姐妹得宠后,飞扬跋扈,诬陷班婕妤参与许皇后"巫蛊"事件,并进行其他一系列案件的陷害,班婕妤逐渐失宠,于是自请前往长信宫侍奉王太后,幽居深宫。曾作《怨歌行》:"新裂齐纨素,鲜洁如霜雪。裁为合欢扇,团团似明月。出入君怀袖,动摇微风发。常恐秋节至,凉飙夺炎热。弃捐箧笥中,恩情中道绝。"

明·唐伯虎《秋风纨扇图》

好事近·帘外五更风

> 帘外五更风，消受晓寒时节。 刚剩秋余一半，拥透帘残月。
>
> 争教清泪不成冰，好处便轻别。 拟把伤离情绪，待晓寒重说。

【笺注】

"帘外"句：宋·无名氏《浪淘沙》："帘外五更风，吹梦无踪。"

点评

清·陈廷焯评："淋漓沉痛。"（《云韶集》）

好事近·何路向家园

> 何路向家园，历历残山剩水。 都把一春冷淡，到麦秋天气。
>
> 料应重发隔年花，莫问花前事。 纵使东风依旧，怕红颜不似。

【笺注】

残山剩水：宋·范成大《万景楼》："残山剩水不知数，一一当楼供胜绝。"

麦秋天气：指农历四五月份的麦熟时节。

隔年：去年。

东风依旧：宋·毛滂《蓦山溪》："婵娟不老，依旧东风面。"

茶瓶儿·杨花糁径樱桃落

> 杨花糁径樱桃落。 绿阴下、晴波燕掠。 好景成担阁。 秋千背倚，风态宛如昨。
>
> 可惜春来总萧索。 人瘦损、纸鸢风恶。 多少芳笺约。 青鸾去也，谁与劝孤酌。

【笺注】

糁(sǎn)：米粒，这里是散落的意思。宋·刘学箕《惜分飞》："糁径飘空无定处。来往绿窗朱户。"

秋千背倚：唐·李商隐《无题》："十五泣春风，背面秋千下。"

芳笺：带有芳香的信笺。

青鸾去也：唐·李白《凤凰曲》："青鸾不独去，更有携手人。"青鸾，青鸟，这里代指女子。

转应曲·明月

明月。明月。曾照个人离别。玉壶红泪相偎。还似当年夜来。来夜。来夜。肯把清辉重借。

【笺注】

"曾照"句：南唐·冯延巳《三台令》："明月，明月，照得离人愁绝。"

红泪：指美女之泪，化用三国时美女薛灵芸玉壶化成红泪的典故。见《采桑子·而今才道当时错》之"薛灵芸"的典故。

山花子·林下荒苔道韫家

林下荒苔道韫家。生怜玉骨委尘沙。愁向风前无处说，数归鸦。
半世浮萍随逝水，一宵冷雨葬名花。魂似柳绵吹欲碎，绕天涯。

【笺注】

道韫：指东晋才女谢道韫。

玉骨：骸骨。宋·王安石《悼慧休》诗："玉骨随薪尽，空留一分香。"

数归鸦：宋·辛弃疾《玉蝴蝶》："佳人何处，数尽归鸦。"

清 · 费丹旭《攀梅仕女图》

"魂似"句：宋·苏轼《蝶恋花·春景》："枝上柳绵吹又少，天涯何处无芳草。"

山花子·昨夜浓香分外宜

昨夜浓香分外宜。　天将妍暖护双栖。　桦烛影微红玉软，燕钗垂。

几为愁多翻自笑，那逢欢极却含啼。　央及莲花清漏滴，莫相催。

【笺注】

妍暖：天气晴朗暖和。

桦烛：以桦木皮卷裹的蜡烛。宋·苏轼《至真州再和》："小院檀槽闹，空庭桦烛烟。"

红玉：红宝石，这里比喻美人的肌肤。

燕钗：燕子形状的钗头。据郭宪《洞冥记》，神女赠汉成帝玉钗，后化作白燕飞去。宫人仿其形制钗，称玉燕钗。

山花子·风絮飘残已化萍

风絮飘残已化萍。　泥莲刚倩藕丝萦。　珍重别拈香一瓣，记前生。

人到情多情转薄，而今真个悔多情。　又到断肠回首处，泪偷零。

【笺注】

泥莲：荷塘里的莲花。

悔多情：纳兰性德曾有一方章，篆刻四字"自伤情多"。

零：落下，流泪。

清 · 黄山寿《柳塘凭栏》

山花子·欲话心情梦已阑

欲话心情梦已阑。镜中依约见春山。方悔从前真草草，等闲看。
环佩只应归月下，钿钗何意寄人间。多少滴残红蜡泪，几时干。

【笺注】

"环佩"句：唐·杜甫《咏怀古迹》："画图省识春风面，环佩空归夜月魂。"

"钿钗"句：唐·白居易《长恨歌》："惟将旧物表深情，钿合金钗寄将去。"

"多少"句：唐·温庭筠《更漏子》："玉炉香，红蜡泪。"

山花子·小立红桥柳半垂

小立红桥柳半垂，越罗裙飐缕金衣。采得石榴双叶子，欲贻谁。
便是有情当落日，只应无伴送斜晖。寄语东风休著力，不禁吹。

【笺注】

小立：暂时停伫。宋·杨万里《雪后晚晴赋绝句》："只知逐胜忽忘寒，小立春风夕照间。"

越罗裙：越地所产的丝织品。五代·韦庄《诉衷情》："越罗香暗销，坠花翘。"

缕金衣：即金缕衣，绣有金丝的衣服。五代·顾敻《荷叶杯》："菊冷露微微，看看湿透缕金衣。"

"采得"句：明·王彦泓《无绪》："空寄石榴双叶子，隔帘消息正沉沉。"

菩萨蛮·窗前桃蕊娇如倦

窗前桃蕊娇如倦。 东风泪洗胭脂面。 人在小红楼。 离情唱石州。
夜来双燕宿。 灯背屏腰绿。 香尽雨阑珊。 薄衾寒不寒。

【笺注】

"窗前"句：唐·温庭筠《春暮宴罢寄宋寿先辈》："窗间桃蕊宿妆在，
雨后牡丹春睡浓。"

"人在"句：宋·施枢《摸鱼儿》："人在小红楼，朱帘半卷，香注玉壶露。"

石州：乐府商调曲名，凄清哀伤。

绿：乌黑发亮。

菩萨蛮·新寒中酒敲窗雨

新寒中酒敲窗雨。 残香细袅秋情绪。 才道莫伤神。 青衫湿一痕。
无聊成独卧。 弹指韶光过。 记得别伊时。 桃花柳万丝。

【笺注】

中酒：醉酒。宋·吴文英《风入松》："料峭春寒中酒，交加晓梦啼莺。"

"青衫"句：宋·欧阳修《生查子》："不见去年人，泪满春衫袖。"

"弹指"句：宋·章甫《即事》："一弹指顷韶光半"。弹指，极短的
时间。

菩萨蛮·萧萧几叶风兼雨

萧萧几叶风兼雨。 离人偏识长更苦。 欹枕数秋天。 蟾蜍早下弦。
夜寒惊被薄。 泪与灯花落。 无处不伤心。 轻尘在玉琴。

【笺注】

　　蟾蜍：这里指月亮。

　　灯花：油灯烧尽，结成花形。宋·花仲胤妻《伊川令》："教奴独自守空房，泪珠与灯花共落。"

　　"无处"句：宋·周邦彦《玉楼春》："玉琴虚下伤心泪，只有文君知曲意。"

菩萨蛮·催花未歇花奴鼓

> 催花未歇花奴鼓。　酒醒已见残红舞。　不忍覆余觞，临风泪数行。
> 粉香看又别。　空剩当时月。　月也异当时。　凄清照鬓丝。

【笺注】

　　催花：即催花鼓。据唐·南卓《羯鼓录》载，尝遇二月初诘旦，唐明皇巾栉方毕，时当宿雨初晴，景色明丽，小殿内庭，柳杏将吐，睹而叹曰："对此景物，岂得不为他判断之乎？"左右相目将命备酒，独高力士遣取羯鼓，上旋命之，临轩纵击一曲，曲名《春光好》，神思自得，及顾柳杏，皆已发坼。上指而笑谓嫔御曰："此一事不唤我作天公可乎。"后因有"催花鼓"之语。

　　花奴：唐玄宗时汝阳王李琎的小字。李琎善羯鼓，深得玄宗喜爱。

　　余觞：杯中残酒。

菩萨蛮·春云吹散湘帘雨

> 春云吹散湘帘雨，絮粘蝴蝶飞还住。　人在玉楼中。　楼高四面风。
> 柳烟丝一把。　暝色笼鸳瓦。　休近小阑干。　夕阳无限山。

【笺注】

　　鸳瓦：鸳鸯瓦。唐·李商隐《当句有对》："密迩平阳接上兰，秦楼鸳瓦汉宫盘。"

　　"夕阳"句：唐·李商隐《乐游原》："夕阳无限好，只是近黄昏。"

菩萨蛮·隔花才歇廉纤雨

> 隔花才歇廉纤雨。一声弹指浑无语。梁燕自双归。长条脉脉垂。
> 小屏山色远。妆薄铅华浅。独自立瑶阶。透寒金缕鞋。

【笺注】

　　"一声"句：纳兰性德《虞美人》："一声弹指泪如丝。"

　　"妆薄"句：唐·乔知之《铜雀妓》："铅华不重妆。"妆薄，即淡妆。

菩萨蛮·晶帘一片伤心白

> 晶帘一片伤心白。云鬟香雾成遥隔。无语问添衣，桐阴月已西。
> 西风鸣络纬。不许愁人睡。只是去年秋。如何泪欲流。

【笺注】

　　"云鬟"句：唐·杜甫《月夜》："香雾云鬟湿，清辉玉臂寒。"

　　"西风"句：宋·张耒《西风》："西风吹屋络纬鸣，星河错落已三更。"络纬，莎鸡，又叫促织、纺织娘。

菩萨蛮·梦回酒醒三通鼓

梦回酒醒三通鼓。 断肠啼鴂花飞处。 新恨隔红窗。 罗衫泪几行。

相思何处说。 空有当时月。 月也异当时。 团圞照鬓丝。

【笺注】

啼鴂：杜鹃鸟啼叫。相传为蜀王杜宇所化，声音悲哀凄惨。

"相思"句：五代·韦庄《应天长》："暗相思，无处说，惆怅夜来烟月。"

菩萨蛮·回文

客中愁损催寒夕。 夕寒催损愁中客。 门掩月黄昏。 昏黄月掩门。

翠衾孤拥醉。 醉拥孤衾翠。 醒莫更多情。 情多更莫醒。

【笺注】

回文：诗词中的一种修辞手法，将某些词句，在下文中调换位置或颠倒过来，回环往复读之皆能成诵。

菩萨蛮·乌丝画作回纹纸

乌丝画作回纹纸。 香煤暗蚀藏头字。 筝雁十三双。 输他作一行。

相看仍似客。 但道休相忆。 索性不还家。 落残红杏花。

【笺注】

乌丝：即乌丝栏，有墨线格子的纸。宋·程垓《红娘子》："几点清觞泪，数曲乌丝纸。"

香煤：香烟。

"筝雁"句：宋·欧阳修《生查子》："雁柱十三弦，一一春莺语。"筝雁，筝柱,柱行斜列像雁阵。

菩萨蛮·阑风伏雨催寒食

> 阑风伏雨催寒食。樱桃一夜花狼藉。刚与病相宜。锁窗薰绣衣。
> 画眉烦女伴。央及流莺唤。半饷试开奁。娇多直自嫌。

【笺注】

阑风伏雨：宋·张耒《新正二首》："阑风伏雨莫收拾,不念厚土何时干。"

寒食：即寒食节,清明节前一日或二日。

半饷：许久。

点评

周之琦评："集中屡用'央及'二字,此曲语,非词语也。"（郑文焯原藏张祥河刻本《饮水词》本阕后朱笔识语。）

临江仙·长记碧纱窗外语

> 长记碧纱窗外语,秋风吹送归鸦。片帆从此寄天涯。一灯新睡觉,思梦月初斜。
> 便是欲归归未得,不如燕子还家。春云春水带轻霞。画船人似月,细雨落杨花。

【笺注】

"画船"句：五代·韦庄《菩萨蛮》："垆边人似月,皓腕凝霜雪。"

卷一 情·殇

061

临江仙·无题

> 昨夜个人曾有约，严城玉漏三更。 一钩新月几疏星。 夜阑犹未寝，人静鼠窥灯。
>
> 原是瞿塘风间阻，错教人恨无情。 小阑干外寂无声。 几回肠断处，风动护花铃。

【笺注】

"人静"句：宋·秦观《如梦令》："梦破鼠窥灯，霜送晓寒侵被。"

瞿塘：即瞿塘峡，这里指阻隔相会的因素。

护花铃：为保护花朵驱赶鸟雀而设置的铃。

点评

陈焯评："情至语还自解，叹妙。"（《精选国朝诗余》）

临江仙·点滴芭蕉心欲碎

> 点滴芭蕉心欲碎，声声催忆当初。 欲眠还展旧时书。 鸳鸯小字，犹记手生疏。
>
> 倦眼乍低缃帙乱，重看一半模糊。 幽窗冷雨一灯孤。 料应情尽，还道有情无。

【笺注】

"欲眠"句：宋·蔡伸《生查子》："看尽旧时书，滴尽今生泪。"旧时书，以前的情书。

缃帙：套在书上的浅黄色布套，代指书卷。

"幽窗"句：明·汤显祖《牡丹亭》："愁万种，冷雨幽窗灯不红。"

昭君怨·深禁好春谁惜

> 深禁好春谁惜。薄暮瑶阶伫立。别院管弦声。不分明。
> 又是梨花欲谢。绣被春寒今夜。寂寂锁朱门。梦承恩。

【笺注】

深禁：深宫内。汉·蔡邕《独断》："天子所居曰禁中,言门户有禁,非侍御之臣不得入也。"

梨花欲谢：宋·晏幾道《生查子》："消息未归来,寒食梨花谢。"

承恩：指被皇帝宠幸。五代·韦庄《小重山》："夜寒宫漏永,梦君恩。"

清平乐·凄凄切切

> 凄凄切切。惨淡黄花节。梦里砧声浑未歇。那更乱蛩悲咽。
> 尘生燕子空楼。抛残弦索床头。一样晓风残月,而今触绪添愁。

【笺注】

黄花节：即重阳节。

"尘生"句：燕子楼,唐时张愔爱妓关盼盼居住地,这里指亡妻居处。宋·周邦彦《解连环》："燕子楼空,暗尘锁、一床弦索。"

晓风残月：宋·柳永《雨霖铃》："今宵酒醒何处,杨柳岸、晓风残月。"

点评

林花谢评："凄楚绝似易安,置之《漱玉集》中,亦无逊色。"（《读词小笺》）

清平乐·青陵蝶梦

> 青陵蝶梦。倒挂怜幺凤。退粉收香情一种。栖傍玉钗偷共。
>
> 惜惜镜阁飞蛾。谁传锦字秋河。莲子依然隐雾，菱花暗惜横波。

【笺注】

青陵蝶梦：借用韩凭与其妻的典故，比喻夫妻分离。

幺凤：鹦鹉之一种，俗称虎皮鹦哥，身体小巧，毛黄绿色。宋·苏轼《西江月》："海仙时遣探芳丛，倒挂绿毛幺凤。"

横波：指情人的眼睛。宋·欧阳修《渔家傲》："香蛾有恨东南远。脉脉横波珠泪满。"

清平乐·风鬟雨鬓

> 风鬟雨鬓。偏是来无准。倦倚玉阑看月晕。容易语低香近。
>
> 软风吹过窗纱。心期便隔天涯。从此伤春伤别，黄昏只对梨花。

【笺注】

语低香近：指与女子低头私语，女子的香气扑面而来。宋·晏幾道《清平乐》："勾引行人添别恨，因是语低香近。"

心期：打算。

"从此"句：唐·李商隐《杜司勋》："刻意伤春复伤别，人间惟有杜司勋。"

点评

清·陈廷焯评："婉丽。'便'字、'从此'二字中有多少沉痛。"（《云韶集》）

清平乐 · 画屏无睡

画屏无睡。 雨点惊风碎。 贪话零星兰焰坠。 闲了半床红被。

生来柳絮飘零。 便教咒也无灵。 待问归期还未，已看双睫盈盈。

【笺注】

兰焰：即烛花。

柳絮飘零：宋·王镃《暮春》："柳絮飘零游子梦，草花清净道人心。"

醉桃源 · 斜风细雨正霏霏

斜风细雨正霏霏。 画帘拖地垂。 屏山几曲篆香微，闲庭柳絮飞。

新绿密，乱红稀。 乳莺残日啼。 余寒欲透缕金衣。 落花郎未归。

【笺注】

"斜风"句：唐·张志和《渔父》："青箬笠，绿蓑衣，斜风细雨不须归。"霏霏，指风雨正盛。

"落花"句：宋·康与之《游慧力寺》："啼鸟一声春晓，落花满地人归。"

虞美人 · 绿阴帘外梧桐影

绿阴帘外梧桐影。 玉虎牵金井。 怕听啼鴂出帘迟，恰到年年今日两相思。

凄凉满地红心草。 此恨谁知道。 待将幽忆寄新词，分付芭蕉风定月斜时。

【笺注】

玉虎：井上的辘轳。

"怕听"句：宋·张炎《暗香》："一笑东风又急。黯消凝、恨听啼鴂。"

"凄凉"句：唐·王炎《葬西施挽歌》："满地红心草,三层碧玉阶。"

【典故】

☆ 凄凉满地红心草——红心草

典出《唐传奇·异梦录》。唐代文学家沈亚之听友人姚合讲述了这样一个故事,说姚合的一个朋友王炎,某日做梦侍奉吴王,"闻宫中出輂,鸣笳箫击鼓,言葬西施"。吴王听后悲伤不已,立刻诏词客作挽歌。王炎应教作《西施挽歌》：西望吴王阙,云书凤字牌。连工起珠帐,择水葬金钗。满地红心草,三层碧玉阶。春风无处所,凄恨不胜怀。词献给吴王之后,吴王很是赞赏,后用"红心草"比喻美人之恨。

虞美人·春情只到梨花薄

春情只到梨花薄。片片催零落。夕阳何事近黄昏。不道人间犹有未招魂。

银笺别记当时句。密绾同心苣。为伊判作梦中人。长向画图清夜唤真真。

【笺注】

"夕阳"句：唐·李商隐《乐游原》："夕阳无限好,只是近黄昏。"

同心苣：同心结。唐·段成式《嘲飞卿》："愁机懒织同心苣,闷锈先描连理枝。"

真真：泛指美人。宋·蒋捷《贺新郎》："人道真真招得下,任千呼万唤无言应。"

【典故】

☆ 长向画图清夜唤真真——真真

典出唐·杜荀鹤《松窗杂记》。据元·陶宗仪《南村辍耕录·卷十一》

明·周文靖《古木寒鸦》

记载,唐朝一进士赵颜在画工那得到一幅画轴,画中的妇人极其妍丽,赵颜对其一见倾心,感叹道:"如可令生,余愿纳为妻。"画工告诉他画中人名"真真",并说如果昼夜不停地呼唤她百日,她就会应答,"应则以百家彩灰酒灌之,必活"。赵颜按照画工的说法做了,昼夜不息,呼唤百日,妇人果然复活,说笑、饮食都同常人一样。后以"真真"泛指美人。

虞美人·曲阑深处重相见

> 曲阑深处重相见。匀泪偎人颤。凄凉别后两应同。最是不胜清怨月明中。
>
> 半生已分孤眠过。山枕檀痕涴。忆来何事最销魂。第一折枝花样画罗裙。

【笺注】

匀泪:擦拭眼泪。

"最是"句:唐·钱起《归雁》:"二十五弦弹夜月,不胜清怨却飞来。"不胜清怨:忍受不了凄清哀怨。

分(fèn):料想。

山枕:两端凸起中间低凹的像山形的枕头。

檀痕:浅红色的泪痕。

涴(wò):浸染。

折枝:花卉画的一种技法,不画全株,只画从树干上折下的部分花枝。

虞美人·彩云易向秋空散

> 彩云易向秋空散。燕子怜长叹。几番离合总无因。赢得一回僝僽一回亲。
>
> 归鸿旧约霜前至。可寄香笺字。不如前事不思量。且枕红蕤欹侧看斜阳。

【笺注】

"彩云"句:比喻相爱之人容易分离。

偏愖(chán zhòu):烦恼、愁苦。宋·何梦桂《喜迁莺》:"旧日沈腰,如今潘鬓,怎奈许多偏愖。"

红蒍:传说中的红蒍仙枕。宋·毛滂《小重山·春雪小醉》:"十年旧事梦如新。红蒍枕,犹暖楚峰云。"

虞美人·银床淅沥青梧老

> 银床淅沥青梧老。屧粉秋蛩扫。采香行处蹩连钱。拾得翠翘何恨不能言。
>
> 回廊一寸相思地。落月成孤倚。背灯和月就花阴,已是十年踪迹十年心。

【笺注】

银床:井栏。唐·杜甫《冬日洛城北谒玄元皇帝庙》:"风筝吹玉柱,露井冻银床。"

连钱:苔痕。

"回廊"句:唐·李商隐《无题》:"春心莫共花争发,一寸相思一寸灰。"

"已是"句:宋·高观国《玉楼春》:"十年春事十年心,怕说湔裙当日事。"

虞美人·秋夕信步

> 愁痕满地无人省。露湿琅玕影。闲阶小立倍荒凉。还剩旧时月色在潇湘。
>
> 薄情转是多情累。曲曲柔肠碎。红笺向壁字模糊。忆共灯前呵手为伊书。

明·张灵《招仙图》

【笺注】

琅玕：竹。

旧时月色：宋·姜夔《暗香》词："旧时月色，算几番照我。梅边吹笛。"

浪淘沙·紫玉拨寒灰

> 紫玉拨寒灰。心字全非。疏帘犹是隔年垂。半卷夕阳红雨入，燕子来时。
>
> 回首碧云西。多少心期。短长亭外短长堤。百尺游丝千里梦，无限凄迷。

【笺注】

"紫玉"句：唐·刘言史《长门怨》："手持金箸垂红泪，乱拨寒灰不举头。"紫玉，紫玉钗。

心字：心形香。

红雨：红色的雨，指纷飞的落花。

"短长亭"句：宋·欧阳修《浪淘沙》："长亭回首短亭遥。"

"百尺"句：唐·李商隐《日日》："几时心绪浑无事，得及游丝百尺长。"

浪淘沙·夜雨做成秋

> 夜雨做成秋。恰上心头。教他珍重护风流。端的为谁添病也，更为谁羞。
>
> 密意未曾休。密愿难酬。珠帘四卷月当楼。暗忆欢期真似梦，梦也须留。

【笺注】

"夜雨"句：宋·吴文英《唐多令》："何处合成愁，离人心上秋。"

端的：究竟。

密意：隐秘的情意。

浪淘沙·红影湿幽窗

> 红影湿幽窗。瘦尽春光。雨余花外却斜阳。谁见薄衫低髻子，抱膝思量。
>
> 莫道不凄凉。早近持觞。暗思何事断人肠。曾是向他春梦里，瞥遇回廊。

【笺注】

雨余：雨后。唐·温庭筠《菩萨蛮》："雨后却斜阳，杏花零落香。"

低髻子：低垂的发髻，指低着头。

暗思何事：唐·李珣《浣溪沙》："镂玉梳斜云鬓腻，缕金衣透雪肌香，暗思何事立残阳。"

浪淘沙·眉谱待全删

> 眉谱待全删。别画秋山。朝云渐入有无间。莫笑生涯浑似梦，好梦原难。
>
> 红咮啄花残。独自凭阑。月斜风起袷衣单。消受春风都一例，若个偏寒。

【笺注】

眉谱：古代女子描画眉毛的图谱。

秋山：秋天的远山，指女子的眉毛。

朝云：巫山神女名。战国楚怀王游高唐，昼梦幸巫山之女。后好事者为立庙，号曰"朝云"。

"莫笑"句：唐·李商隐《无题》："神女生涯原是梦，小姑居处本无郎。"

咮（zhòu）：鸟嘴。

点评

清·陈廷焯评："妙在婉雅。凄婉不减古人。"（《云韶集》）

浪淘沙·双燕又飞还

双燕又飞还。好景阑珊。东风那惜小眉弯。芳草绿波吹不尽，只隔遥山。

花雨忆前番。粉泪偷弹。倚楼谁与话春闲。数到今朝三月二，梦见犹难。

【笺注】

"东风"句：宋·陈允平《江城子》："东风吹恨上眉弯。"那惜：不管。

花雨：指落花纷飞。

粉泪：指女子的眼泪。

三月二：古代每年的三月三是上巳节，人们游春，到水边洗濯等以此驱邪。唐·杜甫《丽人行》："三月三日天气新，长安水边多丽人。"

浪淘沙·清镜上朝云

清镜上朝云。宿篆犹熏。一春双袂尽啼痕。那更夜来山枕侧，又梦归人。

花底病中身。懒约湔裙。待寻闲事度佳辰。绣榻重开添几线，旧谱翻新。

【笺注】

谱：画谱，刺绣图样。

鬓云松令 · 枕函香

枕函香，花径漏。依约相逢，絮语黄昏后。时节薄寒人病酒。划地梨花，彻夜梨花瘦。

掩银屏，垂翠袖。何处吹箫，脉脉情微逗。肠断月明红豆蔻。月似当时，人似当时否。

【笺注】

划地：尽是。

逗：引发。

红豆蔻：宋 · 范成大《桂海虞衡志 · 志花 · 红豆蔻》："红豆蔻花丛生……一穗数十蕊，淡红鲜妍如桃杏花色。蕊重则下垂如葡萄，每蕊心有两瓣相并，词人托兴如比目连理。"

点评

清 · 张渊懿评："柔情婉转，无限风姿。"（《清平初选后集》）

鹊桥仙 · 七夕

乞巧楼空，影娥池冷，佳节只供愁叹。丁宁休曝旧罗衣，忆素手为余缝绽。

莲粉飘红，菱丝翳碧，仰见明星空烂。亲持钿合梦中来，信天上人间非幻。

明·陈录《玉兔争清》

【笺注】

乞巧：古代七夕习俗，妇女结缕彩，穿七孔针，或金银鍮石为针，陈瓜果于庭中以乞巧。

影娥池：池名，汉武帝所建。汉·《三辅黄图》：汉武帝于望鹄台西建俯月台，台下穿池，月影入池中，使宫人乘舟弄月影，因名"影娥池"。

丁宁：即叮咛。

莲粉：莲花。唐·杜甫《秋兴》："露冷莲房坠粉红。"

"天上人间"句：唐·白居易《长恨歌》："但教心似金钿坚，天上人间会相见。"

鹊桥仙·倦收缃帙

倦收缃帙，悄垂罗幕，盼煞一灯红小。便容生受博山香，销折得、狂名多少。

是伊缘薄，是侬情浅，难道多磨更好。不成寒漏也相催，索性尽、荒鸡唱了。

【笺注】

容：指纳兰容若自己。

生受：享受。

荒鸡：指三更以前啼叫的鸡。

鹊桥仙·梦来双倚

梦来双倚，醒时独拥，窗外一眉新月。寻思常自悔分明，无奈却、照人清切。

一宵灯下，连朝镜里，瘦尽十年花骨。前期总约上元时，怕难认、飘零人物。

【笺注】

　　花骨：容貌清瘦俏丽，这里指消瘦衰老。宋·史达祖《鹧鸪天》："十年花骨东风泪，几点螺香素壁尘。"

　　前期：以前的约定。

　　上元：即元宵节，正月十五。

　　飘零：失意。

青衫湿遍·悼亡

> 　　青衫湿遍，凭伊慰我，忍便相忘。半月前头扶病，剪刀声、犹在银釭。忆生来、小胆怯空房。到而今、独伴梨花影，冷冥冥、尽意凄凉。愿指魂兮识路，教寻梦也回廊。
>
> 　　咫尺玉钩斜路，一般消受，蔓草残阳。判把长眠滴醒，和清泪、搅入椒浆。怕幽泉还我为神伤。道书生、薄命宜将息，再休耽、怨粉愁香。料得重圆密誓，难禁寸裂柔肠。

【笺注】

　　玉钩斜：在江苏江都县境，相传为隋炀帝葬宫人处。这里指亡妻陵墓之处。

　　椒浆：即椒酒，指祭奠之酒。《楚辞·东皇太一》："奠桂酒兮椒浆。"

　　怨粉愁香：宋·方千里《风流子》："不忆故园，粉愁香怨，忍教华屋，绿惨红悲。"

青衫湿·悼亡

> 近来无限伤心事，谁与话长更。从教分付，绿窗红泪，早雁初莺。当时领略，而今断送，总负多情。忽疑君到，漆灯风飐，痴数春星。

清·叶欣《探梅》

【笺注】

　　绿窗红泪：唐·李郢《为妻作生日寄意》："绿窗红泪冷娟娟。"

　　漆灯：灯明亮如漆的灯。唐·李贺《南山田中行》："石脉水流泉滴沙，鬼灯如漆点松花。"

　　飐：风吹动的样子。

百字令·人生能几

　　人生能几，总不如休惹、情条恨叶。刚是尊前同一笑，又到别离时节。灯灺挑残，炉烟爇尽，无语空凝咽。一天凉露，芳魂此夜偷接。

　　怕见人去楼空，柳枝无恙，犹扫窗间月。无分暗香深处住，悔把兰襟亲结。尚暖檀痕，犹寒翠影，触绪添悲切。愁多成病，此愁知向谁说。

【笺注】

　　"人生"句：唐·王维《哭殷遥》："人生能几何，毕竟归无形。"

　　情条恨叶：宋·洪瑹《水龙吟》："念平生多少，情条恨叶，镇长使、芳心困。"

　　灯灺（xiè）：蜡烛的余烬。

　　爇（ruò）：燃烧。

　　"无语"句：宋·柳永《雨霖铃》："执手相看泪眼，竟无语凝咽。"

　　接：见面，会面。宋·史达祖《醉落魄》："雨长心寒，今夜梦魂接。"

　　檀痕：带有香粉的泪痕。

沁园春·代悼亡

梦冷蘅芜，却望姗姗，是耶非耶。怅兰膏渍粉，尚留犀合；金泥蹙绣，空掩蝉纱。影弱难持，绿深暂隔，只当离愁滞海涯。归来也，趁星前月底，魂在梨花。

鸾胶纵续琵琶。问可及、当年萼绿华。但无端摧折，恶经风浪；不如零落，判委尘沙。最忆相看，娇讹道字，手剪银灯自泼茶。今已矣，便帐中重见，那似伊家。

【笺注】

兰膏：古代女子润发的一种精油。

犀合：用犀牛角制成的钿盒。

鸾胶：比喻续娶后妻。汉·东方朔《海内十洲记·凤麟洲》：西海中有凤麟洲，多仙家，煮凤喙麟角合煎作膏，能续弓弩已断之弦，名"续弦胶"，亦称"鸾胶"。

娇讹道字：指亡妻以前读错字的娇柔之声。宋·苏轼《浣溪沙》："道字娇讹苦未成，未应春阁梦多情。"

沁园春·瞬息浮生

丁巳重阳前三日，梦亡妇淡妆素服，执手哽咽，语多不复能记。但临别有云："衔恨愿为天上月，年年犹得向郎圆。"妇素未工诗，不知何以得此也。觉后感赋。

瞬息浮生，薄命如斯，低徊怎忘。记绣榻闲时，并吹红雨；雕阑曲处，同倚斜阳。梦好难留，诗残莫续，赢得更深哭一场。遗容在，只灵飙一转，未许端详。

重寻碧落茫茫。料短发、朝来定有霜。便人间天上，尘缘未断；春花秋叶，触绪还伤。欲结绸缪，翻惊摇落，两处鸳鸯各自凉。真无奈，把声声檐雨，谱出回肠。

【笺注】

丁巳：即康熙十六年(1677年)，纳兰性德二十三岁。

灵飙：阴风。此谓梦中人随风消逝。

"重寻"句：唐·白居易《长恨歌》："上穷碧落下黄泉，两处茫茫皆不见。"碧落：青天。

绸缪：缠绵之情。

东风齐著力·电急流光

电急流光，天生薄命，有泪如潮。　勉为欢谑，到底总无聊。欲谱频年离恨，言已尽、恨未曾消。　凭谁把、一天愁绪，按出琼箫。

往事水迢迢。　窗前月，几番空照魂销。　旧欢新梦，雁齿小红桥。　最是烧灯时候，宜春髻、酒暖蒲萄。　凄凉煞、五枝青玉，风雨飘飘。

【笺注】

电急流光：比喻时间像电光一样飞逝。宋·蒋捷《一剪梅》："流光容易把人抛。"

雁齿：台阶。宋·张先《破阵乐·钱塘》："雁齿桥红，裙腰草绿，云际寺、林下路。"

烧灯时候：清·朱彝尊《柳梢青》："烧灯时候，尚促归期。"烧灯：指元宵节。

五枝青玉：指所燃之灯。汉·刘歆《西京杂记》："咸阳宫有青玉五枝灯，高七尺五寸，作蟠螭，以口衔灯，灯燃，鳞甲皆动。"

南乡子·为亡妇题照

泪咽却无声。只向从前悔薄情。凭仗丹青重省识，盈盈，一片伤心画不成。

别语忒分明。午夜鹣鹣梦早醒。卿自早醒侬自梦，更更。泣尽风檐夜雨铃。

【笺注】

丹青：画像，指亡妻之画像。

"一片伤心"句：唐·高蟾《金陵晚望》："世间无限丹青手，一片伤心画不成。"

鹣鹣（jiān）：即鹣鸟，比翼鸟。

南乡子·飞絮晚悠飏

飞絮晚悠飏。斜日波纹映画梁。刺绣女儿楼上立，柔肠。爱看晴丝百尺长。

风定却闻香。吹落残红在绣床。休堕玉钗惊比翼，双双。共唼苹花绿满塘。

【笺注】

"飞絮"句：宋·曾觌《诉衷情》："几番梦回枕上，飞絮恨悠扬。"

休堕玉钗：宋·欧阳修《临江仙》："水精双枕，畔有堕钗横。"堕：脱落。

唼（shà）：水鸟吃食的声音。宋·陆游《过建阳县》："闲泛晴波唼绿苹。"

梦江南·昏鸦尽

> 昏鸦尽,小立恨因谁。 急雪乍翻香阁絮,轻风吹到胆瓶梅。心字已成灰。

【笺注】

香阁:年轻女子的闺房。

胆瓶:长颈大腹,形如悬胆之花瓶。

心字:心字香,摆成心形的香。

玉连环影·何处

> 何处。 几叶萧萧雨。 湿尽檐花,花底人无语。 掩屏山。 玉炉寒。 谁见两眉愁聚倚阑干。

【笺注】

几叶萧萧雨:宋·晏殊《踏莎行》:"高楼目尽欲黄昏,梧桐叶上萧萧雨。"

谒金门·风丝袅

> 风丝袅。 水浸碧天清晓。 一镜湿云青未了。 雨晴春草草。
> 梦里轻螺谁扫。 帘外落花红小。 独睡起来情悄悄。 寄愁何处好。

【笺注】

青未了:唐·杜甫《望岳》:"岱宗夫如何,齐鲁青未了。"

草草:匆匆。宋·晁补之《金凤钩》:"春辞我向何处。怪草草、夜来风雨。"

轻螺：用螺子黛画的眉。

情悄悄：南唐·冯延巳《更漏子》："情悄悄，梦依依，离人殊未归。"

四和香

> 麦浪翻晴风飐柳。已过伤春候。因甚为他成僝僽，毕竟是春拖逗。
> 红药阑边携素手。暖语浓于酒。盼到园花铺似绣。却更比春前瘦。

【笺注】

拖逗：挑逗。

红药阑：围红芍药的栏杆。

海棠月

> 重檐淡月浑如水。浸寒香、一片小窗里。双鱼冻合，似曾
> 伴、个人无寐。横眸处，索笑而今已矣。
> 与谁更拥灯前髻。乍横斜、疏影疑飞坠。铜瓶小注，休教
> 近、麝炉烟气。酬伊也，几点夜深清泪。

【笺注】

重檐：两层屋檐。

双鱼：即双鱼洗，镌刻有双鱼形象的洗手器。宋·张元幹《夜游宫》："半吐寒梅未拆。双鱼洗，冰澌初结。"冻合，结冰。

麝(shè)炉烟气：焚烧麝香所散发的香气。

相见欢·落花如梦凄迷

> 落花如梦凄迷。麝烟微。又是夕阳潜下小楼西。
> 愁无限，消瘦尽，有谁知。闲教玉笼鹦鹉念郎诗。

【笺注】

"闲教"句：宋·柳永《甘草子》："却傍金笼共鹦鹉，念粉郎言语。"

点评

林花谢评："柳耆卿曰：'却傍金笼教鹦鹉，念粉郎言语。'纳兰性德本之曰：'闲教玉笼鹦鹉念郎诗。'一艳丽，一淡雅，意趣自觉不同。"（《读词小笺》）

唐多令·雨夜

丝雨织红茵。苔阶压绣纹。是年年、肠断黄昏。到眼芳菲都惹恨，那更说，塞垣春。

萧飒不堪闻。残妆拥夜分。为梨花、深掩重门。梦向金微山下去，才识路，又移军。

【笺注】

红茵：红色垫褥，这里指落红如毯。

"为梨花"二句：唐·戴叔伦《春怨》："金鸭香消欲断魂，梨花春雨掩重门。"

金微山：即阿尔泰山。唐·张仲素《秋闺思》："梦里分明见关塞，不知何路向金微。"

移军：军营转移。

秋水·听雨

谁道破愁须仗酒，酒醒后，心翻醉。正香销翠被，隔帘惊听，那又是、点点丝丝和泪。忆剪烛、幽窗小憩。娇梦垂成，频唤觉、一眶秋水。

依旧乱蛩声里，短檠明灭，怎教人睡。想几年踪迹，过头风浪，只消受、一段横波花底。向拥髻、灯前提起。甚日还来，同领略、夜雨空阶滋味。

【笺注】

"忆剪"句：唐·李商隐《夜雨寄北》："何当共剪西窗烛，却话巴山夜雨时。"

蛩声：蟋蟀声。宋·王安石《五更》："只听蛩声已无梦，五更桐叶强知秋。"

短檠（qíng）：小灯。唐·韩愈《短灯檠歌》："一朝富贵还自恣，长檠高张照珠翠。吁嗟世事无不然，墙角君看短檠弃。"

拥髻：捧持着发髻，指女子惆怅慵懒的状态。

"夜雨"句：南朝·何逊《临别与故游夜别》："夜雨滴空阶，晓灯暗离室。"

临江仙·丝雨如尘云著水

丝雨如尘云著水，嫣香碎拾吴宫。百花冷暖避东风。酷怜娇易散，燕子学偎红。

人说病宜随月减，恹恹却与春同。可能留蝶抱花丛。不成双梦影，翻笑杏梁空。

【笺注】

嫣香：娇艳芬芳的花。唐·李贺《南园》："可怜日暮嫣香落，嫁与春风不用媒。"

恹恹:精神萎靡的样子。

双梦影:唐·曹邺《不可见》:"君梦有双影,妾梦空四邻。"

杏梁:文杏木制成的屋梁。宋·晏殊《采桑子》:"燕子双双,依旧衔泥入杏梁。"

于中好·十月初四夜风雨,其明日是亡妇生辰

> 尘满疏帘素带飘。真成暗度可怜宵。几回偷拭青衫泪,忽傍犀奁见翠翘。
>
> 惟有恨,转无聊。五更依旧落花朝。衰杨叶尽丝难尽,冷雨凄风打画桥。

【笺注】

可怜宵:宋·方千里《一落索》:"徘徊空度可怜宵,谩问道、因谁瘦。"

翠翘:即翡翠翘头,古代女子的头饰,指代亡妻遗物。

画桥:雕饰华丽的桥。宋·贺铸《减字浣溪沙》:"鹦鹉无言理翠襟。杏花零落昼阴阴。画桥流水半篙深。"

满宫花·盼天涯

> 盼天涯,芳讯绝。莫是故情全歇。朦胧寒月影微黄,情更薄于寒月。
>
> 麝烟销,兰烬灭。多少怨眉愁睫。芙蓉莲子待分明,莫向暗中磨折。

【笺注】

芳讯:音讯。

烬:燃烬之烛心状似兰花。唐·皇甫松《忆江南》:"兰烬落,屏上暗红蕉。"

芙蓉:指荷花。《乐府·子夜歌》:"雾露隐芙蓉,见莲不分明。"

南乡子·烟暖雨初收

人生若只如初见::纳兰词鉴赏

烟暖雨初收。落尽繁花小院幽。摘得一双红豆子，低头。说着分携泪暗流。

人去似春休。厄酒曾将酹石尤。别自有人桃叶渡，扁舟。一种烟波各自愁。

【笺注】

红豆子：相思子，相思树所结之子。

石尤：石尤风，即逆风或顶头风。宋·梅尧臣《早春游南园》："石尤风莫起，芳物畏君吹。"

"一种"句：唐·崔颢《黄鹤楼》："烟波江上使人愁。"宋·李清照《一剪梅》："一种相思，两处闲愁。"

【典故】

☆ **厄酒曾将酹石尤——石尤**

典出元·伊世珍《琅嬛记》。传说古代石氏女嫁商人尤郎，二人恩爱甚深，尤郎要经商远行，石氏女想要阻止他，但最后尤郎还是走了，且尤郎久出不归，石氏女因思念丈夫过度而死，临终前曾遗言，今后凡是有商人远行，"吾当作大风，为天下妇人阻之"。此后凡是商旅在海上发船遇到逆风时，都说"此石尤风也"。因此停止不行。由于妇人一般以夫姓为名，所以称"石尤"。后人常以此比喻阻船之风，又被称为"石尤风"。

鹊桥仙·月华如水

月华如水，波纹似练，几簇澹烟衰柳。塞鸿一夜尽南飞，谁与问、倚楼人瘦。

韵拈风絮，录成金石，不是舞裙歌袖。从前负尽扫眉才，又担阁、镜奁重绣。

【笺注】

金石：指《金石录》一书。此书由宋赵明诚撰，但其妻李清照亦参与撰写，方使之成。

扫眉才：代指薛涛，亦称有文才的女子。唐·胡曾《寄薛涛》诗："扫眉才子知多少，管领春风总不如。"一说为王建作。

镜囊：盛镜子和其他梳妆用具的袋子。唐·王建《镜听词》："可中三日得相见，重锈镜囊磨镜面。"

【典故】

☆ 韵拈风絮——咏絮之才

东晋才女谢道韫，是宰相谢安的侄女，安西将军谢奕的女儿，也是著名书法家王羲之的儿子王凝之的妻子。据南朝·刘义庆《世说新语·言语》记载，在一个寒冷的下雪天，谢安举行家庭聚会，跟子侄辈讲论文章义理。不一会儿，雪下得又大又急，谢安兴起，指着纷飞的雪说："白雪纷纷何所似？"侄儿谢郎说："撒盐空中差可拟。"而谢道韫道："未若柳絮因风起。"众人皆称赞，这一段佳话也成了后世文人墨客津津乐道的典故，即"咏絮之才"。也因为这个著名的故事，谢道韫与汉代的班昭、蔡琰等人成为中国古代才女的代表，而"咏絮之才"成为后来人称许有文才的女性常用的词语。

踏莎行·春水鸭头

春水鸭头，春山鹦嘴。烟丝无力风斜倚。百花时节好逢迎，可怜人掩屏山睡。

密语移灯，闲情枕臂。从教酝酿孤眠味。春鸿不解讳相思，映窗书破人人字。

【笺注】

"春水"二句：宋·苏轼《送别》："鸭头春水浓如染。"

书破：本指写错，此处指雁行不成"人"字形。

人人字：宋·辛弃疾《寻芳草》："更也没书来，那堪被、雁儿调戏。道无书，却有书中意，排几人、人人字。"

望江南·宿双林禅院有感

挑灯坐，坐久忆年时。 薄雾笼花娇欲泣，夜深微月下杨枝。催道太眠迟。

憔悴去，此恨有谁知。 天上人间俱怅望，经声佛火两凄迷。未梦已先疑。

【笺注】

双林禅院：卢氏于康熙十六年（1677年）五月去世后，直到康熙十七年（1678年）七月才葬于皂荚村纳兰祖坟，其间灵柩暂厝于双林寺禅院一年有余。据清·孙承泽《天府广记·寺庙》："西域双林寺在阜成门外二里沟，万历四年建，佛作西番变相。"

年时：当年，往年时节。唐·卢殷《雨霁登北岸寄友人》诗："忆得年时冯翊部，谢郎相引上楼头。"

忆江南·宿双林禅院有感

心灰尽，有发未全僧。 风雨消磨生死别，似曾相识只孤檠。情在不能醒。

摇落后，清吹那堪听。 淅沥暗飘金井叶，乍闻风定又钟声。薄福荐倾城。

【笺注】

有发未全僧：除仍然蓄发之外，已与僧人无异。

孤檠：指孤灯。檠，灯架，烛台。

摇落：凋残，零落。北周·庾信《枯树赋》："沉沦穷巷，芜没荆扉，既伤摇落，弥嗟变衰。"唐·杜甫《谒先主庙》诗："如何对摇落，况乃久风尘。"

清吹：清风，又指清越的管乐，如笙笛之类。

倾城：代指美女，此处指亡妻卢氏。

减字木兰花·烛花摇影

> 烛花摇影。冷透疏衾刚欲醒。待不思量。不许孤眠不断肠。
> 茫茫碧落。天上人间情一诺。银汉难通。稳耐风波愿始从。

【笺注】

疏衾(qīn)：单薄的被子。

待：打算。

天上人间：唐·白居易《长恨歌》："但教心似金钿坚，天上人间会相见。"

减字木兰花·相逢不语

> 相逢不语。一朵芙蓉着秋雨。小晕红潮。斜溜鬟心只凤翘。
> 待将低唤。直为凝情恐人见。欲诉幽怀。转过回阑叩玉钗。

【笺注】

"一朵"句：清·吴绡《一斛珠》："鸾袖动香飞雪绕，烟中一朵芙蓉袅。"

凤翘：古代女子凤形的头饰。

直为：只是由于。

回阑：曲折的栏杆。阑，同"栏"。

减字木兰花·断魂无据

断魂无据。万水千山何处去。没个音书。尽日东风上绿除。
故园春好。寄语落花须自扫。莫更伤春。同是恹恹多病人。

【笺注】

绿除：长满绿草的台阶。除，台阶。

减字木兰花·花丛冷眼

花丛冷眼。自惜寻春来较晚。知道今生。知道今生那见卿。
天然绝代。不信相思浑不解。若解相思。定与韩凭共一枝。

【笺注】

花丛：唐·元稹《离思》："取次花丛懒回顾，半缘修道半缘君。"

少年游·算来好景只如斯

算来好景只如斯。惟许有情知。寻常风月，等闲谈笑，称意即相宜。
十年青鸟音尘断，往事不胜思。一钩残照，半帘飞絮，总是恼人时。

【笺注】

风月：清风明月，泛指美好的景色。亦指闲适之事。

谈笑：唐·刘禹锡《陋室铭》："谈笑有鸿儒，往来无白丁。"

青鸟：神话传说中为西王母取食传信的神鸟。《山海经·西山经》："又西二百二十里，曰三危之山，三青鸟居之。"郭璞注："三青鸟主为西王母取食者，别自栖息于此山也。"后遂以"青鸟"为信使的代称。

点评

林花谢评："纳兰容若《少年游》云：'寻常风月，等闲谈笑，称意即相宜。'《鹧鸪天》云：'休嗟髀里今生肉，努力春来自种花。'皆是真情流露语。"（《读词小笺》）

青玉案·人日

> 东风七日蚕芽软。青一缕、休教翦。梦隔湘烟征雁远。那堪又是，鬈丝吹绿，小胜宜春颤。
>
> 绣屏浑不遮愁断。忽忽年华空冷暖。玉骨几随花骨换。三春醉里，三秋别后，寂寞钗头燕。

【笺注】

人日：指阴历正月初七，传说女娲创造苍生，顺序造出了鸡、狗、猪、羊、牛、马等动物，并于第七天造出人来，于是农历正月初一为鸡日，初二为狗日，初三为猪日，初四为羊日，初五为牛日，初六为马日，初七为人日。汉朝开始有人日节俗，魏晋后开始重视。

蚕芽：即桑芽。

胜：古代妇女的饰物。

诉衷情·冷落绣衾谁与伴

> 冷落绣衾谁与伴，倚香奁。春睡起，斜日照梳头。欲写两眉愁。休休。远山残翠收。莫登楼。

【笺注】

"冷落"句：唐·白居易《长恨歌》："鸳鸯瓦冷霜华重，翡翠衾寒谁与共。"

香篝：熏笼。唐·陆龟蒙《奉和袭美茶具十咏·茶坞》："遥盘云髻慢,乱簇香篝小。"

休休：算了,罢了。

天仙子·好在软绡红泪积

好在软绡红泪积。漏痕斜罥菱丝碧。古钗封寄玉关秋,天咫尺。人南北。不信鸳鸯头不白。

【笺注】

软绡(xiāo)：此处指轻柔精致的丝质衣物。绡,生丝。

漏痕：全称"屋漏痕",书法中的一种笔法。比喻用笔如破屋壁间之雨水漏痕,其形凝重自然。

罥(juàn)：悬挂。

古钗：全称"古钗脚",书法中的一种笔法。钗多用金、玉、铜等制成,用笔环转圆滑,遒劲有力,故名。

玉关：玉门关。此处代指遥远的征戍之地。

天仙子·梦里蘼芜青一翦

梦里蘼芜青一翦。玉郎经岁音书远。暗钟明月不归来,梁上燕。轻罗扇。好风又落桃花片。

【笺注】

玉郎：对男子的美称。唐·元稹《送王十一郎游剡中》："想得玉郎乘画舸,几回明月坠云间。"

暗钟：晚钟,暮钟。

点评

　　清·田茂遇评："雅隽绝伦。"（《清平初选后集》）

　　清·陈廷焯评："不减五代人手笔。"（《词则·大雅集》）"措词遣句，直逼五代人。"（《云韶集》）

南楼令·金液镇心惊

> 　　金液镇心惊。 烟丝似不胜。 沁鲛绡、湘竹无声。 不为香桃怜瘦骨，怕容易，减红情。
>
> 　　将息报飞琼。 蛮笺署小名。 鉴凄凉、片月三星。 待寄芙蓉心上露，且道是，解朝醒。

【笺注】

　　金液：本指古代方士炼的一种丹液，谓服之可以成仙，此处指美酒。唐·白居易《游宝称寺》："酒嫩倾金液，茶新碾玉尘。"

　　不胜：无法承受。

　　鲛绡：亦作"鲛绡"，传说中鲛人所织的绡。亦借指薄绢、轻纱。

　　湘竹：即"湘妃竹"，又名"斑竹"，竹竿有紫斑。传说舜于南巡苍梧时崩，他的两个妃子娥皇女英奔丧痛哭，挥泪沾竹，竹尽泪斑。后就用"湘妃斑竹""湘妃竹"等写忧愁悲伤的相思之情。

　　香桃：指仙境的桃树。唐·李商隐《海上谣》："海底觅仙人，香桃如瘦骨。"

　　三星：宋·秦观《南歌子》："天外一钩残月，带三星。"暗指心。

　　"待寄"句：宋·吴文英《齐天乐》："芙蓉心上三更露，茸香漱泉玉井。"

生查子·惆怅彩云飞

惆怅彩云飞，碧落知何许。 不见合欢花，空倚相思树。
总是别时情，那得分明语。 判得最长宵，数尽厌厌雨。

【笺注】

合欢花：与下句的相思树同为双关用法。

判得：甘心情愿地。判，同"拼""拌"。

厌厌：绵长的样子。南唐·冯延巳《长相思》词："红满枝，绿满枝，宿雨厌厌睡起迟。"

生查子·东风不解愁

东风不解愁，偷展湘裙衩。 独夜背纱笼，影著纤腰画。
爇尽水沉烟，露滴鸳鸯瓦。 花骨冷宜香，小立樱桃下。

【笺注】

衩：衣服旁边开口的地方。

纱笼：纱制灯笼。唐·白居易《宿东亭晓兴》诗："温温土炉火，耿耿纱笼烛。"

爇(ruò)：燃烧。

鸳鸯瓦：成对的瓦，中国传统屋瓦形式，一俯一仰，形同鸳鸯依偎交合，故称鸳鸯瓦。

花骨：花枝。

摊破浣溪沙·一霎灯前醉不醒

一霎灯前醉不醒。 恨如春梦畏分明。 澹月澹云窗外雨，一声声。
人到情多情转薄，而今真个不多情。 又听鹧鸪啼遍了，短长亭。

【笺注】

"恨如"句：害怕梦境与现实对立分明。

鹧鸪：鸟名。形似雉鸡而比雉鸡小，羽毛大多黑白相杂，以谷粒、豆类和其他植物种子为主食，兼食昆虫。古人谐其鸣叫声为"行不得也哥哥"，诗文中常用以表示思念故乡。

短长亭：短亭和长亭的并称。宋·苏轼《送运判朱朝奉入蜀》诗："梦寻西南路，默数短长亭。"亭，古代路旁五里设短亭，十里设长亭。

玉连环影·才睡

> 才睡。愁压衾花碎。细数更筹，眼看银虫坠。梦难凭。讯难真。只是赚伊终日两眉颦。

【笺注】

衾花：指织印在被子上的花卉图案。

更筹：古时夜间报更用的计时的竹签。宋·欧阳澈《小重山》："无眠久，通夕数更筹。"

银虫：蠹鱼的俗称，但此处比喻灯花。

梦难凭：唐·毛文锡《更漏子》："人不见，梦难凭，红纱一点灯。"难凭，不可凭信。

临江仙·孤雁

> 霜冷离鸿惊失伴，有人同病相怜。拟凭尺素寄愁边。愁多书屡易，双泪落灯前。
>
> 莫对月明思往事，也知消减年年。无端嘹唳一声传。西风吹只影，刚是早秋天。

【笺注】

离鸿：失群的大雁。晋·潘岳《笙赋》："夫其凄戾辛酸，嘤嘤关关，若离鸿之鸣子也。"

屡易：多次修改。

消减：指消受。

嘹唳：形容声音响亮凄清。南朝·谢朓《从戎曲》："寥戾清笳转，萧条边马烦。"

点绛唇·一种蛾眉

一种蛾眉，下弦不似初弦好。　庾郎未老。　何事伤心早。

素壁斜辉，竹影横窗扫。　空房悄。　乌啼欲晓。　又下西楼了。

【笺注】

蛾眉：与下文的下弦、初弦均为双关用法。蚕蛾触须细长而弯曲，以比喻女子美丽的眉毛。《诗·卫风·硕人》："螓首蛾眉，巧笑倩兮。"又可指蛾眉月，农历月底的月亮或月相。由于形状如同眉毛，由此而得名。

下弦：即下弦月。农历每月二十二日或二十三日，太阳跟地球的连线和地球跟月亮的连线成直角时，在地球上看到的月相呈反"D"字形，这种月相称下弦。亦可指下垂的眉毛。

初弦：即上弦，上弦月。农历每月初七或初八，太阳跟地球的连线和地球跟月亮的连线成直角时，在地球上看到的月相呈"D"字形，这种月相称上弦。亦可指上弯的眉毛。

庾郎：即南北朝庾信，善骈文，著有名篇《伤心赋》，抒发其命途多舛、子孙夭折的伤感。后借指多愁善感的诗人。宋·姜夔《齐天乐》词："庾郎先自吟愁赋。凄凄更闻私语。"此处是作者自比。

素壁：白色的墙壁、山壁、石壁。

乌啼：乌鸦的叫声。唐·张继《枫桥夜泊》："月落乌啼霜满天,江枫渔火对愁眠。"

减字木兰花·新月

> 晚妆欲罢。更把纤眉临镜画。　准待分明。　和雨和烟两不胜。
> 莫教星替。守取团圆终必遂。　此夜红楼。　天上人间一样愁。

【笺注】

不胜：不甚分明。

"莫教"句：唐·李商隐《李夫人》："一带不结心,两股方安髻。惭愧白茅人,月没教星替。"李商隐妻子王氏卒,时人劝其续弦,其作此诗婉言谢绝。月没,指其妻子卒。教星替,以星替月,指续弦。这里纳兰性德用此句喻其不肯再娶之意。

红楼：富贵人家女子居住的闺房。

酬 · 友

卷 二

无风也无月，

共耳语，眼前事外：

有两三知己，一首清词。

青眼高歌，

且饮金樽酒。

梦江南·新来好

新来好，唱得虎头词。一片冷香惟有梦，十分清瘦更无诗。标格早梅知。

【笺注】

康熙十八年(1679年)前后，顾贞观作咏梅词《浣溪沙·梅》赠纳兰容若，词云："物外幽情世外姿，冻云深护最高枝。小楼风月独醒时。一片冷香惟有梦，十分清瘦更无诗。待他移影说相思。"纳兰即以此词回赠。

虎头词：指纳兰好友顾贞观客居苏州时所填之词。虎头，指东晋画家顾恺之，字长康，小字虎头。顾贞观与顾恺之同里同姓，故以虎头借指顾贞观。

冷香：清香的花，此处指梅花。宋·王珪《梅花》："冷香疑到骨，琼艳几堪餐。"

标格：风范，风度。宋·苏轼《荷花媚·荷花》："霞苞霓荷碧，天然地、别是风流标格。"

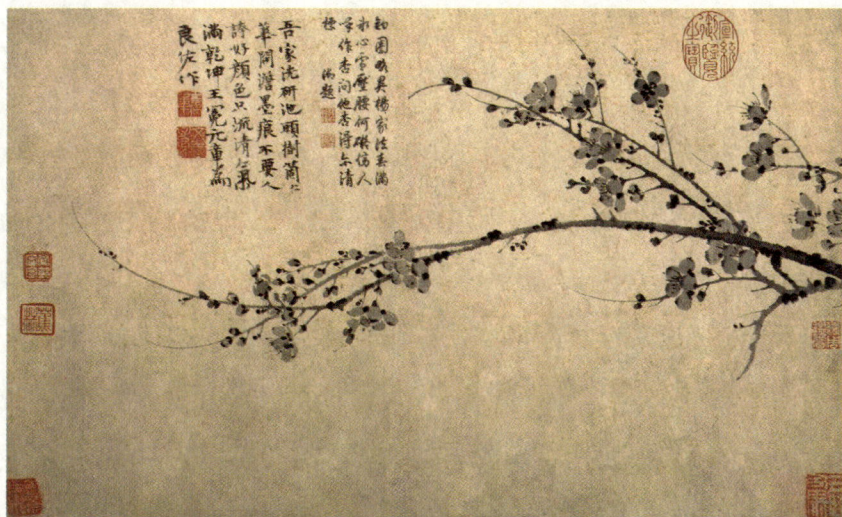

元·王冕《墨梅》

点评

况周颐评："以梁汾咏梅句喻梁汾词。赏会若斯，岂易得之并世。"（《蕙风词话》）

采桑子·明月多情应笑我

> 明月多情应笑我，笑我如今。辜负春心。独自闲行独自吟。
> 近来怕说当时事，结遍兰襟。月浅灯深。梦里云归何处寻。

【笺注】

"明月"句：为"明月应笑我多情"之倒装。宋·苏轼《念奴娇·赤壁怀古》："故国神游，多情应笑我，早生华发。"

笑我如今：宋·晏幾道《采桑子》："莺花见尽当时事，应笑如今。一寸愁心，日日寒蝉夜夜砧。"

春心：因春天万物萌发的景致而产生的情怀。

兰襟：比喻知己好友。宋·晏幾道《采桑子》："别来长记西楼事，结遍兰襟。"

月浅灯深：宋·晏幾道《清平乐》："犹恨那回庭院，依前月浅灯深。"

点绛唇·寄南海梁药亭

> 一帽征尘，留君不住从君去。片帆何处。南浦沉香雨。
> 回首风流，紫竹村边住。孤鸿语。三生定许。可是梁鸿侣。

【笺注】

康熙二十年(1681 年)，参加进士考试的梁药亭名落孙山，故离京返粤。于是纳兰填此词以寄赠好友梁药亭。

明·文伯仁《松风高士图》

梁药亭：即清初诗人梁佩兰,字芝五,号药亭、晚号郁洲,广东南海人。其诗歌意境开阔,功力雄俊,被时人尊为"岭南三大家"与"岭南七子"之一。著有《六莹堂前后集》等。

南浦：南面的水边。后常指称送别之地。

梁鸿：东汉隐士,与其妻孟光举案齐眉、相敬如宾。

【典故】

☆ 可是梁鸿侣——举案齐眉

据《后汉书·逸民列传》记载,梁鸿,字伯鸾,西汉末年隐士,陕西扶风人,同县孟氏女孟光,身材矮小粗壮,能力举石臼,皮肤黝黑,但年近三十仍未出嫁,说"欲得贤如梁伯鸾者"。梁鸿听后娶了她。婚后二人简衣素食,于霸陵山中过起了隐居的生活,梁鸿吟诗作赋,孟光则织布裁衣,贤惠无比。每次孟光给丈夫梁鸿端饭时,"不敢于鸿前仰视",都会将托盘高高举起,"举案齐眉"以示尊敬。后以此典喻夫妻相敬如宾。

点绛唇·小院新凉

小院新凉,晚来顿觉罗衫薄。 不成孤酌。 形影空酬酢。

萧寺怜君,别绪应萧索。 西风恶。 夕阳吹角。 一阵槐花落。

【笺注】

这首词大约成于康熙十七年(1678 年)秋,姜宸英一人穷困潦倒借住在佛寺中。纳兰意图邀请好友姜宸英前来明珠府居住,遂作此词。

酬酢(zuò)：主客相互敬酒,主敬客称酬,客还敬称酢。此处指自斟自饮。

萧寺：佛寺。唐·李肇《唐国史补·卷中》："梁武帝造寺,令萧子云飞白大书'萧'字,至今一'萧'字存焉。"后因称佛寺为萧寺。姜宸英在京时居住于此。

夕阳吹角：宋·陆游《浣溪沙》："懒向沙头醉玉瓶。唤君同赏小窗明。夕阳吹角最关情。"

浣溪沙·谁道飘零不可怜

西郊冯氏园看海棠，因忆香严词有感

谁道飘零不可怜。　旧游时节好花天。　断肠人去自经年。

一片晕红才著雨，几丝柔绿乍和烟。　倩魂销尽夕阳前。

【笺注】

龚鼎孳在康熙十二年(1673 年)曾任会试主考官，纳兰正出其门下。是年秋，龚鼎孳去世，纳兰为哀悼龚氏，作成此篇。

西郊冯氏园：明万历时大珰冯保之园，旧址位于今北京广安门外小屯。园主人冯氏园艺精湛，使得此园曾名极一时。龚鼎孳在京师时曾多次到该处看海棠。

香严词：清初龚鼎孳词集《香严词存稿》的简称，后易名《定山诗余》，中有《菩萨蛮·上巳前一日西郊冯氏园看海棠》《罗敷媚·朱右司马招集西郊冯氏园看海棠》等数首词。龚鼎孳，字孝升，因出生时庭院中紫芝正开，故号芝麓，谥端毅，安徽合肥人。与吴伟业、钱谦益并称为"江左三大家"。

飘零：此处指凋谢，凋零。唐·卢照邻《曲池荷》诗："常恐秋风早，飘零君不知。"

经年：经过一年或若干年。宋·晏几道《鹧鸪天》："欢尽夜，别经年，别多欢少奈何天。"

晕红：中心浓而四周渐淡的一团红色。此处指晕红的花。

著雨：唐·韩偓《宫词》："燕子不来花著雨，春风应自怨黄昏。"

柔绿：嫩绿。此处指嫩绿的叶子。

点评

张任政评："《浣溪沙》一阕，有'旧游时节好花天，断肠人去自经年'之句。按龚之麓有《香严斋所著词》曰：香严词龚尝有《蓦山溪》'重来门巷，尽日尺红雨'二句，为当时所传诵。观容若此词，似不胜重来之感。"（《纳兰性德年谱》）

清·徐釚评："《侧帽词》'西郊冯氏园看海棠'《浣溪沙》，盖忆《香严词》有感作也。王俨斋（按：即王鸿绪）以为柔情一缕，能令九转肠回，虽'山抹微云'君不能道也。"（《词苑丛谈》）

浣溪沙·郊游联句

> 出郭寻春春已阑（陈维崧）。东风吹面不成寒（秦松龄）。青村几曲到西山（严绳孙）。
>
> 并马未须愁路远（姜宸英）。看花且莫放杯闲（朱彝尊）。人生别易会常难（成德）。

【笺注】

此篇是纳兰与友人在北京西郊的一次春游上合作的一首词。

蝶恋花·散花楼送客

> 城上清笳城下杵。秋尽离人，此际心偏苦。刀尺又催天又暮。一声吹冷蒹葭浦。
>
> 把酒留君君不住。莫被寒云，遮断君行处。行宿黄茅山店路。夕阳村社迎神鼓。

【笺注】

康熙十八年(1679 年)，纳兰性德的挚友张纯修被任命为湖南江华县令,纳兰为其送行,并作此词。

送客:送别张纯修去江华赴任。

清笳:凄清的胡笳声。唐·杜甫《洛阳》诗:"清笳去宫阙,翠盖出关山。"

杵:春米或捣衣的木棒。此处指捣衣声。

蒹葭:蒹和葭都是水草。《诗经·秦风·蒹葭》:"蒹葭苍苍,白露为霜。所谓伊人,在水一方。"

黄茅山店:即茅店,指荒村野店。黄茅,茅草名。唐·白居易《代书诗一百韵寄微之》:"官舍黄茅屋,人家苦竹篱。"

村社:此处指旧时农村祭祀社神的日子或盛会。

蝶恋花·十月望日与经岩叔别

尽日惊风吹木叶。极目嵯峨,一丈天山雪。去去丁零愁不绝。那堪客里还伤别。

若道客愁容易辍。除是朱颜,不共春销歇。一纸乡书和泪摺。红闺此夜团围月。

【笺注】

经推断,这首词大约作于康熙二十一年(1682年)十月十五日。纳兰在奉命"觇梭龙"的途中写下此篇。

望日:月圆的那一天。通常指旧历每月之十五日。

经岩叔:经纶,字岩叔,姚江人。善绘仕女,《图绘宝鉴续纂》曾略记其事。经岩叔曾入纳兰明珠幕府,为纳兰性德临摹萧云从的《九歌图》画卷。

嵯峨:山高峻之状。唐·唐彦谦《送许户曹》诗:"将军楼船发浩歌,云樯高插天嵯峨。"

丁零:中国古代北方的民族。据《晋书》记载,为谨兜后裔。亦作丁令、丁灵、钉灵，又称高车、狄历、铁勒。此处借指塞外之地。

"一纸"句：唐·孟郊《闻夜啼赠刘正元》："愁人独有夜灯见，一纸乡书泪滴穿。"

金缕曲·赠梁汾

> 德也狂生耳。偶然间、缁尘京国，乌衣门第。有酒惟浇赵州土，谁会成生此意。不信道、遂成知己。青眼高歌俱未老，向樽前、拭尽英雄泪。君不见，月如水。
>
> 共君此夜须沉醉。且由他、蛾眉谣诼，古今同忌。身世悠悠何足问，冷笑置之而已。寻思起、从头翻悔。一日心期千劫在，后身缘、恐结他生里。然诺重，君须记。

【笺注】

康熙十五年(1676年)，纳兰初识郁郁不得志的顾贞观，相见恨晚。其时吴兆骞被诬流放，纳兰性德看了顾贞观给吴兆骞的两首《金缕曲》，异常感动，决心参与营救吴兆骞的活动，并且给顾贞观写了这首词表明自己的决心。

梁汾：指顾贞观，号梁汾，曾馆纳兰相国家，因与纳兰性德交契。

缁尘：黑色灰尘，比喻俗世。唐·李益《答许五端公马上口号》："晚逐旌旗俱白首，少游京洛共缁尘。"

乌衣门第：豪门望族出身。乌衣，即乌衣巷，地名，在今南京市秦淮河南。一说是这里曾是东吴时期的禁卫军驻地，由于军士悉穿乌衣，由此得名乌衣营，后改乌衣巷；一说东晋时期王谢两家居住于此，而两族子弟都喜欢穿乌衣以彰显身份尊贵，所以得名乌衣巷。唐·刘禹锡《乌衣巷》："朱雀桥边野草花，乌衣巷口夕阳斜。旧时王谢堂前燕，飞入寻常百姓家。"

"有酒"句：指自己有平原君即赵胜那样广交贤士的美好品格。赵州土，指平原君的墓，其墓虽未在赵州，但仍称其墓为"赵州土"。唐·李贺

《浩歌》："买丝绣作平原君，有酒惟浇赵州土。"

英雄泪：宋·辛弃疾《水龙吟》："倩何人、唤取红巾翠袖，揾英雄泪！"

蛾眉：本指美人，古诗文又喜用美人指杰出的人才。战国·屈原《离骚》："众女嫉余之蛾眉兮，谣诼谓余以善淫。"

千劫：佛教语，天地一生一灭为一劫。宋·苏轼《芙蓉城》："俗缘千劫磨不尽，翠被冷落凄余馨。"

【典故】

☆ 青眼高歌俱未老——青白眼

据《晋书》记载，魏晋时的阮籍能做"青白眼"。两眼正视，眼球上黑的多，就是"青眼"；两眼斜视，眼球上白的多，就是"白眼"。阮籍对待不欢迎的人，"见礼俗之士"就用白眼看他；对待欣赏的人，就用"青眼"看待。垂青、青睐、青眼有加等词便是从这个典故中得来的。阮籍的母亲去世，在服丧期间，嵇喜前来吊唁，阮籍便用"白眼"看他，"喜不怿而退"。嵇喜的弟弟嵇康听说后，"乃赍酒挟琴造焉"，嵇康大悦，于是用"青眼"对他。

点评

清·徐釚评："金粟顾梁汾舍人风神俊朗，大似过江人物。画《侧帽投壶图》，长白成容若题《贺新郎》（即《金缕曲》）一阕于其上云云，词旨嵚崎磊落，不啻坡老稼轩。都下竞相传写，于是教坊歌曲间无不知有'侧帽词'者。"（《词苑丛谈》）

清·郭麐评："容若专工小令，慢词间一为之，惟题梁汾杕香小影'德也狂生耳'一首，最为跌宕。"（《灵芬观词话》）

傅庚生评："其率真无饰，至令人惊艳。率真则疏快而不滞，不滞则见赋于天者，可以显现而无遗，生香天色，此其是已。"（《中国文学欣赏举隅》）

金缕曲·简梁汾

洒尽无端泪。 莫因他、琼楼寂寞，误来人世。 信道痴儿多厚福，谁遣偏生明慧。 莫更著、浮名相累。 仕宦何妨如断梗，只那将、声影供群吠。 天欲问，且休矣。

情深我自判憔悴。 转丁宁、香怜易爇，玉怜轻碎。 羡杀软红尘里客，一味醉生梦死。 歌与哭、任猜何意。 绝塞生还吴季子，算眼前、此外皆闲事。 知我者，梁汾耳。

【笺注】

康熙二十年(1681 年)，顾贞观以母丧南归，其好友吴兆骞经纳兰的营救已自宁古塔归京。这首词大约作于此时。

琼楼：形容华美的建筑物，此处特指雪后寺观。

断梗：即断枝，比喻漂泊不定。

"声影"句：汉·王符《潜夫论·贤难》："谚曰：'一犬吠形，百犬吠声。'"后以"吠形吠声"比喻不察真伪，随声附和。时有顾贞观投靠纳兰权门之非议。

"香怜"句：香草易于点燃，美玉易于破碎。喻忠良之士易受侵害。

软红尘：飞扬的尘土，这里指繁华热闹的地方。宋·卢祖皋《鱼游春水》词："软红尘里鸣鞭镫，拾翠丛中句伴侣。"

吴季子：指吴兆骞，号季子，在顺治十四年(1657 年)科场案中无辜遭累，遣戍宁古塔二十三年，顾贞观恳求于纳兰性德，后经性德父明珠营救，得以赎还。归后三年卒。

金缕曲·寄梁汾

木落吴江矣。正萧条、西风南雁，碧云千里。落魄江湖还载酒，一种悲凉滋味。重回首、莫弹酸泪。不是天公教弃置，是南华、误却方城尉。飘泊处，谁相慰。

别来我亦伤孤寄。更那堪、冰霜摧折，壮怀都废。天远难穷劳望眼，欲上高楼还已。君莫恨、埋愁无地。秋雨秋花关塞冷，且殷勤、好作加餐计。人岂得，长无谓。

【笺注】

吴江：吴淞江，古称松江或吴江，亦名松陵江、笠泽江，发源于苏州市吴江区松陵镇以南太湖瓜泾口，由西向东，穿过江南运河，在今上海市黄浦公园北侧外白渡桥以东汇入黄浦江。

"落魄"句：唐·杜牧《遣怀》："落魄江湖载酒行，楚腰纤细掌中轻。"

天公：指朝廷。

南华：《南华经》，即《庄子》。

方城尉：指温庭筠。

天远难穷：宋·严参《看雪》："天远正难穷，楼高不堪倚。"

无谓：即无所作为。谓，通"为"，作为。唐·李商隐《无题》："人生岂得长无谓，怀古思乡共白头。"

金缕曲·再赠梁汾，用秋水轩旧韵

酒涴青衫卷。尽从前、风流京兆，闲情未遣。江左知名今廿载，枯树泪痕休泫。摇落尽、玉蛾金茧。多少殷勤红叶句，御沟深、不似天河浅。空省识，画图展。

高才自古难通显。枉教他、堵墙落笔，凌云书扁。入洛游梁重到处，骇看村庄吠犬。独憔悴、斯人不免。衮衮门前题凤客，竟居然、润色朝家典。凭触忌，舌难翦。

【笺注】

秋水轩:"秋水轩唱和"是中国词史上一件盛事。康熙十年(1671 年),词人周在浚下榻京城孙承泽的别墅秋水轩。周在浚寓居秋水轩后,"一时名公贤士无日不来,相与饮酒啸咏为乐"。曹尔堪"见壁间酬唱之诗,云霞蒸蔚,偶赋贺新凉一阕,厕名其旁",龚鼎孳、纪映钟、徐倬等词人纷纷加入唱和,接连举行了多次唱和活动,时间持续至年末。秋水轩唱和波及全国,一时藻制如云。

浣(wò):污染。

枯树:即《枯树赋》,是南北朝文学家庾信羁留北方时抒写对故乡的思念并感伤自己身世的作品,全篇荡气回肠,亡国之痛、乡关之思、羁旅之恨和人事维艰、人生多难的情怀尽在其中,劲健苍凉,忧深愤激。

玉蛾金茧:玉蛾,喻雪花。金茧,喻灯火。

堵墙落笔:形容文笔极佳,写作时围观者密集众多,排列如墙。唐·杜甫《莫相疑行》:"忆献三赋蓬莱宫,自怪一日声烜赫。集贤学士如堵墙,观我落笔中书堂。"

凌云:唐·杜甫《戏为六绝句》:"庾信文章老更成,凌云健笔意纵横。"

入洛游梁:谓仕途不得志。入洛,晋太康年间,陆机、陆云兄弟自东吴入洛阳,文名煊赫,后因卷入八王之乱而被害。游梁,《史记·司马相如列传》:"(司马相如)以赀为郎,事孝景帝,为武骑常侍,非其好也。会景帝不好辞赋,是时梁孝王来朝,从游说之士齐人邹阳、淮阴枚乘、吴庄忌夫子之徒,相如见而说之,因病免,客游梁。"

独憔悴:唐·杜甫《梦李白》:"冠盖满京华,斯人独憔悴。"

题凤客:原指访友之人。此处应指蔑视权贵之人。

【典故】

☆ 尽从前、风流京兆,闲情未遣——风流京兆

据《汉书·张敞传》记载,张敞爱替妻子画眉,每天帮妻子画完眉之后

才去上朝,称此为"闺房之乐","长安中传张京兆眉抚",有人将此事告诉了汉宣帝。后来汉宣帝亲自过问这件事,张敞对曰:"臣闻闺房之内,夫妇之私,有过于画眉者。"张敞说,如果画眉都要治罪的话,那么闺房之内,比画眉更过分的事情岂不是都要治罪?张敞的回答既巧妙又在情理之中,"上爱其能,弗备则也。然终不得大位"。而后世从此多了一段流传千古的佳话,后人称"风流京兆",喻其潇洒风流。

☆ 多少殷勤红叶句——红叶题诗

典出唐·范摅《云溪友议》。唐宣宗时,诗人卢渥到长安应举,偶然来到御沟旁,看见水上飘一红叶,便让仆人取来,叶上乃有一首绝句。于是便将这首题诗的红叶放到自己的箱子里。卢渥后来到范阳任职,娶了一位被遣出宫的韩姓宫女。婚后,韩氏见到箱中的这片红叶,感叹:"当时偶随流,不谓郎君收藏巾箧。"卢渥这才知道这诗原为她当年所题。此诗即《题红叶》,诗云:"流水何太急,深宫尽日闲。殷勤谢红叶,好去到人间。"后世多用红叶题诗来比喻男女之间奇特的姻缘。

☆ 衮衮门前题凤客——吕安题凤

据南朝·刘义庆《世说新语·简傲》记载,三国魏时的嵇康和吕安是莫逆之交,"每相思,千里命驾"。一次,吕安拜访嵇康,恰巧嵇康不在,嵇康的兄长嵇喜出来迎接他,他不进门,在门上题了一个"凤"字就走了。嵇喜认为凤是吉祥之鸟,"喜不觉,犹以为欣,故作"。并以为吕安是在恭维自己,但吕安的意思是认为嵇喜比其弟嵇康差得远。"'凤'字凡鸟也",他是在讽刺嵇喜不过是只平庸凡俗的鸟而已。

点评

唐圭璋评:"愤世之情,竟毫无顾忌,慷慨直陈。而为友之真诚,尤可景仰。"(《纳兰容若评传》)

金缕曲·生怕芳樽满

生怕芳樽满。 到更深、迷离醉影，残灯相伴。 依旧回廊新月在，不定竹声撩乱。 问愁与、春宵长短。 人比疏花还寂寞，任红蕤、落尽应难管。 向梦里，闻低唤。

此情拟倩东风浣。 奈吹来、余香病酒，旋添一半。 惜别江郎浑易瘦，更著轻寒轻暖。 忆絮语、纵横茗椀。 滴滴西窗红蜡泪，那时肠、早为而今断。 任角枕，倚孤馆。

【笺注】

芳樽：精致的酒杯。唐·郑谷《作尉鄂郊送进士潘为下第南归》："灞陵桥上杨花里，酒满芳樽泪满襟。"

病酒：饮酒沉醉。《晏子春秋·内篇·谏上》："景公饮酒，醒，三日而后发。晏子见曰：'君病酒乎?'公曰：'然。'"

江郎：一说为南朝齐江敩，《南齐书·江敩传》："时袁粲为尹，见敩叹曰：'风流不坠，政在江郎。'数与晏赏，留连日夜。"另一说为南朝梁江淹。

轻寒轻暖：宋·王诜《玉楼春》："轻寒轻暖夹衣天，乍雨乍晴寒食路。"

絮语：连绵不断地低声说话。

纵横茗椀：用李清照和赵明诚"赌书泼茶"典。

红蜡泪：宋·张淑芳《更漏子》："墨痕香，红蜡泪，点点愁人离思。"

金缕曲·慰西溟

何事添凄咽。 但由他、天公簸弄，莫教磨涅。 失意每多如意少，终古几人称屈。 须知道、福因才折。 独卧藜床看北斗，背高城、玉笛吹成血。 听谯鼓，二更彻。

丈夫未肯因人热。 且乘闲、五湖料理，扁舟一叶。 泪似秋霖挥不尽，洒向野田黄蝶。 须不羡、承明班列。 马迹车尘忙未了，任西风、吹冷长安月。 又萧寺，花如雪。

【笺注】

康熙十八年(1679 年)，姜宸英落选"博学鸿儒"。纳兰对此深表同情，赋词以慰勉之。

西溟：姜宸英，字西溟，明末清初书法家、史学家，与朱彝尊、严绳孙并称"江南三布衣"。在京因得罪大学士纳兰明珠而受冷遇。康熙三十六年(1697 年)70 岁始成进士，以殿试第三名授翰林院编修。越两年为顺天乡试副考官，因主考官舞弊，被连累下狱死。

簸弄：玩弄。

磨涅：比喻所经受的考验、折磨或外界的影响。

藜床：用藜草编成的床，多指贫寒高士之卧榻。北周·庾信《奉报穷秋寄隐士诗》："藜床负日卧，麦陇带经锄。"

谯鼓：城门楼上用以报时的鼓声。

未肯因人热：比喻为人孤僻高傲，不仰仗权势。用汉时梁鸿"不因人热"之典故。

五湖：春秋末越国大夫范蠡，辅佐越王勾践，灭亡吴国，功成身退，乘轻舟以隐于五湖。后因以"五湖"指隐遁之所。

承明：汉代承明殿的旁屋，侍臣值宿所居。

花如雪：南朝·范云《别诗》："洛阳城东西，长作经时别。昔去雪如花，今来花似雪。"

【典故】

☆ 未肯因人热——不因人热

据《东观汉记·梁鸿传》记载，东汉梁鸿虽出生于官宦之家，但因自幼丧父，家境逐渐贫寒，但其尚节，不趋炎附势，"尝独坐，不与人同食"。一日，一个同窗生火做饭后，见梁鸿还没有生火，便请梁鸿用他的热炊具煮饭。但梁鸿不领他的情，并高傲地说："童子鸿，不因人热者也。"意为告诉同窗说自己从来不用别人热的炊具煮饭，于是"灭灶更燃火"。后称不仰仗别人为"不因人热"。

点评

郭则沄评："容若慰西溟《金缕曲》亦极沉痛,直语语打入西溟心坎,自是世间有数文字。"(《清词玉屑》)

金缕曲·姜西溟言别,赋此赠之

谁复留君住。 叹人生、几番离合,便成迟暮。 最忆西窗同翦烛,却话家山夜雨。 不道只、暂时相聚。 滚滚长江萧萧木,送遥天、白雁哀鸣去。 黄叶下,秋如许。

日归因甚添愁绪。 料强如、冷烟寒月,栖迟梵宇。 一事伤心君落魄,两鬓飘萧未遇。 有解忆、长安儿女。 裘敝入门空太息,信古来、才命真相负。 身世恨,共谁语。

【笺注】

迟暮:唐·元稹《含风夕》:"亦有迟暮年,壮年良自惜。"

"最忆"句:唐·李商隐《夜雨寄北》:"君问归期未有期,巴山夜雨涨秋池。何当共剪西窗烛,却话巴山夜雨时。"

"滚滚"句:唐·杜甫《登高》:"无边落木萧萧下,不尽长江滚滚来。"

梵宇:寺庙。时西溟居千佛寺。

飘萧:鬓发稀疏貌。唐·杜甫《义鹘行》:"飘萧觉素发,凛欲冲儒冠。"

"有解"句:唐·杜甫《月夜》:"遥怜小儿女,未解忆长安。"

才命:唐·白居易《酬微之》:"由来才命相磨折,天遣无儿欲怨谁。"

金缕曲 · 未得长无谓

> 　　未得长无谓。　竟须将、银河亲挽，普天一洗。　麟阁才教留粉本，大笑拂衣归矣。　如斯者、古今能几。　有限好春无限恨，没来由、短尽英雄气。　暂觅个，柔乡避。
>
> 　　东君轻薄知何意。　尽年年、愁红惨绿，添人憔悴。　两鬓飘萧容易白，错把韶华虚费。　便决计、疏狂休悔。　但有玉人常照眼，向名花、美酒拼沉醉。　天下事，公等在。

【笺注】

长无谓：唐·李商隐《无题》："人生岂得长无谓，怀古思乡共白头。"

麟阁：即麒麟阁，汉武帝建于未央宫之中，因汉武帝元狩年间打猎获得麒麟而命名。主要用于藏历代记载资料和秘密历史文件。甘露三年（前51年），汉宣帝因匈奴归降，回忆往昔辅佐有功之臣，乃令人画十一名功臣图像于麒麟阁以示纪念和表扬，后世往往将他们和云台二十八将，凌烟阁二十四功臣并提。

粉本：画稿。古人作画，先施粉上样，然后依样落笔，故称画稿为粉本。此处指图画。

东君：此处指汉族民间信仰的司春之神。唐·王初《立春后作》诗："东君珂佩响珊珊，青驭多时下九关。方信玉霄千万里，春风犹未到人间。"宋·辛弃疾《满江红·暮春》词："可恨东君，把春去，春来无迹。"又可指太阳神。

疏狂：豪放，不受拘束。宋·朱敦儒《鹧鸪天·西都作》："我是清都山水郎，天教分付与疏狂。"

菩萨蛮 · 寄梁汾苕中

> 知君此际情萧索。　黄芦苦竹孤舟泊。　烟白酒旗青。　水村鱼市晴。　柁楼今夕梦。　脉脉春寒送。　直过画眉桥。　钱塘江上潮。

【笺注】

苕中：江苏苏州西北阊门外有苕溪，是太湖流域的重要支流，由于流域内沿河各地盛长芦苇，故名苕溪。溪有东苕、西苕二源，两源合流入太湖，此处即为苕中。顾贞观南归后曾寓居此地。

黄芦苦竹：唐·白居易《琵琶行》："住近湓江地低湿，黄芦苦竹绕宅生。"

"烟白"句：唐·杜牧《江南春绝句》："千里莺啼绿映红，水村山郭酒旗风。"

柁(tuó)楼：船上操舵之室。亦指后舱室。因高起如楼，故称。此处借指乘船之人。

画眉桥：清·顾贞观《踏莎美人》："双鱼好托夜来潮，此信拆看应傍、画眉桥。"画眉桥在平望，江苏吴江县南运河边。

点评

清·陈廷焯评："画景。笔致秀绝而语特凝练。"（《云韶集》）

菩萨蛮·为陈其年题照

> 乌丝曲倩红儿谱。萧然半壁惊秋雨。曲罢髻鬟偏。风姿真可怜。　须髯浑似戟。时作簪花剧。背立诧卿卿。知卿无那情。

【笺注】

陈其年：陈维崧，字其年，明末清初词坛第一人，阳羡词派领袖。年长纳兰三十岁，二人结为忘年交。康熙十七年（1678 年），广东著名诗画僧大汕于扬州为陈其年画了小像。陈其年秋季入京，才子名士三十余人为这幅小像题咏，纳兰的这一首为其中之一。

乌丝：即陈其年的《乌丝词》。

红儿：杜红儿，唐代名妓，后泛指歌妓。宋·张先《熙州慢》："持酒更听,红儿肉声长调。"

萧然：本意为扰乱骚动的样子,这里可以引申为引起轰动。

髻鬟偏：唐·欧阳炯《浣溪沙》:"独掩画屏愁不语,斜欹瑶枕髻鬟偏,此时心在阿谁边?"

"须髯"句：《南史·褚彦回传》:"君须髯如戟,何无丈夫意?"此处因陈维崧少负才名,成年后胡须满面,人称"陈髯"。

卿卿：亲昵的样子。

无那(nuó)情：无限情。南唐·李煜《一斛珠》:"绣床斜凭娇无那。烂嚼红茸,笑向檀郎唾。"

【典故】

☆ 乌丝曲倩红儿谱——杜红儿

据宋·计有功《唐诗纪事》载,唐僖宗时期,鄜州李孝恭的歌妓杜红儿年轻貌美,"机智慧悟,不与群辈妓女等"。在一次宴会上被唐朝名流罗虬看上,虬令之歌,赠以缯彩,而李孝恭以红儿为副戎所盼,不令受,结果罗虬大怒,竟手刃了红儿,后来又深自追悔,因此作《比红儿诗》替她传名。

☆ 背立讶卿卿——卿卿

据南朝·刘义庆《世说新语·惑溺》载,王戎是竹林七贤之一,其妻子常称他为"卿",王戎认为妻子称自己的丈夫为"卿","于礼为不敬",让妻子以后不要这样称呼他。王妻答道："亲卿爱卿,是以卿卿。我不卿卿,谁当卿卿!"妻子认为是爱他所以才这样称呼,王戎无可奈何,"遂恒听之"。从此就任她称自己为"卿"了。

菩萨蛮·过张见阳山居,赋赠

车尘马迹纷如织。羡君筑处真幽僻。柿叶一林红。萧萧四面风。

功名应看镜。明月秋河影。安得此山间。与君高卧闲。

【笺注】

　　"功名"句：唐·杜甫《江上》："勋业频看镜，行藏独倚楼。"

　　秋河：即银河。南朝·谢朓《暂使下都夜发新林至京邑赠西府同僚》："秋河曙耿耿，寒渚夜苍苍。"

　　高卧：指隐居不仕。南朝·刘义庆《世说新语·排调》："卿（谢安）屡违朝旨，高卧东山，诸人每相与言：'安石不肯出，将如苍生何？'"

于中好·送梁汾南还，为题小影

　　握手西风泪不干。年来多在别离间。遥知独听灯前雨，转忆同看雪后山。

　　凭寄语，劝加餐。桂花时节约重还。分明小像沉香缕，一片伤心欲画难。

【笺注】

　　康熙二十年(1681年)，顾贞观以母丧南归，纳兰作此篇以赠之。

　　西风：指秋风。

　　灯前雨：宋·黄庭坚《寄黄几复》："桃李春风一杯酒，江湖夜雨十年灯。"

　　"分明"句：清·顾贞观《南乡子》："无计与传神，小像沉香只暗熏。料得有情应唤彻，真真。"

　　"一片"句：唐·高蟾《金陵晚望》："世间无限丹青手，一片伤心画不成。"

翦湘云·送友

　　险韵慵拈，新声醉倚。尽历遍情场，懊恼曾记。不道当时断肠事，还较而今得意。向西风、约略数年华，旧心情灰矣。

　　正是冷雨秋槐，鬓丝憔悴。又领略、愁中送客滋味。密约重逢知甚日，看取青衫和泪。梦天涯、绕遍尽由人，只尊前迢递。

【笺注】

险韵：险僻难押的诗韵。宋·晏幾道《六幺令》："昨夜诗有回文，韵险还慵押。"

新声：新作的乐，亦指新乐府辞或其他不能入乐的诗歌。倚，倚调填词。

冷雨秋槐：清·顾贞观《双双燕》："单衣小立，正秋雨槐花，鬓丝吹冷。"

青衫和泪：唐·白居易《琵琶行》："座中泣下谁最多，江州司马青衫湿。"

临江仙·谢饷樱桃

绿叶成阴春尽也，守宫偏护星星。留将颜色慰多情。　分明千点泪，贮作玉壶冰。

独卧文园方病渴，强拈红豆酬卿。感卿珍重报流莺。　惜花须自爱，休只为花疼。

【笺注】

谢饷：感谢赠送。樱桃，古从唐朝起有设樱桃宴庆贺新进士及第的习俗。

"绿叶"句：唐·杜牧《怅诗》："自是寻春去校迟，不须惆怅怨芳时。狂风落尽深红色，绿叶成阴子满枝。"题注云："牧佐宣城幕，游湖州，刺史崔君张水戏，使州人毕观，令牧闲行阅奇丽，得垂髫者十余岁。后十四年，牧刺湖州，其人已嫁，生子矣。乃怅而为诗。"

守宫：此处借喻浓密的枝叶。守宫，即守宫槐，櫰槐。《尔雅·释木》："櫰，槐大叶而黑，守宫槐，叶昼聂宵炕。"

玉壶冰：酒名。宋·叶梦得《浣溪沙·送卢倅》词："荷叶荷花水底天,玉壶冰酒酿新泉,一欢聊复记他年。"

文园方病渴:文园病渴,本指消渴病,亦可延伸为文人失意。汉代司马相如曾任孝文园令,"常有消渴疾",因此称病闲居。

流莺:唐·李商隐《百果嘲樱桃》:"珠实虽先熟,琼蕤纵早开。流莺犹故在,争得讳含来。"

临江仙·寄严荪友

> 别后闲情何所寄,初莺早雁相思。 如今憔悴异当时。 飘零心事,残月落花知。
>
> 生小不知江上路,分明却到梁溪。 匆匆刚欲话分携。 香消梦冷,窗白一声鸡。

【笺注】

荪友:严绳孙,字荪友,号秋水、勾吴严四,晚号藕荡渔人,无锡县胶山严埭人。

"初莺"句:意为时时思念。莺谓春景,雁谓秋日。

梁溪:水名,为流经无锡市的一条重要河流,其源出于无锡惠山,北接运河,南入太湖。此处指严绳孙的家乡。

窗白一声鸡:唐·李贺《致酒行》:"我有迷魂招不得,雄鸡一声天下白。"

点评

傅庚生评:"仙品、鬼才,何由判耶? 试别举他例以明之。 温飞卿《商山早行》'鸡声茅店月,人迹板桥霜'云云,吟哦之余,觉有清清洒洒之致,是仙品也。 纳兰容若《临江仙》'别后闲情何所寄'云云,寓目之顷,俄有踽踽悸悸之情,是鬼才也。"(《中国文学欣赏举隅》)

满江红·为曹子清题其先人所构楝亭，亭在金陵署中

籍甚平阳，羡奕叶、流传芳誉。君不见、山龙补衮，昔时兰署。饮罢石头城下水，移来燕子矶边树。倩一茎、黄楝作三槐，趋庭处。

延夕月，承晨露。看手泽，深余慕。更凤毛才思，登高能赋。入梦凭将图绘写，留题合遣纱笼护。正绿阴、青子盼乌衣，来非暮。

【笺注】

康熙二十二年(1683年)，纳兰护驾南巡至南京，由康熙心腹之臣曹寅接驾。应曹寅所托，纳兰为其楝亭赋词。

曹子清：曹寅，字子清，号荔轩，又号楝(liàn)亭，康熙时代名臣，《红楼梦》作者曹雪芹的祖父。满洲正白旗内务府包衣，官至通政使司通政使、管理江宁织造、巡视两淮盐漕监察御史。善骑射，能诗及词曲。纳兰性德去世后，曹寅与张纯修、施世纶三人秉烛夜话于楝亭。张纯修即兴作《楝亭夜话图》，然后三人分咏。曹寅作《题楝亭夜话图》诗云："家家争唱饮水词，纳兰心事几曾知？"

楝亭：曹寅之先人所建，亭边植楝木。楝树，又称紫花树、森树等，为楝属落叶乔木。

奕叶：累世，代代。汉·蔡邕《琅邪王傅蔡郎碑》："奕叶载德，常历宫尹，以逮于兹。"

山龙补衮：古人衮服和族旗上的山形、龙形的图案。衮服，古代皇帝及上公的礼服。此处指曹家昔日享有高官厚禄。《晋书·舆服志》："王公衣山龙以下九章，卿衣华虫以下七章。"

兰署：即兰台，指秘书省。唐·卢照邻《山庄休沐》诗："兰署乘闲日，蓬扉狎遁栖。"

石头城：于今南京清凉山附近，三国时孙权在金陵邑的基础上修建，以护卫吴国都城建业。后成为南京的别称。

燕子矶：位于南京市栖霞区观音门外，是岩山东北的一支，长江三大名矶之一。山石直立江上，三面临空，形似燕子展翅欲飞，故名为燕子矶。在古代是重要渡口。

三槐：相传周代宫廷外种有三棵槐树，三公朝天子时，面向三槐而立。后因以三槐喻三公。《周礼·秋官司寇·朝士》："面三槐，三公位焉。"亦有"三槐王氏"之典故。

趋庭：用"孔鲤趋庭"典，指承父教。

手泽：此处指皇帝为曹家的题字。本指手汗，后多称先人或前辈的遗墨、遗物等。《礼记·玉藻》："父没而不能读父之书，手泽存焉尔。"

凤毛：比喻人子孙有才似其父辈者。南朝·刘义庆《世说新语·容止》："王敬伦风姿似父，作侍中，加授桓公公服，从大门入。桓公望之，曰：'大奴固自有凤毛。'"余嘉锡笺疏："南朝人通称人子才似其父者为凤毛。"

登高能赋：登高见广，能赋诗述其感受。亦作"登高必赋"，是古代士大夫必须具备的九种才能之一。《韩诗外传》卷七："孔子游于景山之上，子路、子贡、颜渊从。孔子曰：'君子登高必赋，小子愿者，何言其愿。'"

纱笼：用纱蒙覆贵人、名士的手迹，以示崇敬。

青子：此处指楝树上尚未黄熟的果实。

【典故】

☆ 饮罢石头城下水——石头城下水

据南唐·尉迟偓的《中朝故事》中记述，唐朝宰相李德裕喜欢喝苏南一带的水，尤其垂青于惠山泉，但天高地远，于是他利用自己的宰相职位，传令在两地之间设置驿站，建起了一条惠山泉的专递线，从惠山汲泉后，即由驿骑站站传递，停息不得。时人称之为"水递"。

李德裕不但爱泉水，亦能甄别泉水。李德裕做宰相时，有官员南下办事，问李德裕有什么要带，李德裕便让他带回扬子江中的水。后来那个官员"举棹日醉而忘之",行舟到石头城时才想起来,于是"汲一瓶于江中,归京献之"。李饮后,讶异感叹:"江表水味,有异于顷岁矣,此水颇似建业石城下水。"那位官员看这石城下之水瞒不过李德裕,赶紧道歉,不敢有所隐瞒。

☆ 倩一茎、黄棟作三槐,趋庭处——三槐王氏

据宋·邵伯温《邵氏闻见录》记载,王佑公年少时喜爱词学,生性风流倜傥,有俊气。后晋天福年中,以书见桑维翰,维翰称其藻丽,由是名闻京师。太宗皇帝也曾夸赞他:"王文章之外,别有清节,朕所自知。"邺帅杜重威辟为观察支使。佑公生逢五代战乱,历事后晋、后周和宋朝,皆以文武忠孝而名声显扬。佑公宦居于汴梁城东时,筑室于仁和门外。起初被贬赴任时,亲友在都门相送时说道:"意公作王溥官职矣。"他却笑着说:"某不做,儿子二郎必做。"曾经亲手种植三棵槐树于庭中,曰:"吾子孙必有为三公者。"后其子王旦果然拜相,天下谓之"三槐王氏"。

☆ 倩一茎、黄棟作三槐,趋庭处——孔鲤趋庭

据《论语·季氏》记载,孔子弟子陈亢问孔子的儿子孔鲤有没有从老师那儿听到什么特别的教诲,孔鲤说有一次孔子独立于堂前,孔鲤快步走过,孔子便问孔鲤:"学《诗》乎?"对曰:"未也。"子曰:"不学《诗》,无以言。"孔鲤便回去学《诗》了。又一次,孔子立于堂前,孔鲤快步走过去,孔子便问孔鲤:"学《礼》乎?"孔鲤对曰:"未也。"子曰:"不学《礼》,无以立。"孔鲤退下便去学《礼》了。陈亢听到这两件事回去高兴地说:"问一得三,闻《诗》,闻《礼》,又闻君子之远其子也。"

满江红·茅屋新成却赋

> 问我何心，却构此、三椽茅屋。可学得、海鸥无事，闲飞闲宿。百感都随流水去，一身还被浮名束。误东风，迟日杏花天，红牙曲。
>
> 尘土梦，蕉中鹿。翻覆手，看棋局。且耽闲殢酒，消他薄福。雪后谁遮檐角翠，雨余好种墙阴绿。有些些、欲说向寒宵，西窗烛。

康熙二十三年(1684 年)，顾贞观南归三年有余，纳兰为了招待顾贞观回到京都，专门建造了几间茅屋，并写下了这首词以迎接顾贞观。

却赋：再赋。

迟日：指春日。《诗·豳风·七月》："春日迟迟，采蘩祁祁。"

红牙：乐器名。檀木制的拍板，用以调节乐曲的节拍。宋·司马光《和王少卿十日与留台国子监崇福宫诸官赴王尹赏菊之会》："红牙板急弦声咽，白玉舟横酒量宽。"

"尘土"句：比喻人生如梦，得失如闲事。

翻覆手：唐·杜甫《贫交行》："翻手作云覆手雨，纷纷轻薄何须数。"

耽闲：白白耽搁。

殢(tì)酒：纵酒。宋·辛弃疾《最高楼》："藕花雨湿前湖夜，桂枝风澹小山时。怎消除，须殢酒，更吟诗。"

【典故】

☆ 可学得、海鸥无事，闲飞闲宿——沤鸟有知

典出《列子·黄帝》。海边有人喜爱海鸥，每天早晨都会去海边和海鸥一同游玩。他的父亲让他捉几只海鸥来，对他说："汝取来，吾玩之。"第二天他再到海边，"沤鸟舞而不下也"，只是在天上飞旋，不再飞落到他的身边了。这就告诫人们，最高深的言论是摈弃言论，最卓绝的行为就是无

129

所作为,如果只是局限于个人的智巧所知,那就是浅薄了。正所谓"至言去言,至为无为。齐智之所知,则浅矣"。

☆ 尘土梦,蕉中鹿——梦中蕉鹿

典出《列子·周穆王》。郑国有一樵夫在野外砍柴,偶遇一头受惊的鹿,便把鹿打死,又怕被人发现,于是他就把死鹿藏到干水沟中,用芭蕉叶把死鹿盖好。天黑了,他想把鹿带回家,却找不到了,就以为只不过是一场梦。于是一边走路一边自言自语。旁边人听见,就按着他的话找到了鹿,回家后将樵夫做梦得鹿的事说给妻子听,妻子说:"若将是梦见薪者之得鹿邪? 讵有薪者邪? 今真得鹿,是若之梦真邪?"妻子认为是他自己梦见樵夫得到了鹿。而樵夫回到家不甘心丢失了鹿,"其夜真梦藏之处,又梦得之之主"。第二天,樵夫按着梦中情景,竟也找到了得鹿的人。这个郑国樵夫把真事当成了梦,把梦当成了真事。后人便以"梦中蕉鹿"比喻世间事物真伪难辨。

瑞鹤仙·丙辰生日自寿,起用《弹指词》句,并呈见阳

> 马齿加长矣。 枉碌碌乾坤,问汝何事。 浮名总如水。 拼尊前杯酒,一生长醉。 残阳影里,问归鸿、归来也未。 且随缘、去住无心,冷眼华亭鹤唳。
>
> 无寐。 宿醒犹在,小玉来言,日高花睡。 明月阑干,曾说与,应须记。 是蛾眉便自、供人嫉妒。 风雨飘残花蕊。 叹光阴、老我无能,长歌而已。

【笺注】

丙辰:即康熙十五年(1676年),此时纳兰性德二十三岁。

《弹指词》:纳兰性德好友顾贞观的词集。词集中《金缕曲·丙午生日自寿》首句为:"马齿加长矣。向天公、投笺试问,生余何意?"《清史列传·文苑传》称顾贞观的词"声传海外,与陈维崧、朱彝尊并称词家三绝"。

见阳：即张纯修，字子敏，号见阳，又号敬斋，汉正白旗籍。以进士第授江华县令，官至庐州知府。与纳兰性德友善，结为异姓兄弟。纳兰性德去世后，张纯修为其辑刻《饮水诗词集》并作序。

马齿：马的牙齿。马的牙齿随年龄而添换，看马齿可知马的年龄。常以为谦辞，借指自己的年龄。

一生长醉：唐·李白《将进酒》："钟鼓馔玉不足贵，但愿长醉不复醒。"

归鸿：飞回之大雁，诗文中多用以寄托归思。魏·嵇康《赠秀才从军》："目送归鸿，手挥五弦。"

华亭鹤唳：华亭在今上海市松江县西，陆机于吴亡入洛以前，常与其弟陆云游于华亭墅中。诗文中常用来感慨生平，悔入仕途。

小玉：传说中的神仙侍女。唐·白居易《长恨歌》："金阙西厢叩玉扃，转教小玉报双成。"后泛指侍女。

"是蛾眉"句：才华出众的人，难免要遭人嫉妒。

【典故】

☆ 马齿加长矣——马齿加长

据《谷梁传·僖公二年》记载，晋献公派荀息去向虞国借路以便攻打虢国。荀息说请用垂棘之璧和屈地所产的良马作为礼物赠给虞公，以便借路。晋献公却担心宝贝献出后虞国不会让路，荀息却劝说，相信虞国若不让路定不会接受礼物，若让路，那么垂棘之璧就像从内府转藏到外府，把屈地产的良马从内厩牵出来关到外厩里，让献公不必担忧。晋献公同意了，就派荀息把屈地出产的良马作为礼物，再加上垂棘之璧，送给虞国以借路攻打虢国。晋国灭掉虢国，"五年而后举虞"。灭掉虞国后荀息牵马持璧还给晋献公，看到垂棘之璧和良马，晋献公不禁感慨："璧则犹是也，而马齿加长矣。""马齿加长"后被用来比喻自己虚度年华，没有成就。

☆ **冷眼华亭鹤唳——华亭鹤唳**

据南朝·刘义庆《世说新语·尤悔》记载，西晋时，陆机文采出众，为一代名士。成都王司马颖爱才，重用陆机。讨伐长沙王司马乂时，成都王用陆机为主帅，统领兵士二十余万。陆机请辞，成都王不允。部将见陆机身为主帅，但书生气十足，都不服调配，加上陆机缺乏作战经验，结果打了败仗，"为卢志所谗"，诬陷陆机与长沙王有私，成都王遂派人抓捕陆机。陆机闻讯，苦笑脱去战袍，感叹自己曾经与弟弟云游于华亭墅中，鹤鸣甚是悦耳，他很怀念此情此景，于是接受了极刑，临刑前曾经慨叹道："欲闻华亭鹤唳，可复得乎？"后遂以"华亭鹤唳"为感慨生平，悔入仕途之典。亦用来表示对过去生活的留恋。

菊花新·用韵送张见阳令江华

> 愁绝行人天易暮。行向鹧鸪声里住。渺渺洞庭波，木叶下、楚天何处。
>
> 折残杨柳应无数。趁离亭笛声吹度。有几个征鸿，相伴也、送君南去。

【笺注】

江华：清朝时隶永州府，今江华瑶族自治县，于湖南省永州市。康熙十八年（1679 年）秋，张纯修出知江华令，纳兰性德赋此词以赠之。

"渺渺"句：战国·屈原《九歌·湘夫人》："袅袅兮秋风，洞庭波兮木叶下。"

折残杨柳：古时柳树又称小杨或杨柳，因"柳"与"留"谐音，可以表示挽留之意。离别赠柳表示难分难离、不忍相别、恋恋不舍的心意。

离亭：即驿亭。古时人们常在这个地方举行告别宴会。

踏莎行·寄见阳

倚柳题笺，当花侧帽。赏心应比驱驰好。错教双鬓受东风，看吹绿影成丝早。

金殿寒鸦，玉阶春草。就中冷暖和谁道。小楼明月镇长闲。人生何事缁尘老。

【笺注】

倚柳题笺：宋·刘过《沁园春》："傍柳题诗，穿花劝酒，嗅蕊攀条得自如。经行处，有苍松夹道，不用传呼。"

侧帽：斜戴着帽子。与"倚柳题笺"一起表现出了风流闲适的样子。

赏心：娱悦心志。南朝·谢灵运《拟魏太子邺中集诗八首并序》："天下良辰、美景、赏心、乐事，四者难并。"

绿影：即乌黑发亮的头发。

镇长：经常，常常。

【典故】

☆ 当花侧帽——侧帽

据《周书·卷十六》记载，北周将领独孤信俊美非凡，精于骑射。他出身于鲜卑贵族之家，更擅于修饰，"服章有殊于众"，因此在军中被称为"独孤郎"。独孤信在秦州时曾因打猎而天晚，骑马入城的时候帽子被风吹歪了。第二天，官吏、百姓有戴帽的，"咸慕信而侧帽焉"，可见当时独孤信的言行举止是很受人们尊崇的，"其为邻境及士庶所重如此"。而"侧帽"也成了一时的风尚。后遂以"侧帽"为风流自赏之典。

摸鱼儿·送座主德清蔡先生

> 问人生、头白京国，算来何事消得。 不如罨画清溪上，蓑笠扁舟一只。 人不识。 且笑煮、鲈鱼趁著莼丝碧。 无端酸鼻。 向歧路销魂，征轮驿骑，断雁西风急。
>
> 英雄辈，事业东西南北。 临风因甚成泣。 酬知有愿频挥手，零雨凄其此日。 休太息。 须信道、诸公衮衮皆虚掷。 年来踪迹。 有多少雄心，几番恶梦，泪点霜华织。

【笺注】

座主：亦称"座师"，科举考试之主考官(或总裁官)，是刚入仕途的进士们最重要的政治关系之一。

蔡先生：蔡启僔，字石公，号昆旸，明末清初浙江湖州府德清县人。

罨(yǎn)画清溪：浙江长兴县境内有溪名罨画，风景极美，溪畔又有罨画亭。每逢春暖花开之时，游人纷集。蔡启僔是浙江人，所以这里用罨画清溪来借指他的家乡。罨画，原意是色彩鲜明的绘画。

鲈鱼、莼丝：比喻思乡之情，也有赞美不追逐名利、弃官归隐的意思。

"事业"句：指不做官一样可以成就事业。宋·黄庭坚《同韵和元明兄知命弟九日相忆二首》："蚤为学问文章误，晚作东西南北人。"

【典故】

☆ 人不识。 且笑煮、鲈鱼趁著莼丝碧——莼鲈之思

据南朝·刘义庆《世说新语·识鉴》载，西晋文学家张翰，字季鹰，为人不羁，有"江东步兵"之称。齐王司马冏执政时期，征召张翰为大司马东曹掾。在洛阳的时候，有一天张翰看到秋风起，想到了故乡吴郡的菰菜、莼羹、鲈鱼脍，感叹道："人生贵得适意尔，何能羁宦数千里以要名爵！"于是想弃官还乡，"遂命驾便归"。不久后齐王冏兵败被杀，当时人都说他料事如神。后因以"莼鲈之思"比喻思乡赋归之意。

雨中花·送徐艺初归昆山

> 天外孤帆云外树。看又是春随人去。水驿灯昏，关城月落，不算凄凉处。
>
> 计程应惜天涯暮。打叠起伤心无数。中坐波涛，眼前冷暖，多少人难语。

【笺注】

康熙十一年(1672年)，纳兰性德的座师徐乾学、蔡启僔二人皆以"副榜未取汉军卷"的罪名被削职。蔡回归了故里浙江德清县，徐则回了老家江苏昆山。纳兰对二位座师之不幸深表同情，于是写下了这首词。

徐艺初：纳兰性德座师徐乾学之子，名树谷，字艺初，江苏昆山人，康熙进士。

天外孤帆：唐·孟浩然《宿永嘉江，寄山阴崔少府国辅》："相去日千里，孤帆天一涯。"唐·李白《送孟浩然之广陵》："孤帆远影碧空尽，惟见长江天际流。"

云外树：唐·钱起《再得毕侍御书闻巴中卧病》："数重云外树，不隔眼中人。"

"看又"句：宋·吴文英《忆旧游》："送人犹未苦，苦送春、随人去天涯。"

水驿：水路的驿站。

打叠起：收拾起。

中坐：原指星犯帝座，此处延伸为触犯了朝纲。《史记·天官书》："月、五星顺入，轨道，司其书。所守，天子所诛也。其逆入，若不轨道，以所犯命之；中坐，成形，皆群下从谋也。"

虞美人·黄昏又听城头角

> 黄昏又听城头角。病起心情恶。药炉初沸短檠青。无那残
> 香半缕恼多情。
>
> 多情自古原多病。清镜怜清影。一声弹指泪如丝。央及东
> 风休遣玉人知。

【笺注】

短檠青：宋·王之道《晓解糁潭追和张文潜白沙阻风》："灯寒屡剔短
檠青,酒暖孤斟老盆绿。"青,灯芯。

"多情"句：宋·柳永《倾杯》："早是多情多病。那堪细把,旧约前欢
重省。"

"清镜"句：宋·张耒《十一月七日五首》："晨起临清镜,悲嗟发已
苍。"清影,清瘦的形影。

弹指：即顾贞观的《弹指词》。

玉人：对亲人或所爱者的爱称。

虞美人·为梁汾赋

> 凭君料理花间课。莫负当初我。眼看鸡犬上天梯。黄九自
> 招秦七共泥犁。
>
> 瘦狂那似痴肥好。判任痴肥笑。笑他多病与长贫。不及诸
> 公衮衮向风尘。

【笺注】

君：指顾贞观。平日里纳兰与顾二人诗词唱和颇多,此处是请顾贞
观为纳兰的词结集。

花间课：本指花间词,此处指纳兰性德自己的词集。

黄九：指北宋黄庭坚。因其排行第九,故称"黄九"。

秦七：指北宋秦观。因其排行第七,故称"秦七"。

泥犁：佛教语,亦作"泥梨"、"泥黎",为梵语的音译,意译为地狱。在此界中,一切皆无,更无喜乐,为十界中最恶劣的境界。

瘦狂、痴肥：比喻仕途的失意与得意。

风尘：指官场。晋·葛洪《抱朴子·交际》："驰骋风尘者,不慭建德业,务本求己。"宋·沈遘《五言送刘泌归建州》："东都宦游客,风尘厌已久。"

【典故】

☆　眼看鸡犬上天梯——　一人得道,鸡犬升天

典出汉·王充《论衡·道虚》。传说西汉淮南王刘安喜爱道术,招揽天下会道术之人,汇集于淮南,"奇方异术,莫不争出"。并长期修炼丹药,终于获得了成功。一天他吃下丹药,"举家升天"。其中一些散落在地上,被他家里的鸡、狗吃了,结果刘安和他的鸡狗一起都成了神仙,一时间"犬吠于天上,鸡鸣于云中"。后来"一人得道,鸡犬升天"演变成比喻一个人做了官,和他有关系的人也都跟着得势之意。

☆　瘦狂那似痴肥好。　判任痴肥笑——沈昭略

据《南史·沈昭略传》记载,南朝沈昭略为人狂傲,不事公卿,好使酒仗气。有一天他喝醉了酒,"晚日负杖携家宾子弟至娄湖苑",遇到了刘宋宰相王景文之子王约,沈昭略睁开醉眼,看见肥胖的王约便嘲笑道："汝是王约邪？何乃肥而痴？"王约看到沈昭略如此轻狂,便回击说："汝沈昭略邪？何乃瘦而狂？"沈昭略听了拍手大笑说："瘦已胜肥,狂又胜痴。奈何王约,奈汝痴何！"

大酺·寄梁汾

只一炉烟，一窗月，断送朱颜如许。 韶光犹在眼，怪无端吹上，几分尘土。 手捻残枝，沉吟往事，浑似前生无据。 鳞鸿凭谁寄，想天涯只影，凄风苦雨。 便研损吴绫，啼沾蜀纸，有谁同赋。

当时不是错，好花月、合受天公妒。 准拟倩、春归燕子，说与从头，争教他、会人言语。 万一离魂遇，偏梦被、冷香萦住。 刚听得、城头鼓。 相思何益，待把来生祝取，慧业相同一处。

【笺注】

韶光：美好的时光，常指春光。

"手捻"句：唐·白居易《临水坐》："昔为东掖垣中客，今作西方社内人。手把杨枝临水坐，闲思往事似前身。"

无据：无所依凭。

鳞鸿：鱼雁，指书信。

研(yà)：用卵形或弧形的石块碾压或摩擦皮革、布帛等，使之紧实而光亮。研绫，经石块碾压用以书写的薄绫。

蜀纸：即蜀笺。唐·韩偓《寄恨》："秦钗枉断长条玉，蜀纸虚留小字红。死恨物情难会处，莲花不肯嫁春风。"

慧业：佛教语。指智慧的业缘。《维摩经·菩萨品》："知一切法，不取不舍，入一相门，起于慧业。"

【典故】

☆ 鳞鸿凭谁寄——鸿雁传书、鱼传尺素

据《汉书·李广苏建传》载，汉武帝时，苏武出使匈奴，被单于扣押，流放北海牧羊。十年后，汉朝与匈奴和亲，大汉要求放还武等使节，但匈奴诡称武已死。与苏武一起出使匈奴的常惠夜见汉使，具告以事。并教汉使语单于曰："汉天子打猎射得一雁，雁足上绑有书信，写苏武在某地牧羊。"单于听后，只有让苏武回汉。后来，人们便以鸿雁比喻书信和传书之人。《乐府诗集·相和歌辞·饮马长城窟行》:"客从远方来,遗我双鲤鱼。呼儿烹鲤鱼,中有尺素书。长跪读素书,书中竟何如?上言加餐饭,下言长相忆。"后因亦以"鱼传尺素"为寄信之典。

点评

清·谢章铤评:"纳兰容若深于情者也。固不必刻画花间,俎豆兰畹,而一声河满,辄令人怅惘欲涕。情致与弹指最近,故两人遂成莫逆。读两家短调,觉阮亭脱胎温、李犹费拟议。其中赠寄梁汾《贺新郎》《大酺》诸阕,念念以来生相订,交情至此,非金石所能比坚。"(《赌棋山庄词话》)

木兰花慢·立秋夜雨,送梁汾南行

盼银河迢递,惊入夜,转清商。乍西园蝴蝶,轻翻麝粉,暗惹蜂黄。炎凉。等闲瞥眼,甚丝丝、点点搅柔肠。应是登临送客,别离滋味重尝。

疑将。水墨画疏窗。孤影澹潇湘。倩一叶高梧,半条残烛,做尽商量。荷裳。被风暗剪,问今宵、谁与盖鸳鸯。从此羁愁万叠,梦回分付啼螀。

【笺注】

迢递:遥远貌。魏·嵇康《琴赋》:"指苍梧之迢递,临回江之威夷。"

清商:商声,古代五音之一。古谓其调凄清悲凉,故称。又因阴阳五行之说,商与秋皆属"金",故二字可通用,使清商又有清秋的意思。

蜂黄:蜜蜂身上的黄色粉末。

倩:请求的意思。

荷裳:荷叶。唐·韩翃《送客归江州》:"风吹山带遥知雨,露湿荷裳已报秋。"

盖鸳鸯:唐·郑谷《莲叶》:"多谢浣溪人不折,雨中留得盖鸳鸯。"

啼螀（jiāng）：蝉。

清平乐·忆梁汾

才听夜雨。便觉秋如许。绕砌蛩螀人不语。有梦转愁无据。

乱山千叠横江。忆君游倦何方。知否小窗红烛，照人此夜凄凉。

【笺注】

蛩（qióng）：蟋蟀。

凤凰台上忆吹箫·除夕得梁汾闽中信，因赋

荔粉初装，桃符欲换，怀人拟赋然脂。喜螺江双鲤，忽展新词。稠叠频年离恨，匆匆里、一纸难题。分明见、临缄重发，欲寄迟迟。

心知。梅花佳句，待粉郎香令，再结相思。记画屏今夕，曾共题诗。独客料应无睡，慈恩梦、那值微之。重来日、梧桐夜雨，却话秋池。

【笺注】

荔粉：旧俗岁末以粉做荔枝，以迎新年。

桃符：古代将两块画着神荼、郁垒二神的桃木板挂在大门上以辟邪，至五代时演变为在桃木板上书写联语，其后书写于纸上，称为春联。

然脂：点燃火炬、灯烛等。然，同"燃"。

稠叠：稠密重叠，密密层层。南朝·谢灵运《过始宁墅》："岩峭岭稠叠，洲萦渚连绵。"

缄：书信。

粉郎：傅粉郎君，三国魏何晏事。香令，荀彧事。此皆代指顾贞观。

慈恩：即大慈恩寺，著名的佛教寺院，唐代长安的四大译经场之一，

也是中国佛教法相唯识宗(法相宗)的祖庭。中有大雁塔。

微之：元稹，字微之，唐朝著名诗人。

"重来"句：唐·李商隐《夜雨寄北》："君问归期未有期，巴山夜雨涨秋池。"

【典故】

☆ 待粉郎香令——傅粉何郎、荀令香

据南朝·刘义庆《世说新语·容止》载，三国时魏国的何晏姿容秀美，面部洁白如玉，魏明帝疑其傅粉，于是在一夏日赏赐他热汤面吃，何晏吃完后大汗淋漓，只好以官服揩拭，却"色转皎然"，更显白皙了。因何晏爵列侯，故称粉侯，亦称粉郎，后成为对心爱郎君的昵称。

《太平御览》卷七〇三引晋·习凿齿《襄阳耆旧记》曰："荀令君至人家，坐处三日香。"荀令君，即东汉末年著名政治家、战略家荀彧。因曾为侍中，守尚书令，故有此称。荀彧清秀通雅，传说他喜好熏香，久而久之身带香气，去往别人家做客，坐处余香三日不绝。后以"荀令香"喻雅士的风采气度，或借此指高雅有识之士。又有将"荀令留香"与"潘郎掷果"并提，赞其伟美有仪容。

百字令·绿杨飞絮

绿杨飞絮，叹沉沉院落、春归何许。 尽日缁尘吹绮陌，迷却梦游归路。 世事悠悠，生涯未是，醉眼斜阳暮。 伤心怕问，断魂何处金鼓。

夜来月色如银，和衣独拥，花影疏窗度。 脉脉此情谁得识，又道故人别去。 细数落花，更阑未睡，别是闲情绪。 闻余长叹，西廊惟有鹦鹉。

【笺注】

绮陌：繁华的街道。亦指风景美丽的郊野道路。宋·柳永《诉衷情近》："闲情悄。绮陌游人渐少。"

金鼓：战鼓，这里指战事。

细数落花：宋·王安石《北山》："细数落花因坐久，缓寻芳草得归迟。"

更阑：更深夜残。

金人捧露盘·净业寺观莲，有怀荪友

藕风轻，莲露冷，断虹收。 正红窗、初上帘钩。 田田翠盖，趁斜阳、鱼浪香浮。 此时画阁垂杨岸，睡起梳头。

旧游踪，招提路，重到处，满离忧。 想芙蓉湖上悠悠。 红衣狼藉，卧看桃叶送兰舟。 午风吹断江南梦，梦里菱讴。

【笺注】

康熙十八年(1679年)夏，纳兰曾与朱彝尊、陈其年、秦松龄、张见阳、姜西溟、严绳孙等于净业寺观荷唱和。此次故地重游，对友人的怀念之心油然而起，遂成此篇。

净业寺：位于北京什刹海之西海北岸的德胜门内西顺城街，是什刹海的十刹之一。建于明嘉靖三十七年(1558年)，原称智光寺，后改名净业寺，清重修，坐北朝南，中轴线上依次有山门、前殿、东西配殿、后殿、西配楼。现仅存西配楼及前殿。

田田：莲叶盛密貌，此处指莲叶。《乐府诗集·相和歌辞一·江南》："江南可采莲，莲叶何田田。"

招提：源自梵文，意译为四方。招提寺为民间私造的寺院，此处代指净业寺。

"想芙蓉"二句：想象严绳孙在芙蓉湖上之景。芙蓉湖，古称"上湖"、"射贵湖"，入无锡地称"无锡湖"，在江阴境内又称"三山湖"。桃叶，桃叶渡，秦淮河上的一个古渡，又名南浦渡。兰舟，木兰舟，亦为小舟的美称。

菱讴：即采莲人唱的菱歌。

浣溪沙·寄严荪友

藕荡桥边埋钓筒。 苎萝西去五湖东。 笔床茶灶太从容。
况有短墙银杏雨，更兼高阁玉兰风。 画眉闲了画芙蓉。

【笺注】

藕荡桥：严绳孙于无锡宅第附近之桥，今藕塘桥处。严绳孙晚年号称藕荡渔人。

钓筒：插在水里捕鱼的竹器。唐·崔道融《溪夜》："渔人抛得钓筒尽，却放轻舟下急滩。"

苎萝：即苎萝山，于浙江省诸暨市南。相传西施为此山鬻薪者之女。

五湖：此处指太湖。五湖亦有隐遁之所之意。

笔床：卧置毛笔的器具。南朝·徐陵《〈玉台新咏〉序》："翡翠笔床，无时离手。"

茶灶：烹茶的小炉灶。

画眉：即张敞为妻子画眉之事。画芙蓉，为美人画像。因严绳孙善绘画之事，故作此句。

水龙吟·再送荪友南还

人生南北真如梦，但卧金山高处。 白波东逝，乌啼花落，任他日暮。 别酒盈觞，一声将息，送君归去。 便烟波万顷，半帆残月，几回首，相思否。

可忆柴门深闭。 玉绳低、茧灯夜语。 浮生如此，别多会少，不如莫遇。 愁对西轩，荔墙叶暗，黄昏风雨。 更那堪几处，金戈铁马，把凄凉助。

元·黄公望《富春山居图》

【笺注】

康熙二十四年(1685年)四月,严绳孙告假南归,与纳兰性德告别。"人辞容若时,坐无余人,相与叙平生之聚散,究人事之终始,语有所及,怆然伤怀。"纳兰性德对好友的离开伤心不已,前后共写下五首词相赠,这首《水龙吟》便是其中之一。

金山:此处指严绳孙的家乡。金山,位于苏州市西郊,天平山东南,以出产金山石著名。初名茶坞山,相传晋宋间凿石得金,易名金山。

玉绳:北斗七星第五星玉衡之北的两星为玉绳,常泛指群星。清·王夫之《姜斋诗话》附录《夕堂永日绪论外编》:"有代字法,诗赋用之,如月曰'望舒',星曰'玉绳'之类。"

翦灯夜语:宋·史达祖《绮罗香·咏春雨》:"记当日、门掩梨花,剪灯深夜语。"

西轩:荪友尝住纳兰性德宅中此轩。

荔墙:即薜荔墙。薜荔又名凉粉子、木莲等。常绿藤本,蔓生,叶椭圆形,花极小,隐于花托内。果实富胶汁,可制凉粉,有解暑作用。

金戈铁马:指战争,兵事。当时三藩之乱已平,但雅克萨、准格尔仍有战事。

点评

陈淏评:"是再送之意,说得旷达。"(《精选国朝诗余》)

潇湘雨·送西溟归慈溪

长安一夜雨，便添了、几分秋色。奈此际萧条，无端又听，渭城风笛。咫尺层城留不住，久相忘、到此偏相忆。依依白露丹枫，渐行渐远，天涯南北。

凄寂。黔娄当日事，总名士、如河消得。只皂帽蹇驴，西风残照，倦游踪迹。廿载江南犹落拓，叹一人、知己终难觅。君须爱酒能诗，鉴湖无恙，一蓑一笠。

【笺注】

渭城风笛：离别的笛声。渭城，典出唐代诗人王维送别友人的《渭城曲》。

层城：重城，高城。此处指京师北京。

渐行渐远：宋·欧阳修《玉楼春》："渐行渐远渐无书，水阔鱼沉何处问。"

黔娄：号黔娄子，战国时期齐稷下先生，齐国有名的隐士和著名的道家学。晋·陶潜《咏贫士》："安贫守贱者，自古有黔娄。"

皂帽：黑色的帽子。

蹇驴：跛脚的驴子。

鉴湖：鉴湖在浙江省绍兴城西南，为浙江名湖之一。

一蓑一笠：意思是隐居。宋·施清臣《诗二首》："一蓑一笠一孤舟，万里江山独自游。有人问我红尘事，笑入芦花不点头。"

【典故】

☆ 凄寂。黔娄当日事——黔娄

黔娄，战国时期齐国高士，晋·皇甫谧《高士传·黔娄先生》说他"修身清节，不求进于诸侯"。鲁恭公听闻其贤能，派使者致礼，赐粟三十钟，欲以其为相，黔娄辞不受命。后齐王又对他礼遇有加，以黄金百斤聘为卿，黔娄也没有接受。如此终身不仕直至寿终。黔娄先生尽管家徒四壁，却安贫乐道，品行端正为世人称颂。其妻亦为贤明安贫正直之人，据汉·

刘向《列女传·鲁黔娄妻》载,黔娄死,曾子前往凭吊,见盖黔娄尸体的布,"覆头则足见,覆足则头见"。曾子便建议将布斜着盖,以敛全尸。黔妻不允,说道:"邪而有余,不如正而不足也。"后遂以"黔娄被"形容高士清贫,而"黔娄"也成了品行高洁的贫士的代称。

———————————

霜天晓角·重来对酒

> 重来对酒。 折尽风前柳。 若问看花情绪,似当日、怎能够。
>
> 休为西风瘦。 痛饮频搔首。 自古青蝇白璧,天已早、安排就。

【笺注】

"若问"句:宋·无名氏《尉迟杯》:"把酒看花,无言有泪,还是那时情绪。"

搔首:以手搔头,指焦急或有所思貌。唐·杜甫《梦李白》:"出门搔白首,若负平生志。"

青蝇白璧:比喻善恶忠佞,也指青蝇玷白璧,比喻谗人陷害忠良。唐·陈子昂《宴胡楚真禁所》:"人生固有命,天道信无言。青蝇一相点,白璧遂成冤。"

愁·思

卷 三

说也相思道也愁，

说道相思如无常，

冷月清秋，

勾不尽的点点愁。

采桑子·严宵拥絮频惊起

严宵拥絮频惊起，扑面霜空。 斜汉朦胧。 冷逼毡帷火不红。
香篝翠被浑闲事，回首西风。 何处疏钟。 一穗灯花似梦中。

【笺注】

严宵：寒夜。宋·洪兴祖《楚辞补注》："风霜壮谓之严。"

斜汉：指秋季的银河。秋季银河向西南方向偏斜，因此称为"斜汉"。
宋·王禹偁《七夕应制》："斜汉横空瑞气浮，桥边乌鹊待牵牛。"

疏钟：稀疏的钟声。唐·徐弦《雪中作》："疏钟寒郭晚，密雪水
亭深。"

灯花：灯芯余烬结成的花状物。宋·李清照《蝶恋花》："独抱浓愁无
好梦。夜阑犹剪灯花弄。"

采桑子·那能寂寞芳菲节

那能寂寞芳菲节，欲话生平。 夜已三更。 一阕悲歌泪暗零。
须知秋叶春花促，点鬓星星。 遇酒须倾。 莫问千秋万岁名。

【笺注】

芳菲节：春季花草繁盛时节。唐·柳氏《答韩翃》："杨柳枝，芳菲节，

可恨年年赠离别。"

莫问千秋万岁名:化用唐·杜甫《梦李白》之二:"千秋万岁名,寂寞身后事。"

采桑子·九日

深秋绝塞谁相忆,木叶萧萧。 乡路迢迢。 六曲屏山和梦遥。

佳时倍惜风光别,不为登高。 只觉魂销。 南雁归时更寂寥。

【笺注】

此词是纳兰容若于康熙二十一年(1682 年)出使觇梭龙时作。

九日:即九九重阳节。

六曲屏山:即六扇屏风。因屏风上绘有山峦,层峦叠嶂,故称"六曲屏山"。宋·洪咨夔《浣溪沙》:"六曲屏山似去年。雪花欺得怕寒肩。小窗和月照无眠。"

登高:古时有重阳节登高之俗。唐·王维《九月九日忆山东兄弟》:"遥知兄弟登高处,遍插茱萸少一人。"

台城路·上元

阑珊火树鱼龙舞,望中宝钗楼远。 靺鞨余红,琉璃剩碧,待嘱花归缓缓。 寒轻漏浅。 正乍敛烟霏,陨星如箭。 旧事惊心,一双莲影藕丝断。

莫恨流年逝水,恨销残蝶粉,韶光忒贱。 细语吹香,暗尘笼鬓,都逐晓风零乱。 阑干敲遍。 问帘底纤纤,甚时重见。 不解相思,月华今夜满。

【笺注】

上元:按旧俗,上元时节,皓月当空,点起彩灯万盏,以示庆贺。宋·

南宋·李嵩《观灯图》

吴自牧《梦粱录·元宵》：上元之夜，各府邸"装点亭台，悬挂玉栅，异巧华灯，珠帘低下，笙歌并作，游人玩赏，不忍舍去"。

"阑珊"句：火树，指灯，叠起来像树一样。唐·苏味道《正月十五夜》："火树银花合，星桥铁锁开。"鱼龙舞，旧时的杂戏，元宵节盛行此戏。宋·辛弃疾《青玉案·元夕》："凤箫声动，玉壶光转，一夜鱼龙舞。"

宝钗楼：汉武帝时建，在今咸阳，这里泛指豪华的歌楼。宋·蒋捷《女冠子·元夕》："春风飞到，宝钗楼上，一片笙箫，琉璃光射。"

靺鞨(mò hé)：指红靺鞨，红宝石名，相传产于靺鞨国，故名。《旧唐书·肃宗纪》："楚州刺史崔侁献定国宝石十三枚……七曰红靺鞨，大如巨粟，赤如樱桃。"这里指万家灯火。

陨星：指烟火。宋·辛弃疾《青玉案·元夕》："东风夜放花千树，更吹落、星如雨。"

藕丝断：元·郭钰《秋塘曲》："鸳鸯相逐低回翔，藕丝易断愁心肠。"

蝶粉：即蝶粉蜂黄，指古代妇女粉面额黄，装扮美容。宋·吴文英《蝶恋花》："蝶粉蜂黄大小乔。中庭寒尽雪微销。一般清瘦各无聊。"

韶光忒贱：谓时光短暂。明·汤显祖《牡丹亭》："锦屏人忒看得这韶光贱。"

晓风零乱：清·顾贞观《望梅》："怕佩声钗影，俱逐晓风零乱。"

阑干敲遍：宋·晁冲之《感皇恩》："绮窗犹在，敲遍阑干谁应。"

纤纤：代指女子的脚。宋·辛弃疾《念奴娇》："闻道绮陌东头，行人曾见，帘底纤纤月。"

【典故】

☆ 待嘱花归缓缓——"陌上花开，可缓缓归矣"

《陌上花》原为吴地民歌，讲述吴越国王钱镠与其王妃事。按宋·苏轼《陌上花三首并引》所述："游九仙山，闻里中儿歌《陌上花》。父老云：吴越王妃每岁春必归临安，王以书遗妃曰：'陌上花开，可缓缓归矣。'"此事《十国春秋》亦有记载，因其语"含思宛转，听之凄然"，故广为流传。

台城路·塞外七夕

> 白狼河北秋偏早，星桥又迎河鼓。清漏频移，微云欲湿，正是金风玉露。两眉愁聚。待归踏榆花，那时才诉。只恐重逢，明明相视更无语。
>
> 人间别离无数，向瓜果筵前，碧天凝伫。连理千花，相思一叶，毕竟随风何处。羁栖良苦。算未抵空房，冷香啼曙。今夜天孙，笑人愁似许。

【笺注】

白狼河：古水名，即今辽宁省境内的大凌河，因发源于白狼山而得名。《水经注》："辽水又右，会白狼水；水出右北平白狼县。"唐·沈佺期《古意呈补阙乔知之》："白狼河北音书断，丹凤城南秋夜长。"

星桥：即天河中的鹊桥。北周·庾信《七夕诗》："牵牛遥映水，织女正登车。星桥通汉使，机石逐仙槎。"

河鼓：星名。《尔雅》中谓河鼓即牵牛。

清漏：清晰的滴漏声。漏，古代以漏壶滴漏计时。唐·王昌龄《长信秋词》之一："熏笼玉枕无颜色，卧听南宫清漏长。"

金风玉露：秋风白露。宋·张孝祥《鹊桥仙》："金风玉露不胜情，看天上、人间今夕。"

两眉愁聚：宋·柳永《甘草子·秋尽》："中酒残妆慵整顿。聚两眉离恨。"

榆花：唐·曹唐《织女怀牵牛》："欲将心就仙郎说，借问榆花早晚秋。"

"人间"句：宋·秦观《鹊桥仙》："金风玉露一相逢，便胜却、人间无数。"

"连理"句：唐·白居易《长恨歌》："在天愿作比翼鸟，在地愿为连理枝。"

天孙：即织女星。

点评

谭献评："逼真北宋慢词。"（《箧中词》）

朱庸斋评："纳兰以小令之法为长调，故其长调气格薄弱。即如其《台城路》'塞外七夕'词，谭献评曰：'逼真北宋慢词'，其实距周、秦之作何止以道里计。近人每惜其'享年不永，力量未充'，未能臻于'沉著浑至'之境，其实纳兰长处正以凄惋清丽动人，何必定以'沉著'律之也。"（《分春馆词话》）

浣溪沙·残雪凝辉冷画屏

残雪凝辉冷画屏。落梅横笛已三更。更无人处月胧明。

我是人间惆怅客，知君何事泪纵横。断肠声里忆平生。

【笺注】

冷画屏：唐·杜牧《秋夕》："红烛秋光冷画屏，轻罗小扇扑流萤。"

落梅横笛：即梅花落，古笛名曲。宋·晏几道《虞美人》："倩谁横笛倚危阑。今夜落梅声里、怨关山。"

断肠声：唐·杜甫《吹笛》："吹笛秋山风月清，谁家巧作断肠声。"

浣溪沙·欲寄愁心朔雁边

欲寄愁心朔雁边。西风浊酒惨离颜。黄花时节碧云天。

古戍烽烟迷斥堠，夕阳村落解鞍鞯。不知征战几人还。

【笺注】

朔雁：北方边地的大雁。

明·杜琼《南村别墅图》

"黄花"句：元·王实甫《西厢记》："碧云天,黄花地,西风紧,北雁南飞。"

斥堠：古代瞭望敌情的哨所。

解鞍鞯：即卸去行装,安营扎寨。

"不知"句：唐·王翰《凉州词二首》："醉卧沙场君莫笑,古来征战几人回。"

浣溪沙·万里阴山万里沙

> 万里阴山万里沙。　谁将绿鬓斗霜华,年来强半在天涯。
> 魂梦不离金屈戌,画图亲展玉鸦叉,生怜瘦减一分花。

【笺注】

阴山：今燕山至大兴安岭诸山脉之总名。《汉书·匈奴传》："北边塞至辽东,外有阴山,东西千余里。"西晋·陆机《饮马长城窟》："驱马陟阴山,山高马不前。"

"谁将"句：谁把乌黑的头发变成了白发。绿鬓,乌黑而光亮的头发。霜华,白发。

强半：大半,过半。唐·张籍《寄故人》："故人只在蓝田县,强半年来未得书。"

金屈戌：本意是铜或铁制成的带两个小脚的环,即门窗上的环钮。这里代指思念家乡。唐·李商隐《骄儿诗》："凝走弄香奁,拔脱金屈戌。"

玉鸦叉：玉制作的画叉。画叉,用以悬挂或取下高处立幅书画的长柄叉子。宋·郭若虚《图画见闻志·玉画叉》："张文懿性喜书画……爱护尤勤。每张画,必先施帘幕,画叉以白玉为之。"

点评

清·陈廷焯评："一片凄感(谓'年来'句)。　笔笔凄艳,是容若

158

本色（谓'生怜'句）。"（《云韶集》）

一络索·过尽遥山如画

> 过尽遥山如画。　短衣匹马。　萧萧木落不胜秋，莫回首、斜阳下。别是柔肠萦挂。　待归才罢。　却愁拥髻向灯前，说不尽、离人话。

【笺注】

短衣匹马：唐·杜甫《曲江三章》诗："短衣匹马随李广，看射猛虎终残年。"

朝中措·蜀弦秦柱不关情

> 蜀弦秦柱不关情。　尽日掩云屏。　已惜轻翎退粉，更嫌弱絮为萍。东风多事，余寒吹散，烘暖微醒。　看尽一帘红雨，为谁亲系花铃。

【笺注】

蜀弦秦柱：蜀琴和秦弦。唐·唐彦谦《汉代》："别随秦柱促，愁为蜀弦幺。"

关情：动情。南唐·冯延巳《点绛唇》："柳径春深，行到关情处。颦不语，意凭风絮，吹向郎边去。"

云屏：云母屏风。李商隐《龙池》："龙池赐酒敞云屏，羯鼓声高众乐停。"

"已惜"两句：意味着惜春伤春的心情，蝴蝶已经褪粉，柳絮飘零。轻翎退粉。弱絮，宋·周紫芝《西江月》："池面风翻弱絮，树头雨退嫣红。扑花蝴蝶杳无踪。又做一场春梦。"

花铃：即护花铃，为防鸟雀而置。宋·张炎《满庭芳·小春》："阳和能几许，寻红探粉，也恁饶人。笑邻娃痴小，料理护花铃。"

长相思·山一程

山一程。水一程。身向榆关那畔行。夜深千帐灯。
风一更。雪一更。聒碎乡心梦不成。故园无此声。

【笺注】

榆关：今河北山海关处。

聒碎：声音嘈杂。宋·柳永《爪茉莉·秋夜》："残蝉噪晚，甚聒得、人心欲碎，更休道、宋玉多悲，石人、也须下泪。"

故园：谓京师。

点评

王国维评："'明月照积雪'、'大江流日夜'、'中天悬明月'、'黄河落日圆'，此种境界，可谓千古壮观。求之于词，唯纳兰容若塞上之作，如《长相思》之'夜深千帐灯'、《如梦令》之'万帐穹庐人醉，星影摇摇欲坠'差近之。"（《人间词话》）

唐圭璋评："《花间》有句云：'红纱一点灯'，此言'夜深千帐灯'，境界一大一小，然各极其妙。"（《纳兰容若评传》）

太常引·自题小照

西风乍起峭寒生。惊雁避移营。千里暮云平。休回首、长亭短亭。
无穷山色，无边往事，一例冷清清。试倩玉箫声。唤千古、英雄梦醒。

【笺注】

峭寒：料峭的寒意，春寒。宋·陆游《月上海棠》："漫拥余香，怎奈他、峭寒孤枕。"

"千里"句：唐·王维《观猎》："回看射雕处，千里暮云平。"

清·高岑《万山苍翠图》

明·唐寅《洞箫仕女图》

玉箫：箫的美称。唐·水神《霅溪夜宴诗》："玉箫冷吟秋,瑶瑟清含商。"

太常引·晚来风起撼花铃

晚来风起撼花铃。 人在碧山亭。 愁里不堪听。 那更杂、泉声雨声。

无凭踪迹,无聊心绪,谁说与多情。 梦也不分明,又何必、催教梦醒。

【笺注】

"梦也"句：唐·张泌《寄人》："倚柱寻思倍惆怅,一场春梦不分明。"

点评

张德瀛评："容若《太常引》词云：'梦也不分明,又何必催教梦醒。'竹垞《沁园春》词云：'沉吟久,怕重来不见,见又魂消。'二词缠绵往复,郭子玄何必减庾子嵩。"（《词徵》）

清·陈廷焯评："只'那更'七字,便是情景兼到。 真达人语。"（《云韶集》）

清·陈廷焯又评："凄切语,亦是放达语。"（《词则·别调集》）

菩萨蛮·朔风吹散三更雪

朔风吹散三更雪。 倩魂犹恋桃花月。 梦好莫催醒。 由他好处行。

无端听画角。 枕畔红冰薄。 塞马一声嘶。 残星拂大旗。

【笺注】

"倩魂"句：谓梦醒后依然留恋梦中美好时光。倩魂,即倩女幽魂事。

红冰薄：枕上的泪水结成了一层薄薄的冰。宋·萧立之《开元天宝杂咏·红冰》："当年召入即承恩,何事登车却断魂。只道红冰生别泪,不知杀气满乾坤。"

菩萨蛮·荒鸡再咽天难晓

> 荒鸡再咽天难晓。 星榆落尽秋将老。 毡幕绕牛羊。 敲冰饮酪浆。
> 山程兼水宿。 漏点清钲续。 正是梦回时。 拥衾无限思。

【笺注】

荒鸡:指三更前啼叫的鸡,旧时被认为是不祥的征兆。宋·李纲《次韵周元仲见寄二首》:"望断故园无旅雁,心惊中夜听荒鸡。"

星榆:繁星。因榆荚形似钱,色白成串,因以"星榆"形容繁星。唐·王初《即夕》:"风幌凉生白袷衣,星榆才乱绛河低。"

"敲冰"句:宋·艾性夫《深冬》:"敲冰自换瓷瓶水,浸取梅花仔细看。"

钲(zhēng):敲打乐器,军中行夜用。

菩萨蛮·榛荆满眼山城路

> 榛荆满眼山城路。 征鸿不为愁人住。 何处是长安。 湿云吹雨寒。
> 丝丝心欲碎。 应是悲秋泪。 泪向客中多。 归时又奈何。

【笺注】

征鸿:征雁,秋天南飞的雁。唐·李群玉《登章华楼》:"征鸿引乡心,一去何悠悠。"

"何处"句:宋·辛弃疾《菩萨蛮》:"西北望长安,可怜无数山。"

悲秋泪:战国·宋玉《楚辞·九辩》:"悲哉!秋之为气也。萧瑟兮,草木摇落而变衰。"

菩萨蛮·黄云紫塞三千里

黄云紫塞三千里。 女墙西畔啼乌起。 落日万山寒。 萧萧猎马还。
笳声听不得。 入夜空城黑。 秋梦不归家。 残灯落碎花。

【笺注】

黄云：边塞的云。因边塞黄沙漫天,故称黄云。唐·杜甫《佐还山后寄》:"山晚黄云合,归时恐路迷。"

紫塞：长城。晋·崔豹《古今注·都邑》:"秦筑长城,土色皆紫,汉塞亦然,故称紫塞焉。"

女墙：城墙上呈凹凸形的小墙。唐·韩偓《乾宁三年丙辰在奉天重围作》:"独凭女墙头,思家起长叹。"

笳声：指边地之声。南北朝·王褒《燕歌行》:"遥闻陌头采桑曲,犹胜边地胡笳声。"

清平乐·烟轻雨小

烟轻雨小。 望里青难了。 一缕断虹垂树杪。 又是乱山残照。
凭高目断征途。 暮云千里平芜。 日夜河流东下,锦书应托双鱼。

【笺注】

青难了：难了,不尽。唐·杜甫《望岳》:"岱宗夫如何,齐鲁青未了。"

树杪：树梢。

乱山残照：宋·陈宗远《安仁楼间晚晴时送默斋伯回星江》:"已是悲秋客,那堪送远人。乱山残照惨,落叶晚风频。"

凭高目断：宋·晏殊《诉衷情》:"凭高目断,鸿雁来时,无限思量。"

锦书：即锦字书,泛指书信。宋·刘兼《征妇怨》:"寄锦书无限意,塞鸿何事不归来。"

双鱼：鱼形木板，一底一盖，把书信夹在里面，常指代书信。唐·白居易《送客之湖南》："别后双鱼难定寄，近来潮不到涩城。"

【典故】

☆ 锦书应托双鱼——织锦回文、双鲤鱼

织锦回文，指前秦苏蕙寄给丈夫的织锦回文诗。据《晋书·窦滔妻苏氏传》载，窦滔之妻苏蕙，字若兰，善文，有咏絮之才，林下之风。窦滔在符坚时为秦州刺史，被徙流沙，苏氏甚思之，遂织回文璇玑图。即在一块锦缎上织就八百余字，回环往复以读之，皆可成诗，得之不计其数，为后世称颂。"织锦回文"便被用来称赞女子才思绝妙，而"锦书"则多用于指代女子思夫之信件。

双鲤鱼，见"鱼传尺素"典。

虞美人·风灭炉烟残灺冷

风灭炉烟残灺冷。相伴惟孤影。判教狼籍醉清樽。为问世间醒眼是何人。

难逢易散花间酒。饮罢空搔首。闲愁总付醉来眠。只恐醒时依旧到樽前。

【笺注】

清樽：古代盛酒的酒器。唐·牟融《楼城叙别》："清樽不负花前约，白发惊看镜里秋。"

花间酒：良辰美景之酒宴。宋·张炎《木兰花慢》："落魄花间酒侣，温存竹里吟朋。"

清平乐 · 发汉儿村题壁

参横月落。客绪从谁托。望里家山云漠漠。似有红楼一角。

不如意事年年。消磨绝塞风烟。输与五陵公子，此时梦绕花前。

【笺注】

参横月落：月亮已经落下去，参星横斜，谓夜已深。宋·张元幹《十月桃》："参横月落，留恨醒来，满地香残。"

家山：家乡。

红楼：这里指思念女子的住所。宋·王庭珪《点绛唇》："花外红楼，当时青鬓颜如玉。"

五陵公子：指京城中的富贵子弟，纳兰曾自怜："别有根芽，不是人间富贵花。"

清平乐 · 角声哀咽

角声哀咽。襆被驮残月。过去华年如电掣。禁得番番离别。

一鞭冲破黄埃。乱山影里徘徊。蓦忆去年今日，十三陵下归来。

【笺注】

襆被：用包袱裹衣被，这里指行李。

黄埃：魏晋·谢尚《大道曲》："车马不相识，音落黄埃中。"

【典故】

☆ 襆被驮残月——魏舒襆被

魏舒，字阳元，任城樊人，西晋时期大臣，曾官至司徒，为人端方持节。据《晋书·魏舒传》载，在他四十余岁时，郡中计掾察访孝廉，族中长辈认为魏舒学业无成，便劝他别去赴试，做出一副品性高洁的模样来。魏舒不同意，说道："若试而不中，其负在我，安可虚窃不就之高以为己荣乎！"于是"自课，百日习一《经》"，最终凭借自己的努力考中了孝廉。后入朝为尚书郎。当时要节选淘汰郎官，无才者会被罢免。魏舒主动说："吾即其人也。"卷起被褥便走了。后遂以"魏舒襆被"谓为官者主动去职，不恋权位的高尚行为。

清平乐·麝烟深漾

麝烟深漾。 人拥缑笙氅。 新恨暗随新月长。 不辨眉尖心上。

六花斜扑疏帘，地衣红锦轻沾。 记取暖香如梦，耐他一晌寒严。

【笺注】

缑笙氅：犹如仙衣道服式的大氅，与传说中的仙人王子乔有关。

"不辨"句：宋·范仲淹《御街行》："都来此事，眉间心上，无计相回避。"

六花：即雪花。雪花结晶六瓣，故名。宋·汪元量《西湖旧梦》："六花飞舞似鹅毛，丞相身穿御赐袍。"

地衣：地毯。南唐·李煜《浣溪沙》："红锦地衣随步皱。"

寒严：寒气浓重。清·顾贞观《凤凰台上忆吹箫》："愁来也，玉肌生栗，悄觉寒严。"

【典故】

☆ 人拥缑笙氅——缑笙

典出汉·刘向《列仙传·王子乔》。王子乔，传说中的仙人，是周灵王的太子姬晋。平日里"好吹笙，作凤凰鸣"。曾于伊水和洛水之间游历，被道士浮丘公接引上了嵩山修炼。三十多年后，有人到山上来找他，他说："告我家，七月七日待我于缑氏山巅。"到了那天，王子乔果然乘着白鹤飞来，停在山顶之上，家人"望之不可到"。他举手向来人致意，盘桓了几天才飞去。后遂以"王乔控鹤"喻得道成仙，又以"缑笙"借指王侯贵族。

清平乐·弹琴峡题壁

> 泠泠彻夜。谁是知音者。如梦前朝何处也。一曲边愁难写。
> 极天关塞云中。人随落雁西风。唤取红巾翠袖，莫教泪洒英雄。

【笺注】

　　弹琴峡：明·孙承泽《天府广记》："居庸关在府北一百二十里，有龙虎台在关南口，中有峡曰弹琴峡，水声在石罅间，响如弹琴，故名。"

　　泠泠：指清越的水声。西晋·陆机《招隐诗》："山溜何泠泠，飞泉漱鸣玉。"

　　"极天"句：居庸关附近长城俱缘山巅而筑，极险峻。唐·杜甫《秋兴》："关塞极天惟鸟道，江湖满地一渔翁。"

　　"唤取"句：宋·辛弃疾《水龙吟》："倩何人唤取，红巾翠袖，揾英雄泪！"

清平乐·塞鸿去矣

> 塞鸿去矣。锦字何时寄。记得灯前伴忍泪。却问明朝行未。
> 别来几度如珪，飘零落叶成堆。一种晓寒残梦，凄凉毕竟因谁。

【笺注】

　　"记得"句：五代·韦庄《女冠子》："别君时。忍泪佯低面，含羞半敛眉。"

　　如珪：秋月如珪，这里指月圆而缺。南朝·梁·江淹《别赋》："至乃秋露如珠，秋月如珪。明月白露，光阴往来。"

昭君怨·暮雨丝丝吹湿

暮雨丝丝吹湿。倦柳愁荷风急。瘦骨不禁秋。总成愁。
别有心情怎说。未是诉愁时节。谯鼓已三更。梦须成。

【笺注】

倦柳愁荷：宋·史达祖《秋霁》："江水苍苍，望倦柳愁荷，共感秋色。"

瘦骨：宋·卢祖皋《卜算子》："瘦骨从来不奈秋，一夜秋如许。"

临江仙·永平道中

独客单衾谁念我，晓来凉雨飕飕。缄书欲寄又还休。个侬憔悴，禁得更添愁。

曾记年年三月病，而今病向深秋。卢龙风景白人头。药炉烟里，支枕听河流。

【笺注】

永平：清直隶府名。

缄书：书信。

"曾记"句：唐·韩偓《春尽日》："把酒送春惆怅在，年年三月病恹恹。"

支枕：宋·杨时《含云寺书事》："支枕睡余人寂寂，一轩明月满窗风。"

于中好·独背斜阳上小楼

独背斜阳上小楼。谁家玉笛韵偏幽。一行白雁遥天暮，几点黄花满地秋。

惊节序，叹沉浮。秾华如梦水东流。人间所事堪惆怅，莫向横塘问旧游。

清·改琦《晓寒图》

【笺注】

黄花满地：宋·何梦桂《挽宁谷居士何公三首》："百年心事无人识，分付黄花满地秋。"

秾华：繁华。《诗经·召南》："何彼秾矣，唐棣之华。"

"人间"句：唐·曹唐《张硕重寄杜兰香》："人间何事堪惆怅，海色西风十二楼。"

横塘：古堤名。在江苏省吴县西南。宋·贺铸《青玉案·横塘路》："凌波不过横塘路。但目送、芳尘去。"

于中好·别绪如丝睡不成

别绪如丝睡不成。 那堪孤枕梦边城。 因听紫塞三更雨，却忆红楼半夜灯。

书郑重，恨分明。 天将愁味酿多情。 起来呵手封题处，偏到鸳鸯两字冰。

【笺注】

"别绪"句：宋·梅尧臣《送仲连》诗："别绪如乱丝，欲理还不可。"

半夜灯：宋·陆游《夜坐》："蝶入谁家梦，花残半夜灯。"

"书郑重"句：唐·李商隐《无题》："锦长书郑重，眉细恨分明。"

呵手：向手嘘气使暖。宋·欧阳修《诉衷情·眉意》词："清晨帘幕卷轻霜。呵手试梅妆。"

封题处：在书札的封口上签押。唐·元稹《酬乐天书怀见寄》："封题乐天字，未坼已沾裳。"

南乡子·捣衣

鸳瓦已新霜。 欲寄寒衣转自伤。 见说征夫容易瘦,端相。 梦里回时仔细量。

支枕怯空房。 且拭清砧就月光。 已是深秋兼独夜,凄凉。 月到西南更断肠。

【笺注】

捣衣:一般指捶洗衣服。唐·张若虚《春江花月夜》:"玉户帘中卷不去,捣衣砧上拂还来。"亦表思妇思念征夫之意。

鸳瓦:即鸳鸯瓦,成对的瓦。宋·李郢《夜归》:"风急漏声断,月斜人影长。残灯收短市,鸳瓦已凝霜。"

端相:细看,端详。宋·周邦彦《意难忘》:"夜渐深,笼灯就月,子细端相。"

清砧:捶衣石的美称。唐·韦应物《秋夜二首》:"萧条凉叶下,寂寞清砧哀。"

南乡子·柳沟晓发

灯影伴鸣梭。 织女依然怨隔河。 曙色远连山色起,青螺。 回首微茫忆翠蛾。

凄切客中过。 料抵秋闺一半多。 一世疏狂应为著,横波。 作个鸳鸯消得么。

【笺注】

柳沟:在今北京延庆县八达岭北。

鸣梭:谓织布。唐·徐夤《赠月君》:"鸣梭轧轧纤纤手,窗户流光织女星。"

青螺:比喻青山。唐·刘禹锡《望洞庭》诗:"遥望洞庭山水翠,白银盘里一青螺。"

翠蛾：本指女子的眉毛，这里代指思念中的闺中女子。南唐·冯延巳《菩萨蛮》："忆梦翠蛾低，微风吹绣衣。"

横波：比喻女子的眼神，如水横流。北周·庾信《拟咏怀诗》："纤腰减束素，别泪损横波。恨心终不歇，红颜无复多。"

南乡子·何处淬吴钩

何处淬吴钩。一片城荒枕碧流。曾是当年龙战地，飏飏。塞草霜风满地秋。

霸业等闲休。跃马横戈总白头。莫把韶华轻换了，封侯。多少英雄只废丘。

【笺注】

"何处"句：意思是何处是吴钩浸染血迹的地方。淬，浸染。吴钩，春秋时期宝刀的泛称。唐·李贺《南园十三首》："男儿何不带吴钩，收取关山五十州。"

枕碧流：宋·王岩叟《扬州感旧》："隐隐芜城枕碧流，繁华曾是帝王州。"

龙战地：战场。清·沈大成《惠州》："当年龙战地，过客涕沾缨。"

【典故】

☆ 何处淬吴钩——吴钩

据汉·赵晔《吴越春秋·阖闾内传》载，吴王阖闾令国中工匠作金钩，说："能为善钩者，赏之百金。"吴地做钩者甚多，有人为得到吴王之赏，竟杀其二子，涂血于钩上，打造成两只钩，献于阖闾，到宫门外求赏。吴王问："为钩者众，而子独求赏，何以异于众夫人之钩乎？"钩师答："吾之作钩也，贪王之赏而杀二子，衅（xìn，同衅，涂抹。）成二钩。"吴王命人将所有钩取来,问:"何者是也?"钩师向钩呼二子之名:"吴鸿,扈稽,我在于此,王不知汝之神也!"声未绝口,二钩飞来,贴在钩师胸前。吴王大惊,乃赏百金,将二钩佩戴而从不离身。

御带花·重九夜

> 晚秋却胜春天好,情在冷香深处。朱楼六扇小屏山,寂寞几分尘土。虬尾烟销,人梦觉、碎虫零杵。便强说欢娱,总是无憀心绪。
>
> 转忆当年,消受尽皓腕红萸,嫣然一顾。如今何事,向禅榻茶烟,怕歌愁舞。玉粟寒生,且领略、月明清露。叹此际凄凉,何必更满城风雨。

【笺注】

冷香:秋冬时节盛开的如菊花、梅花等花香被称为冷香。宋·欧阳修《渔家傲》:"寒艳冷香秋不管。情眷眷。凭栏尽日愁无限。"

六扇小屏山:六折屏风。五代·顾夐《玉楼春》:"拂水双飞来去燕,曲槛小屏山六扇。"

虬尾:盘香。宋·毛滂《临江仙》:"香残虬尾细,灯暗玉虫偏。"

碎虫零杵:指秋虫鸣叫声和捣衣声越来越稀疏。宋·蒋捷《瑞鹤仙》:"锁芙蓉、小殿秋深,碎虫诉月。"

皓腕:美丽女子的洁白手腕。三国·曹植《美女篇》:"攘袖见素手,皓腕约金环。"

红萸:茱萸。《太平御览》卷九百九十一引晋·周处《风土记》:"茱萸,椒也,九月九日成熟,色赤,可采。世俗以此日折茱萸。费长房云:'以插头髻,云辟恶。'"

禅榻茶烟:指清冷的生活。宋·陆游《病中久止酒有怀成都海棠之盛》:"说与故人应不信,茶烟禅榻鬓成丝。"

怕歌愁舞:宋·陆游《朝中措》:"怕歌愁舞懒逢迎。妆晚托春醒。总是向人深处,当时枉道无情。"

生粟:皮肤因受凉呈粟状。明·梅鼎祚《玉合记》:"绿鬟云散袅金翅,双钏寒生玉粟娇。"

满城风雨:潘大临诗残句:"满城风雨近重阳。"宋·方岳《九日道中凄然忆潘邠老之句》:"满城风雨近重阳,城脚谁家菊自黄。又是江南离别处,寒烟吹雁不成行。"

【典故】

☆ 叹此际凄凉,何必更满城风雨——满城风雨

据宋·惠洪《冷斋夜话》卷四载,黄州潘大临有诗才但家境贫穷。有一年秋天,临川谢无逸写信问他最近可有佳作,潘大临回信说:"秋来景物,件件是佳句,恨为俗气所蔽翳。昨日清卧,闻搅林风雨声,欣然起题其壁曰:'满城风雨近重阳。'忽催租人至,遂败意。只此一句奉寄。""满城烟雨"遂为咏重阳秋景之典故,后亦用来比喻消息传出后众口喧腾之状。

百字令·宿汉儿村

无情野火,趁西风烧遍、天涯芳草。 榆塞重来冰雪里,冷入鬟丝吹老。 牧马长嘶,征笳乱动,并入愁怀抱。 定知今夕,庾郎瘦损多少。

便是脑满肠肥,尚难消受,此荒烟落照。 何况文园憔悴后,非复酒垆风调。 回乐峰寒,受降城远,梦向家山绕。 茫茫百感,凭高唯有清啸。

【笺注】

汉儿村:在永平府迁安县境,今属河北迁西县。清圣祖谒孝陵,曾多次路过汉儿村。

榆塞:泛指边塞,这里指山海关。

"牧马"二句:汉·李陵《答苏武书》:"夜不能寐,侧耳远听,胡笳互

动,牧马悲鸣。"

"庾郎"句:即北周诗人庾信。宋·姜夔《齐天乐》词:"庾郎先自吟愁赋。凄凄更闻私语。"

脑满肠肥:《北齐书·琅琊王高俨传》:"琅琊王年少,肠肥脑满,轻为举措。"

"何况"句:即司马相如文园多病、文君当垆之典故。宋·贺铸《临江仙》:"未是文园多病客,幽襟凄断堪怜。"

酒垆:酒店。《史记·司马相如列传》:"买一酒舍沽酒,而令文君当垆。相如身自著犊鼻裈,与庸保杂作,涤器于市中。"

"回乐"二句:唐·李益《夜上受降城闻笛》:"回乐峰前沙似雪,受降城外月如霜。"回乐峰,唐地名,在今宁夏灵武境。受降城,唐时亦称河外三城,初以接受匈奴贵族投降而建,至唐朝时因后突厥汗国的兴起,成为黄河外侧驻防城群体。此处泛指边塞。

【典故】

☆ 何况文园憔悴后,非复酒垆风调——文园消渴、文君当垆

文园,指西汉著名文学家司马相如,其曾为孝文园令,因以文园、园令代称。据《史记·司马相如列传》载,司马相如"口吃而善著书,常有消渴疾"。因仕途不顺,也常称病闲居,不愿参与公卿国事,也不羡慕官职爵位。后因病被免职,直至病死。又,相如初时家贫,无以为业,于临邛巨富卓王孙家中遇其新寡之女文君,两人私奔而去。卓王孙大怒,不肯与一钱。相如与文君于是卖掉车马,买一酒舍卖酒为生,"而令文君当垆,相如身自著犊鼻裈(短裤)与保庸杂作,涤器于市中"。卓王孙以为耻,不得不分财产与文君。后以"文园消渴、文君当垆"等典喻文人潦倒失意之貌。

沁园春·试望阴山

试望阴山，黯然销魂，无言徘徊。 见青峰几簇，去天才尺；黄沙一片，匝地无埃。 碎叶城荒，拂云堆远，雕外寒烟惨不开。 踟蹰久，忽砯崖转石，万壑惊雷。

穷边自足秋怀。 又何必、平生多恨哉。 只凄凉绝塞，蛾眉遗冢；销沉腐草，骏骨空台。 北转河流，南横斗柄，略点微霜鬓早衰。 君不信，向西风回首，百事堪哀。

【笺注】

"黯然"句：南朝·江淹《别赋》："黯然销魂者，唯别而已矣。"

"去天"句：唐·李白《蜀道难》："连峰去天不盈尺，枯松倒挂倚绝壁。"

匝地：遍地。唐·齐己《读岘山碑》："那堪望黎庶，匝地是疮痍。"

"砯崖"句：宋·苏颂《观潮三首》："缓如积雪飞霜路，急似砯崖转石雷。"

蛾眉遗冢：这里指王昭君之青冢。

骏骨空台：千里马的骸骨。宋·梅尧臣《伤马》："空伤骏骨埋，固乏弊帷葬。"

斗柄：北斗七星，玉衡、开阳、瑶光三星为柄。唐·韦应物《拟古》："天河横未落，斗柄当西南。"

【典故】

☆ 销沉腐草，骏骨空台——骏骨

据《战国策·燕策一》载，燕昭王即位后，欲招贤士以报国仇，郭隗先生进言说："臣闻古之国君以千金求千里马，三年不能得。宫中有近侍请命，国君允之。三个月后近侍寻得千里马，马死，五百金购马骨回返复命，君大怒道：'我所求生马也，安事死马而费五百金？'近侍答：'死马尚肯花五百金，况生马乎？天下人必以为王喜爱好马，不吝财资，千里马将至矣.'果然不到一年,国君已得之三匹也。今大王若诚致士人,请先从我开始,如我这等尚且被重用,何况远胜我之人?"于是昭王为郭隗筑宫并拜其为师。消息传开后,天下贤士俱至,燕国一时人才济济。后遂以"千金市骨"喻求贤若渴,而以"骏骨"喻俊才贤士。

相见欢 · 微云一抹遥峰

微云一抹遥峰。 冷溶溶。 恰与个人清晓画眉同。

红蜡泪。 青绫被。 水沉浓。 却向黄茅野店听西风。

【笺注】

"微云"句:宋·秦观《满庭芳》:"山抹微云,天连衰草,画角声断谯门。"

"恰与"句:宋·黄庭坚《纪梦》:"窗中远山是眉黛,席上榴花皆舞裙。"

青绫:青色丝织品,多用于富贵人家。北周·庾信《谢赵王赍白罗袍袴启》:"永无黄葛之嗟,方见青绫之重。"

黄茅野店:宋·苏庠《鹧鸪天》:"醉眠小坞黄茅店,梦倚高城赤叶楼。"

海棠春 · 落红片片浑如雾

落红片片浑如雾。 不教更觅桃源路。 香径晚风寒,月在花飞处。

蔷薇影暗空凝贮。 任碧飐、轻衫萦住。 惊起早栖鸦,飞过秋千去。

【笺注】

桃源路:即桃花源。唐·李翔《寄题寻真观》:"何劳更访桃源路,水曲云深千万重。"

香径：宋·朱淑真《春日行》："何处飞来双蛱蝶，翩翩飞入寻香径。"

碧飑：花枝随风摇动。飑，颤动、摇动。

"飞过"句：宋·欧阳修《蝶恋花》："泪眼问花花不语，乱红飞过秋千去。"

卜算子·塞梦

塞草晚才青，日落箫笳动。 戚戚凄凄入夜分，催度星前梦。
小语绿杨烟，怯踏银河冻。 行尽关山到白狼，相见惟珍重。

【笺注】

箫笳：宋·周密《挽李太监二首》："肠断素车三百两，箫笳不数汉南阳。"

戚戚凄凄：宋·李清照《声声慢》词："寻寻觅觅，冷冷清清，凄凄惨惨戚戚。"

星前：明·汤显祖《牡丹亭·魂游》："生性独行无那，此夜星前一个。生生死死为情多。"

青玉案·宿乌龙江

东风卷地飘榆荚。 才过了、连天雪。 料得香闺香正彻。 那知此夜，乌龙江畔，独对初三月。
多情不是偏多别。 别离只为多情设。 蝶梦百花花梦蝶。 几时相见，西窗翦烛，细把而今说。

【笺注】

此词作于康熙二十一年(1682 年)春随驾东巡时。

乌龙江：即松花江。

榆荚：即榆钱儿。宋·张耒《晚春初夏八首》："卷将春色归何处,尽在车前榆荚中。"

蝶梦：迷离恍惚之梦境。《庄子·齐物论》："昔者庄周梦为胡蝶,栩栩然胡蝶也,自喻适志与！不知周也。俄然觉,则蘧蘧然周也。不知周之梦为胡蝶与,胡蝶之梦为周与？周与胡蝶,则必有分矣。此之谓物化。"

西窗翦烛：翦,通"剪"。唐·李商隐《夜雨寄北》："何当共剪西窗烛,却话巴山夜雨时。"

月上海棠·中元塞外

> 原头野火烧残碣。 叹英魂、才魄暗销歇。 终古江山,问东风、几番凉热。 惊心事,又到中元时节。
>
> 凄凉况是愁中别。 枉沉吟、千里共明月。 露冷鸳鸯,最难忘、满池荷叶。 青鸾杳,碧天云海音绝。

【笺注】

残碣：即残碑。宋·陆游《遣兴》："骨朽空名垂断简,冢荒残碣卧苍苔。"

"叹英魂"句：唐·韩偓《金陵》："自古风流皆暗销,才魂妖魂谁与招。"

千里共明月：宋·寇准《阳关引》："念故人、千里自此共明月。"

青鸾：即青鸟,神话传说中王母娘娘身边传递消息的鸟,后代指传递爱情消息的信使。宋·赵令畤《鹧鸪天》："情渺渺,信沉沉。青鸾无路寄芳音。"

满江红·代北燕南

代北燕南,应不隔、月明千里。 谁相念、胭脂山下,悲哉秋气。 小立乍惊清露湿,孤眠最惜浓香腻。 况夜乌、啼绝四更头,边声起。

销不尽,悲歌意。 匀不尽,相思泪。 想故园今夜,玉阑谁倚。 青海不来如意梦,红笺暂写违心字。 道别来、浑是不关心,东堂桂。

【笺注】

代北燕南:代,代州,在山西,指山西北部。燕南,指京师之南。

胭脂山:即燕支山。古在匈奴境内,以产燕支(胭脂)草而得名,诗词中多指怀念之地。匈奴失此山,曾作歌曰:"失我燕支山,使我妇女无颜色。"

边声:指边塞的羌笛、胡笳、画角之声。隋·杨素《出塞二首》:"薄暮边声起,空飞胡骑尘。"

红笺:唐·裴说《闻砧》:"时时举袖匀红泪,红笺谩有千行字。书中不尽心中事,一片殷勤寄边使。"

东堂桂:指科举考试及第,即蟾宫折桂。宋·杨亿《孙寺丞知考城县》:"早得东堂桂一枝,凌云词赋汉皇知。"

【典故】

☆ 道别来、浑是不关心,东堂桂——郤诜丹桂

郤诜,字广基,西晋时期大臣,官至尚书左丞,是博学多才,贤良直言之士。据《晋书·郤诜列传》记载,郤诜累迁至雍州刺史,晋武帝于东堂为其送行,问郤诜说:"卿自以为何如?"郤诜回答道:"臣举贤良对策,为天下第一,犹桂林之一枝,昆山之片玉。"后以"郤诜丹桂"喻科举及第。

满江红 · 为问封姨

　　为问封姨，何事却、排空卷地。又不是、江南春好，妒花天气。叶尽归鸦栖未得，带垂惊燕飘还起。甚天公、不肯惜愁人，添憔悴。

　　搅一霎，灯前睡。听半饷，心如醉。倩碧纱遮断，画屏深翠。只影凄清残烛下，离魂飘缈秋空里。总随他、泊粉与飘香，真无谓。

【笺注】

封姨：指神话传说中的风神。宋·范成大《嘲风》诗："纷红骇绿骤飘零，痴呆封姨没性灵。"

"妒花"句：宋·朱淑真《惜春》："连理枝头花正开，妒花风雨便相催。"

惊燕：附在画轴上的纸条。清·梁绍壬《两般秋雨庵随笔·惊燕》："凡画轴制裱既成，以纸二条附于上，若垂带然，名曰惊燕。其纸条古人不粘，因恐燕泥点污，故使因风飞动以恐之也。"

"甚天公"二句：元·王实甫《西厢记》："这忧愁诉与谁，相思只自知，老天不管人憔悴。"

搅一霎：意谓刚刚睡去，却被狂风搅醒。

泊粉与飘香：指被狂风吹残败的花瓣以及飘散的花香。宋·赵令畤《蝶恋花》："卷絮风头寒欲尽。坠粉飘香，日日红成阵。"

【典故】

☆ 为问封姨——封姨

封姨，即古代神话传说中的风神。典出唐·谷神子《博异志·崔玄微》。唐天宝年间，处士崔玄微居于洛阳城东的宅院中，每日耽于道术，服食饵木茯苓，三十年来从不间断。某年春夜，有美人绿衣杨氏、白衣李氏、绛衣陶氏、绯衣小女石醋醋和封家十八姨等忽至宅中，与崔玄微饮酒作歌。席间十八姨翻酒污醋醋衣裳,宴席不欢而散。明夜又来,醋醋言诸女皆住苑中,常受恶风所挠,求崔玄微于每岁元旦作一朱幡立于苑东,以免其难。崔玄微依其言,至此日立幡,这日东风刮地,折树飞沙而苑中繁花不动。崔玄微乃知诸女皆是花精,而封十八姨乃风神也。后遂以"封姨"作风的代称。

浪淘沙·野宿近荒城

> 野宿近荒城。 砧杵无声。 月低霜重莫闲行。 过尽征鸿书未寄,梦又难凭。
>
> 身世等浮萍。 病为愁成。 寒宵一片枕前冰。 料得绮窗孤睡觉,一倍关情。

【笺注】

征鸿:古人常用雁足传书。宋·李清照《念奴娇》:"征鸿过尽,万千心事难寄。"

浮萍:此生漂泊不定。宋·王以宁《虞美人·宿龟山夜登秋汉亭》:"洞庭湖上银涛观。忆我烟蓑伴。此身天地一浮萍。"

枕前冰:唐·刘商《古意》:"风吹昨夜泪,一片枕前冰。"

一倍关情:更加动情了。

南楼令·塞外重九

> 古木向人秋。 惊蓬掠鬓稠。 是重阳、何处堪愁。 记得当年惆怅事,正风雨,下南楼。
>
> 断梦几能留。 香魂一哭休。 怪凉蟾、空满衾裯。 霜落乌啼浑不睡,偏想出,旧风流。

【笺注】

重九：九九重阳节，又称重九。

鬓稠：宋·黄升《长相思·天悠悠》："催得吴霜点鬓稠，香笺莫寄愁。"

"香魂"句：唐·温庭筠《过华清宫》："艳笑双飞断，香魂一哭休。"

凉蟾：指凉月。宋·周邦彦《月下笛》："小雨收尘，凉蟾莹彻，水光浮壁。"

生查子·短焰剔残花

短焰剔残花，夜久边声寂。　倦舞却闻鸡，暗觉青绫湿。
天水接冥濛，一角西南白。　欲渡浣花溪，远梦轻无力。

【笺注】

残花：灯花，烛心燃烧后生成的穗状物。

"倦舞"句：指祖逖、刘琨闻鸡起舞事。本意是有志报国的人及时奋起，这里指倦于起舞却闻鸡声，指人矛盾的心情。

青绫：青色花纹丝织物。宋·陈师道《卜算子·摇风影似凝》："会有青绫梦觉人，可爱池塘草。"

冥濛：幽暗不明。宋·晏幾道《采桑子·宜春苑外楼堪倚》："雁影冥濛。正共银屏小景同。"

浣花溪：在今四川成都西郊，溪边就是杜甫草堂。

远梦：思念远方人的梦。宋·张先《浣溪沙》："夜短更难留远梦，日高何计学行云。树深莺过静无人。"

【典故】

☆ 倦舞却闻鸡——闻鸡起舞

据《晋书·祖逖传》记载，祖逖与司空刘琨俱为司州主簿时，二人都具英武之气，报国之心，因此交情甚好，常共被同寝，抵足而谈。半夜时闻鸡鸣,祖逖把刘琨踢醒说:"此非恶声也。"于是起床舞剑。后遂以"闻鸡起舞"为仁人志士发奋之典。

点评

林花谢评："'欲渡浣花溪,远梦轻无力',婉约不减少游。"(《读词小笺》)

忆桃源慢·斜倚熏笼

斜倚熏笼,隔帘寒彻,彻夜寒于水。离魂何处,一片月明千里。两地凄凉多少恨,分付药炉烟细。近来情绪,非关病酒,如何拥鼻长如醉。转寻思、不如睡也,看道夜深怎睡。

几年消息浮沉,把朱颜、顿成憔悴。纸窗风裂,寒到个人衾被。篆字香消灯灺冷,忽听塞鸿嘹唳。加餐千万,寄声珍重,而今始会当时意。早催人、一更更漏,残雪月华满地。

【笺注】

"斜倚"句:唐·白居易《后宫词》:"红颜未老恩先断,斜倚熏笼坐到明。"

"近来"句:意思是近来情绪低迷,不是因为饮酒,而是忧思难忍,故而借酒浇愁。

非关病酒:宋·李清照《凤凰台上忆吹箫》:"新来瘦,非干病酒,不是悲秋。"

拥鼻:唐·唐彦谦《春阴》:"天涯已有销魂别,楼上宁无拥鼻吟。"

"篆字"句:篆字型香烧尽,灯灭烬冷,又忽闻塞雁悲鸣,心灰意冷。灺(xiè),灯芯烧完后的灰烬。

加餐千万:化用的汉·无名氏《古诗十九首》:"弃捐勿复道,努力加餐饭。"

明·陈洪绶《斜倚熏笼图》

【典故】

☆ 如何拥鼻长如醉——拥鼻吟

谢安,东晋著名政治家,少有盛名,时人多爱慕。据《晋书·谢安传》:"安本能为洛下书生咏,有鼻疾,故其音浊。"名流雅士们爱而学之,为达效果,"手掩鼻以敩之"。"拥鼻吟"即指以重浊之音吟咏,亦成为吟咏的美称。

忆秦娥 · 长飘泊

> 长飘泊。 多愁多病心情恶。 心情恶。 模糊一片,强分哀乐。
>
> 拟将欢笑排离索。 镜中无奈颜非昨。 颜非昨。 才华尚浅,因何福薄。

【笺注】

强分哀乐:哀乐亦分辨不清。强分,勉强分辨。

离索:离群独居之寂寞。宋·陆游《钗头凤》:"东风恶。欢情薄。一怀愁绪,几年离索。错。错。错。"

颜非昨:朱颜衰老。宋·陆游《寒雨中偶赋》:"莫惊颜鬓浑非昨,略数朋侪已半空。"

天仙子 · 月落城乌啼未了

> 月落城乌啼未了。 起来翻为无眠早。 薄霜庭院怯生衣,心悄悄。 红阑绕。 此情待共谁人晓。

【笺注】

城乌:城楼上的乌鸦。唐·温庭筠《更漏子·柳丝长》:"惊塞雁,起城乌,画屏金鹧鸪。"

生衣：夏衣。唐·王建《秋日后》："立秋日后无多愁,渐觉生衣不著身。"

心悄悄：《诗经·邶风·柏舟》："忧心悄悄,愠于群小。"

雨中花·纪梦

> 楼上疏烟楼下路。 正招余、绿杨深处。 奈卷地西风,惊回残梦,几点打窗雨。
> 夜深雁掠东檐去。 赤憎是、断魂砧杵。 算酌酒忘忧,梦阑酒醒,愁思忘何许。

【笺注】

疏烟：指香火冷落。

残梦：宋·周紫芝《鹧鸪天·花褪残红绿满枝》："人别后,酒醒时。午窗残梦子规啼。"

赤憎：可恨、可恼的是。

断魂砧杵：令人断魂的捣衣声。砧杵,捣衣声。宋·朱敦儒《生查子》："风露转萧寒,砧杵添凄切。"

风·物

卷 四

少年扁驾随游，
南来北往，
画船一枕难收。
忆当年，
多少风光旧物，
翻做雨恨云愁。
两道孤烟、半分梦影，
双泪为谁流。

梦江南·江南好，建业旧长安

> 江南好，建业旧长安。 紫盖忽临双鹢渡，翠华争拥六龙看。雄丽却高寒。

【笺注】

康熙二十三年(1684 年)九月至十一月，清圣祖首次南巡，抵扬州、苏州、无锡、南京等地，性德以侍卫随扈，作《梦江南》十首。本首写康熙巡游南京时的盛况。据《熙朝新语》卷八载，康熙此行南京，"父老从观者数万人"，可谓"古今未有之盛举"。

"建业"句：建业，南京古称，为六朝故都。长安，汉唐都城，后人常以长安喻指都城。唐·李白《金陵三首》："晋家南渡日，此地旧长安。"

紫盖：指紫色车盖，属帝王仪仗之一，借指帝王车驾。南朝·沈约《齐故安陆昭王碑文》："陪龙驾于伊洛，侍紫盖于咸阳。"

双鹢(yì)：古习以鹢鸟形绘于船首两侧，以惧江神。鹢，一种似鹭的水鸟。《太平御览》卷七百六十九引吕静《韵集》："鹢首，天子舟也。"此处即指皇帝的游船。

翠华：一种用翠鸟羽毛作装饰的旗子或车盖，此处代指皇帝的车驾。汉·司马相如《上林赋》："建翠华之旗，树灵鼍之鼓。"

六龙：古代皇帝车驾用六匹马，称六龙。《礼仪》郑玄注："马八尺以上为龙。"唐·杜牧《长安晴望》:"回识六龙巡幸处,飞烟闲绕望春台。"

雄丽却高寒:雄丽,雄伟壮丽。宋·张孝祥《水调歌头·金山观月》:"江山自雄丽,风露与高寒。"

梦江南·江南好,城阙尚嵯峨

> 江南好,城阙尚嵯峨。 故物陵前惟石马,遗踪陌上有铜驼。玉树夜深歌。

【笺注】

"故物"句:石马,指前代帝王陵墓前的石刻。唐·杜甫《玉华宫》:"当时侍金舆,故物独石马。"

"遗踪"句:铜驼,指洛阳铜驼街,《太平御览》卷一五八引晋·陆机《洛阳记》:"洛阳有铜驼街,汉铸铜驼二枚,在宫南四会道相对。俗语云:'金马门外集众贤,铜驼陌上集少年。'言人物之盛也。"这句是说前代遗踪还依稀可见,当日繁华仍近在眼前。

玉树:指歌曲《玉树后庭花》。这里泛指柔和的歌曲。

梦江南·江南好,怀古意谁传

> 江南好,怀古意谁传。 燕子矶头红蓼月,乌衣巷口绿杨烟。风景忆当年。

【笺注】

红蓼:指蓼蓝,秋天开花,色红,花序如穗。

梦江南·江南好，虎阜晚秋天

江南好，虎阜晚秋天。山水总归诗格秀，笙箫恰称语音圆。谁在木兰船。

【笺注】

虎阜：即虎丘，在江苏省苏州市西北阊门外，一名海涌山。宋·郑思肖《虎丘》："何年海涌来，霹雳破地脉。裂透千仞深，嵌空削苍壁。"春秋时吴王阖闾葬于此，传说葬后三日有虎踞其上，故名。宋代朱长文认为"丘如蹲虎，以形名"。东晋王珣兄弟舍宅为虎丘寺，唐改名武丘报恩寺，五代末建塔，宋为云岩禅寺，清改虎阜禅寺。此山风景极佳，登临可俯瞰全城，向有"吴中第一名胜"之誉。

诗格：原指诗的风格，这里比喻风景优美，有诗情画意。

"笙箫"句：意谓笙箫之音与圆润的歌声相融合，美妙动听。

木兰船：用木兰树造的船。南朝·任昉《述异记》卷下："木兰洲在浔阳江中，多木兰树。昔吴王阖闾植木兰于此，用构宫殿也。七里洲中，有鲁班刻木兰为舟，舟至今在洲中。诗家云木兰舟，出于此。"后常用为船的美称，并非实指木兰木所制。南朝·刘孝威《采莲曲》："金桨木兰船，戏采江南莲。"唐·贾岛《和韩吏部泛南溪》："木兰船共山人上，月映渡头零落云。"

点评

清·况周颐评："罗子远《清平乐》'两桨能吴语'，五字甚新。杨柳渡头，荷花荡口，暖风十里，翦水咿哑，声愈柔而景愈深。尝读《饮水词》〔梦江南〕云：'江南好，虎阜晚秋天。山水总归诗格秀，笙箫恰称语音圆。谁在木兰船。''笙箫'句与此'两桨'句，同一妙于领会。"（《蕙风词话》）

梦江南·江南好，真个到梁溪

江南好，真个到梁溪。 一幅云林高士画，数行泉石故人题。
还似梦游非。

【笺注】

梁溪：水名，在江苏省无锡市西，亦为无锡之代称。又，相传东汉文人梁鸿及其妻孟光曾隐居于此，故名。

"一幅"二句：云林，指元代画家倪瓒，字云林，此处借指性德好友严绳孙。这两句是说看了绳孙这一幅关于梁溪的画，画中又有故人的题字，使人恍惚来到了梁溪。

梦江南·江南好，水是二泉清

江南好，水是二泉清。 味永出山那得浊，名高有锡更谁争。
何必让中泠。

【笺注】

二泉：指江苏无锡市西郊的惠山泉，相传经唐代陆羽亲品其味，又名"陆子泉"，被唐人评为"天下第二泉"，故又名"二泉"。此泉水质极佳，最宜煎茶，宋徽宗时为宫廷贡品。元代翰林学士、大书法家赵孟頫专为惠山泉书写了"天下第二泉"五个大字，至今仍完好地保存在泉亭后壁上。清代康熙、乾隆下江南时，亦多品题。

中泠：即中泠泉，又名中濡泉、南泠泉。位于江苏省镇江市金山寺外，泉水绿如翡翠，浓似琼浆，甘洌醇厚，特宜煎茶，被唐人评为"天下第一泉"，而今已湮。

梦江南·江南好，佳丽数维扬

> 江南好，佳丽数维扬。自是琼花偏得月，那应金粉不兼香。谁与话清凉。

【笺注】

维扬：即今江苏扬州市。《尚书·禹贡》谓："淮海惟扬州"，《毛诗》将"惟"字作"维"，后人即摘取"维扬"作扬州之别称。

琼花：叶柔而莹泽，花大如盘，洁白如玉，宋·韩琦《琼花》中有"维扬一株花，四海无同类"的美誉。

金粉：指菊。宋·柳永《甘草子》："叶剪红绡，砌菊遗金粉。"

梦江南·江南好，铁瓮古南徐

> 江南好，铁瓮古南徐。立马江山千里目，射蛟风雨百灵趋。北顾更踌躇。

【笺注】

铁瓮：即铁瓮城，今镇江市北固山前的一座古城。三国时孙权所建。唐·杜牧《润州》之二："城高铁瓮横强弩，柳暗朱楼多梦云。"

南徐：南朝宋元嘉八年（431年），在京口置南徐州，辖晋陵、南东海二郡。

射蛟：指汉武帝射获江蛟事。《汉书·武帝纪》："五年冬，行南巡狩，至于盛唐，望祀虞舜于九嶷。登灊天柱山，自浔阳浮江，亲射蛟江中，获之。"唐·李白《永王东巡歌》之九："祖龙浮海不成桥，汉武寻阳空射蛟。"后用此来颂扬帝王的勇武。

百灵：即各种神灵。《文选·班固〈东都赋〉》："礼神祇，怀百灵。"唐·李白《天长节使鄂州刺史韦公德政碑》："今主上明圣，怀于百灵。"

北顾：即北固山，三面临江，形势险要，为眺望江北之佳地。南朝梁武帝曾登此山，谓其壮观，改曰"北顾"。

梦江南·江南好，一片妙高云

江南好，一片妙高云。 砚北峰峦米外史，屏间楼阁李将军。金碧蝨斜曛。

【笺注】

妙高："妙高"是梵语"须弥"之意译。妙高台，又称晒经台，在江苏镇江市金山的最高处。

"砚北"二句：砚北，南唐后主得名砚逾尺，砚周有三十六峰，其大如手指，称砚山。砚后归米芾，后又归岳珂。米外史，宋代画家米芾，字元章，号海岳外史。其山水画独具风格，自成一家。李将军，李思训，唐代著名画家，曾任过武卫大将军，世称"大李将军"。擅画山水，意境高超，笔力遒劲。这两句是说妙高山上的风景如画。

斜曛(xūn)：夕阳的余晖。宋·贺铸《更漏子》："芳草斜曛。"

梦江南·江南好，何处异京华

江南好，何处异京华。 香散翠帘多在水，绿残红叶胜于花。无事避风沙。

【笺注】

京华：指首都北京。

"香散"句：唐·白居易《阶下莲》："叶展影翻当砌月，花开香散入帘风。"

"无事"句：无事，不需要。这句是说江南风光秀丽，没有像北方那样的风沙需要躲避。

忆江南·江南忆

> 江南忆,鸾辂此经过。 一掬胭脂沉碧甃,四围亭壁幛红罗。
> 消息暑风多。

【笺注】

这首词写康熙二十三年(1684 年)巡游江宁的情况,似北还后的追忆之作。

鸾辂(lù):皇帝的车驾。《吕氏春秋·孟春纪》:"天子居青阳左个,乘鸾辂,驾苍龙。"高诱注:"辂,车也。鸾鸟在衡,和在轼,鸣相应和。后世不能复致,铸铜为之,饰以金,谓之鸾辂也。"

胭脂:即"胭脂井"。井有石栏,呈红色,好事者附会为胭脂所染,呼为胭脂井。据《景定建康志》《至正金陵新志》记载:胭脂井,原名景阳井,在台城内。台城是六朝之宫城,大体位于今南京市北京东路之南,珠江路以北的地区内。隋兵南下时,陈后主与妃张丽华、孔贵嫔并投此井,卒为隋人牵出,故又名耻辱井。

碧甃(zhòu):碧绿的井壁,代指井。《全唐文》卷一六六引唐·卢照邻《乐府杂诗序》:"紫楼金阁,雕石壁而镂群峰;碧甃铜池,俯银津而横众壑。"

"四围"二句:这两句是说在亭壁四周挂满红罗幛,遮蔽暑风。

忆江南·春去也

> 春去也,人在画楼东。 芳草绿黏天一角,落花红沁水三弓。
> 好景共谁同。

【笺注】

春去也:唐·刘禹锡《忆江南》:"春去也,多谢洛城人。弱柳从风疑举袂,丛兰裛露似沾巾。独坐亦含矉。"

采桑子·咏春雨

> 嫩烟分染鹅儿柳,一样风丝。 似整如欹。 才着春寒瘦不支。
> 凉侵晓梦轻蝉腻,约略红肥。 不惜葳蕤。 碾取名香作地衣。

【笺注】

鹅儿柳:泛起鹅黄色的柳枝。

风丝:随风飘动的柳丝。唐·雍陶《天津桥望春》:"津桥春水浸红霞,烟柳风丝拂岸斜。"

蝉:蝉鬓,妇女发式。

红肥:喻指雨后盛开的花朵。宋·李曾伯《声声慢·和韵赋江梅》:"看水边清瘦,雨后红肥。"

葳蕤(wēi ruí):形容枝叶繁盛。唐·张九龄《感遇》:"兰叶春葳蕤,桂华秋皎洁。"

"碾取"句:名香,指散落的花瓣。地衣,地毯。宋·秦观《阮郎归》:"退花新绿渐团枝。扑人风絮飞。秋千未拆水平堤。落红成地衣。"

采桑子·塞上咏雪花

> 非关癖爱轻模样,冷处偏佳。 别有根芽。 不是人间富贵花。
> 谢娘别后谁能惜,飘泊天涯。 寒月悲笳。 万里西风瀚海沙。

【笺注】

这首词作于康熙十七年(1678 年)十月,性德护驾北巡期间。时性德二十四岁。或作于康熙二十一年(1682 年)春二月,时性德二十八岁。二说均可参考。

明·谢时臣《太行晴雪图》

富贵花：指牡丹，宋·周敦颐《爱莲说》："菊，花之隐逸者也；牡丹，花之富贵者也。"宋·陆游《留樊亭三日王觉民检详日携酒来饮海棠下比去花亦衰矣》："何妨海内功名士，共赏人间富贵花。"

"谢娘"二句：谢娘，晋代才女谢道韫，有咏雪名句"未若柳絮因风起"。这两句是说漂泊天涯的雪花，除了谢娘还有谁会怜惜？

瀚海：《史记·卫将军骠骑列传》："（霍去病）封狼居胥山，禅于姑衍，登临瀚海。"后来亦指北方广大的戈壁沙漠。唐·岑参《白雪歌送武判官归京》："瀚海阑干百丈冰，愁云惨淡万里凝。"

洛阳春·雪

密洒征鞍无数。 冥迷远树。 乱山重叠杳难分，似五里、濛濛雾。

惆怅琐窗深处。 湿花轻絮。 当时悠飏得人怜，也都是、浓香助。

【笺注】

此调又名《一络索》。

悠飏（yáng）：形容雪花轻轻飘落的样子。

点绛唇·咏风兰

别样幽芬，更无浓艳催开处。 凌波欲去，且为东风住。

忒煞萧疏，争奈秋如许。 还留取。 冷香半缕。 第一湘江雨。

【笺注】

康熙十八年（1679 年）秋，张纯修在湖南江令上任，纳兰题词相赠。张氏有和词《点绛唇·咏兰和容若韵》："弱影疏香，乍开犹带湘江雨。随风拂处，似供骚人语。 九畹亲移，倩作琴书侣。清如许，绉来几缕，结佩相朝暮。"

风兰：一种寄生兰，花白色，因喜欢在通风的地方生长而得名。

凌波：形容在水上行走的轻盈之态。三国·曹植《洛神赋》："凌波微步，罗袜生尘。"

"第一"句：这句是称赞张纯修画的风兰堪称画中第一。

点绛唇·黄花城早望

五夜光寒，照来积雪平于栈。 西风何限，自起披衣看。

对此茫茫，不觉成长叹。 何时旦。 晓星欲散。 飞起平沙雁。

【笺注】

黄花城：在今北京怀柔县境内。

五夜：五更。《文选·陆倕〈新刻漏铭〉》："六日不辨，五夜不分。"唐·李善注引卫宏《汉旧仪》："昼夜漏起，省中用火，中黄门持五夜。甲夜、乙夜、丙夜、丁夜、戊夜也。"

对此茫茫：《世说新语·言语》："卫洗马（卫玠）初欲渡江，形神惨悴，语左右云：'见此芒芒，不觉百端交集。苟未免有情，亦复谁能遣此！'"

何时旦：何时天亮。宋·贺铸《秋风叹》："长宵半。参旗烂烂。何时旦。"

平沙：指广阔的沙原。南朝·何逊《慈姥矶》诗："野岸平沙合，连山远雾浮。"

点评

唐圭璋评："不假雕琢，自见荒漠之境，苦寒之情，令人慷慨生哀。"（《纳兰容若评传》）

浣溪沙·十里湖光载酒游

> 十里湖光载酒游。青帘低映白苹洲。西风听彻采菱讴。
> 沙岸有时双袖拥，画船何处一竿收。归来无语晚妆楼。

【笺注】

康熙二十三年(1684年)十月,纳兰扈驾南巡,此词写其苏州见闻。

白苹洲：长满白色苹花的沙洲。

画船：装饰华美的游船。宋·范仲淹《献百花洲图上陈州晏相公》：
"步随芳草远,歌逐画船移。"

浣溪沙·五月江南麦已稀

> 五月江南麦已稀。黄梅时节雨霏微。闲看燕子教雏飞。
> 一水浓阴如罨画,数峰无恙又晴晖。湔裙谁独上渔矶。

【笺注】

霏微：烟雨迷蒙的样子。南朝·何逊《七召·神仙》："雨散漫以沾
服,云霏微而袭宇。"唐·韩愈《喜雪献裴尚书》："浩荡乾坤合,霏微物
象移。"

罨(yǎn)画：明·杨慎《丹铅总录·订讹·罨画》："画家有罨画,杂彩
色画也。"指色彩鲜明的图画,常用来形容山水景物艳丽多姿。唐·秦韬
玉《送友人罢举除南陵令》："花明驿路胭脂暖,山入江亭罨画开。"

湔(jiān)裙：古代的一种风俗,指农历正月元日至月晦,女子去水边
洗衣,以避灾祸。此处借指水边的美丽女子。宋·晏幾道《木兰花》："湔
裙曲水曾相遇。挽断罗巾容易去。"

浣溪沙·身向云山那畔行

身向云山那畔行。 北风吹断马嘶声。 深秋远塞若为情。
一抹晚烟荒戍垒，半竿斜日旧关城。 古今幽恨几时平。

【笺注】

若为情：若为，怎为。宋·毛滂《小重山》："江山雄胜为公倾。公惜
醉，风月若为情。"

荒戍垒：荒凉萧瑟的营垒。戍，保卫。

浣溪沙·大觉寺

燕垒空梁画壁寒。 诸天花雨散幽关。 篆香清梵有无间。
峡蝶乍从帘影度，樱桃半是鸟衔残。 此时相对一忘言。

【笺注】

此词或作于康熙十八年(1679 年)三月，写纳兰游览大觉寺时所感。

"燕垒"句：隋·薛道衡《昔昔盐》："暗牖悬蛛网，空梁落燕泥。"燕垒，
燕巢。画壁，绘有图画的墙壁。北周·庚信《登州中新阁》："龙来随画壁，
凤起逐吹簧。"

"诸天"句：诸天，指佛教众神。花雨，指诸天为赞叹佛说法之功德而
散花如雨。唐·李白《寻山僧不遇作》："香云遍山起，花雨从天来。"幽关，
犹玄关，入道之门。《文选·王巾〈头陀寺碑文〉》"玄关幽揵"李善注引
晋·戴逵《栖林赋》："幽关忽其离揵，玄风暖以云颓。"

篆香：盘香。唐宋时将香料做成篆文形状，点其一端，依香上的篆形
印记，烧尽计时。宋·秦观《减字木兰花》："天涯旧恨，独自凄凉人不问。
欲见回肠。断尽金炉小篆香。"

清梵：僧侣诵经之声。南朝·王僧孺《初夜文》："大招离垢之宾，广

集应真之侣,清梵含吐,一唱三叹。"唐·韩翃《题僧房》诗:"名香连竹径,清梵出花台。"

蛱(jiá)蝶:即蝴蝶。南朝·何逊《石头答庾郎丹》诗:"黄鹂隐叶飞,蛱蝶萦空戏。"

"樱桃"句:唐·王维《敕赐百官樱桃》:"才是寝园春荐后,非关御苑鸟衔残。"

忘言:心中领会其意,不须用言语来说明。《庄子·外物》:"言者所以在意,得意而忘言。"晋·陶渊明《饮酒》:"此中有真意,欲辨已忘言。"

【典故】

☆ 诸天花雨散幽关——花雨

典出《法华经·序品》。佛陀在四众围绕中宣讲《无量义经》,讲完此经后结跏趺坐,"入于无量义处三昧,身心不动"之境。是时天落花雨,曼陀罗华、摩诃曼陀罗华、曼殊沙华、摩诃曼殊沙华等纷纷散落在佛身及诸众身上,于诸佛世界发生六种震动之相,与会众人从未见此祥瑞景象,纷纷"欢喜合掌,一心观佛"。后遂以"花雨"形容讲经说法之妙。

浣溪沙·古北口

杨柳千条送马蹄。 北来征雁旧南飞。 客中谁与换春衣。
终古闲情归落照,一春幽梦逐游丝。 信回刚道别多时。

【笺注】

古北口:今北京市密云县古北口镇东南。清·顾炎武《昌平山水记》:"唐庄宗取幽州,辽太祖取山南,金之破辽兵、败宋取燕京,皆由古北口。"宋·欧阳修《重赠刘原父》:"古北岭口踏新雪,马盂山西看落霞。"

杨柳千条:唐·沈佺期《奉和春日幸望春宫应制》:"杨柳千条花欲绽,蒲萄百丈蔓初萦。"

"客中"句：宋·陆游《闻雁》："过尽梅花把酒稀,熏笼香冷换春衣。秦关汉苑无消息,又在江南送雁归。"

一春幽梦：明·李雯《浪淘沙·杨花》："沾惹忒无端,青鸟空衔,一春幽梦绿萍闲。"

点评

清·陈廷焯评："情景兼胜。"（《云韶集》）

浣溪沙·败叶填溪水已冰

> 败叶填溪水已冰。 夕阳犹照短长亭。 何年废寺失题名。
> 倚马客临碑上字,斗鸡人拨佛前灯。 净消尘土礼金经。

【笺注】

失题名：古寺荒废,已失寺名。

倚马客：见《风流子·秋郊即事》："便向夕阳影里,倚马挥毫。"

斗鸡人：斗鸡,一种游戏。据《史记·苏秦列传》载："临淄甚富而实,其民无不吹竽鼓瑟,弹琴击筑,斗鸡走狗,六博蹋鞠者。"此处"斗鸡人"与前"倚马客"对举,是说到寺里的人已经不是往日的信男信女,而是闲游的旅客。

金经：佛经,因有的佛经用泥金书写,故名。唐·陈子昂《酬田逸人游岩见寻不遇》诗："石髓空盈握,金经秘不开。"

【典故】

☆ **斗鸡人拨佛前灯——贾昌斗鸡**

典出唐·陈鸿《东城老父传》。贾昌,长安宣阳里人,以驯鸡技受唐玄宗宠信,四十年恩泽不衰。时人为之语："生儿不用识文字,斗鸡走马胜读书。"后,安史之乱,玄宗奔蜀,贾昌欲前往护驾,不幸摔伤脚,只好拄杖避祸终南山，"每进鸡之日，则向西南大哭"。安禄山祸乱两京时，曾以千金悬赏寻贾昌，贾昌无奈之下只得"变姓名，依于佛舍，除地击钟，施力于佛"。直至玄宗返回才得以归家。其时家无遗物，亦不得复入宫中，贾昌经世事浮沉，不由得心灰意冷，便长住长安佛寺，修习佛经义旨。

浣溪沙·姜女祠

> 海色残阳影断霓。 寒涛日夜女郎祠。 翠钿尘网上蛛丝。
> 澄海楼高空极目，望夫石在且留题。 六王如梦祖龙非。

【笺注】

康熙二十一年(1682 年)壬戌二月至五月扈从东巡，这首词或作于此行途中。

姜女祠：孟姜女庙，在山海关附近。

澄海楼：位于山海关老龙头长城，始建于明末，为万里长城东端第一座城楼。清·高士奇《东巡日录》："将入山海关，过欢喜岭。澄海楼在关西八里许。"

望夫石：在孟姜女庙主殿后，上刻有"望夫石"三字。相传为孟姜女望夫之处。

六王：指战国燕、赵、韩、魏、齐、楚六国。唐·杜牧《阿房宫赋》："六王毕，四海一。"

祖龙：指秦始皇。《史记·秦始皇本纪》载，始皇三十六年，有人奉璧，且曰："明年祖龙死。"《集解》云："苏林曰：'祖，始也；龙，人君象。谓始皇也。'"

【典故】

☆ 望夫石在且留题——望夫石

典出南朝·刘义庆《幽明录》。武昌阳新县北山上有望夫石，状若人立。相传昔年有一妇人,其夫从役,远赴国难,妇人携弱子在此山与夫钱别,立望夫而化为立石,因以为名。望夫石相传有多处,此其一也。后遂以"望夫石"为女子思夫典。

眼儿媚·咏红姑娘

> 骚屑西风弄晚寒。 翠袖倚阑干。 霞绡裹处,樱唇微绽,靺鞨红殷。
> 故宫事往凭谁问,无恙是朱颜。 玉墀争采,玉钗争插,至正年间。

【笺注】

红姑娘:酸浆草的别称,色绛红,酸甜可食。

骚屑:风声。汉·刘向《九叹·思古》:"风骚屑以摇木兮,云吸吸以湫戾。"唐·高适《酬李少府》诗:"来雁无尽时,边风正骚屑。"

"翠袖"句:这里是红姑娘的拟人写法。唐·杜甫《佳人》诗:"天寒翠袖薄,日暮倚修竹。"

霞绡:美艳轻柔的丝织物,这里是形容花萼。唐·温庭筠《锦城曲》:"江风吹巧剪霞绡,花上千枝杜鹃血。"

靺鞨:形容红姑娘的颜色像红宝石一样。

"玉墀"三句:指元代至正年间(元顺帝年号),宫殿前种植了红姑娘,宫中女子争相采摘,又争相插戴。玉墀,宫殿前的石阶,亦借指宫廷。唐·王维《扶南曲歌词》之四:"拂曙朝前殿,玉墀多珮声。"

眼儿媚·咏梅

> 莫把琼花比淡妆。 谁似白霓裳。 别样清幽,自然标格,莫近东墙。
> 冰肌玉骨天分付,兼付与凄凉。 可怜遍夜,冷烟和月,疏影横窗。

【笺注】

琼花:此处喻雪花。

淡妆：指梅花。

白霓裳：神仙的衣裳。《楚辞·九歌·东君》："青云衣兮白霓裳，举长矢兮射天狼。"

东墙：战国·宋玉《登徒子好色赋》："天下之佳人莫若楚国，楚国之丽者莫若臣里，臣里之美者莫若臣东家之子……然此女登墙窥臣三年，至今未许也。"后有"东墙窥宋"的成语。此处借喻梅花之美。

冰肌玉骨：指女子洁美之体态，此处喻梅花之姣好。后蜀·孟昶《避暑摩诃池上作》："冰肌玉骨清无汗，水殿风来暗香暖。帘开明月独窥人，欹枕钗横云鬓乱。"宋·李之仪《蝶恋花》："玉骨冰肌天所赋。似与神仙，来作烟霞侣。"

付与凄凉：宋·柳永《彩云归》："朝欢暮宴，被多情、赋与凄凉。"

疏影横窗：宋·汪藻《点绛唇》："起来搔首。梅影横窗瘦。"

点评

唐圭璋评："'别样清幽，自然标格，莫近东墙'，则就花之神情描写而隐有寄托者，皆一面写花，一面自道也。"（《纳兰容若评传》）

秋千索·渌水亭春望

> 垆边唤酒双鬟亚。 春已到、卖花帘下。 一道香尘碎绿莍，看白袷、亲调马。
>
> 烟丝宛宛愁萦挂。 剩几笔、晚晴图画。 半枕芙蕖压浪眠，教费尽、莺儿话。

【笺注】

渌(lù)水亭：纳兰家园亭，位于北京什刹后海北岸。

"垆边"句：亚，通"压"，将熟酒从酒槽里压出，这里指为客人斟酒。唐·李白《金陵酒肆留别》："风吹柳花满店香，吴姬压酒劝客尝。金陵子弟来相送,欲行不行各尽觞。请君试问东流水,别意与之谁短长?"

香尘:芳香之尘,多指芳香随女子之步履而起。语出晋·王嘉《拾遗记·晋时事》:"(石崇)又屑沉水之香如尘末,布象床上,使所爱者践之。"

白袷(jiá):白色夹衣,旧时平民的衣服,亦指无功名的士人。唐·陆龟蒙《闺怨》:"白袷行人又远游,日斜空上映花楼。"

调马:驯马。唐·李端《赠郭驸马》:"新开金埒看调马,旧赐铜山许铸钱。"

宛宛:柔细的样子。唐·陆羽《小苑春望宫池柳色》:"宛宛如丝柳,含黄一望新。"

晚晴:指傍晚晴朗的天色。南朝·何逊《春暮喜晴酬袁户曹苦雨诗》:"振衣喜初霁,褰裳对晚晴。"

"教费"句:宋·王安石《清平乐》:"留春不住。费尽莺儿语。满地残红宫锦污。昨夜南园风雨。"

菩萨蛮·白日惊飙冬已半

> 白日惊飙冬已半。 解鞍正值昏鸦乱。 冰合大河流。 茫茫一片愁。
> 烧痕空极望。 鼓角高城上。 明日近长安。 客心愁未阑。

【笺注】

此词是康熙二十三年(1684年)冬纳兰随扈南巡返程时所作。

惊飙:突发的暴风;狂风。三国·曹植《吁嗟篇》:"卒遇回风起,吹我入云间……惊飙接我出,故归彼中田。"

解鞍:解下马鞍,表停驻。宋·姜夔《扬州慢》:"淮左名都,竹西佳处,解鞍少驻初程。"

冰合:冰封。唐·虞世南《拟饮马长城窟》:"有月关犹暗,经春陇尚寒。云昏无复影,冰合不闻湍。"唐·李贺《北中寒》:"一方黑照三方紫,黄河冰合鱼龙死。"

烧痕：野火的痕迹。宋·苏轼《正月二十日往岐亭》："稍闻决决流冰谷，尽放青青没烧痕。"

"鼓角"句：唐·杜甫《绝句》："风起春城暮，高楼鼓角悲。"鼓角，指战鼓和号角两种乐器。军队亦用以报时、警众或发出号令。《后汉书·公孙瓒传》："袁氏之攻，状若鬼神，梯冲舞吾楼上，鼓角鸣于地中，日穷月急，不遑启处。"

"客心"句：南朝·谢朓《暂使下都夜发新林至京邑赠西府同僚诗》："大江流日夜，客心悲未央。"客心，旅人之情，游子之思。

疏影·芭蕉

湘帘卷处。甚离披翠影，绕檐遮住。小立吹裙，常伴春慵，掩映绣床金缕。芳心一束浑难展，清泪裹、隔年愁聚。更夜深、细听空阶雨滴，梦回无据。

正是秋来寂寞，偏声声点点，助人离绪。缃被初寒，宿酒全醒，搅碎乱蛩双杵。西风落尽庭梧叶，还剩得、绿阴如许。想玉人、和露折来，曾写断肠诗句。

【笺注】

湘帘：用湘妃竹编织的帘子。宋·范成大《夜宴曲》诗："明琼带湘帘斑，风帏绣浪千飞鸾。"

离披：舒展摇荡的样子。唐·李德裕《牡丹赋》："逮乎的皪含景，离披向风，铅华春而思荡，兰泽晚而光融。"

吹裙：唐·李端《拜星月》："细雨人不闻，北风吹裙带。"

绣床金缕：绣床，装饰华丽的床，多指女子睡床。宋·贺铸《采桑子·罗敷歌》："半掩兰室。惟有纱灯伴绣床。"

芳心：花心。宋·苏轼《贺新郎》："浓艳一枝细看取，芳心千重似束。"

"更夜深"句：宋·柳永《尾犯》："夜雨滴空阶，孤馆梦回，情绪萧索。"

无据,谓无所依凭。

缬(xié)被:染有彩色花纹的丝被。

乱蛩(qióng)双杵:谓杂乱的蟋蟀声和交叠的砧杵声。唐·杜甫《夜》:"疏灯自照孤帆宿,新月犹悬双杵鸣。"

"曾写"句:唐·韦应物《闲居寄诸弟》:"尽日高斋无一事,芭蕉叶上独题诗。"

减字木兰花·从教铁石

从教铁石。 每见花开成惜惜。 泪点难消。 滴损苍烟玉一条。
怜伊太冷。 添个纸窗疏竹影。 记取相思。 环佩归来月上时。

【笺注】

"从教"句:从,通"纵",纵然。唐·皮日休《桃花赋》:"余尝慕宋广平之为相,贞姿劲质,刚态毅状。疑其铁肠石心,不解吐婉媚辞。然睹其文而有《梅花赋》,清便富艳,得南朝徐庾体,殊不类其为人也。"

"滴损"句:唐·张谓《早梅》:"一树寒梅白玉条,迥临林村傍溪桥。"

"环佩"句:宋·姜夔《疏影》:"昭君不惯胡沙远,但暗记、江南江北。想佩环、月夜归来,化作此花幽独。"

东风第一枝·桃花

薄劣东风,凄其夜雨,晓来依旧庭院。 多情前度崔郎,应叹去年人面。 湘帘乍卷,早迷了、画梁栖燕。 最娇人、清露莺啼,飞去一枝犹颤。

背山郭、黄昏开遍。 想孤影、夕阳一片。 是谁移向亭皋,伴取晕眉青眼。 五更风雨,莫减却、春光一线。 傍荔墙、牵惹游丝,昨夜绛楼难辨。

【笺注】

薄劣：薄情。宋·张元幹《踏莎行》："薄劣东风，天邪落絮。明朝重觅吹笙路。"

"多情"二句：唐·崔护《题都城南庄》："去年今日此门中，人面桃花相映红。人面不知何处去，桃花依旧笑春风。"

亭皋：水边的平地。唐·张说《奉和圣制春日出苑应制》："雨洗亭皋千亩绿，风吹梅李一园香。"宋·王安石《移桃花》："枝柯蔫绵花烂漫，美锦千两敷亭皋。"

晕眉青眼：比喻柳叶。宋·洪适《元氏长庆集跋》："晕眉约鬓，匹配色泽。"宋·李元膺《洞仙歌》词："雪云散尽，放晓晴池院。杨柳于人便青眼。"

"莫减却"句：唐·杜甫《曲江二首·其一》："一片花飞减却春，风飘万点正愁人。"

荔：薜荔，又名凉粉子、木莲，藤蔓植物，攀缘或匍匐灌木，叶两型，不结果枝节上生不定根，叶卵状心形。

【典故】

☆ 多情前度崔郎，应叹去年人面——人面桃花

据唐·孟棨《本事诗》载，博陵崔护姿容甚美而孤洁寡合，某年清明日，独游都城南，遇一庄园，遂前往求饮，有一女子捧水而出。那女子"妖姿媚态，绰有余妍"，含情倚桃而立，似乎对崔有意，崔以言语挑逗，女子却并不回应，只是长久注视着他。次年清明，崔护念起此女，复往寻之，不料门户紧闭，不见故人。崔护感慨之余，题诗门上："去年今日此门中，人面桃花相映红。人面不知何处在，桃花依旧笑春风。"后数日，崔偶经此地，忽闻其中有哭声，叩门问之，原来自去年清明见崔护，女子常恍惚若有所失。一日出门，归家时见门扉上有题诗，"入门而病，遂绝食数日而死"。崔护恍然大悟，感恸不已，入内抱住女子

的"尸体"哭祝曰："某在斯,某在斯。"不久女子竟睁开眼睛复活了。其父大喜,遂以女归之。后便以"人面桃花"形容女子容貌极美,或为男女钟情后分离,男子追思之典。

点评

陈淏评："咏梅名作极多,题桃此为杰构。"(《精选国朝诗余》)

一丛花·咏井蒂莲

> 阑珊玉佩罢霓裳。 相对绾红妆。 藕丝风送凌波去,又低头、软语商量。 一种情深,十分心苦,脉脉背斜阳。
>
> 色香空尽转生香。 明月小银塘。 桃根桃叶终相守,伴殷勤、双宿鸳鸯。 菰米漂残,沉云乍黑,同梦寄潇湘。

【笺注】

阑珊:零乱、歪斜。唐·李贺《李夫人歌》:"红壁阑珊悬珮珰,歌台小妓遥相望。"

霓裳:即《霓裳羽衣曲》。据乐史《太真外传》记载,唐玄宗梦游月宫,见仙女舞此曲,玄宗密记之,遂传人间。唐·白居易《琵琶行》:"轻拢慢捻抹复挑,初为霓裳后六幺。"宋·吴文英《秋思》:"怕一曲、霓裳未终,催去骖凤翼。"

绾红妆:谓两朵莲花盘绕联结在一起。绾,盘绕,系结。红妆,指女子的盛妆。因妇女妆饰多用红色,故称。古乐府《木兰诗》:"阿姊闻妹来,当户理红妆。"此处比喻艳丽的花卉。宋·苏轼《海棠》诗:"只恐夜深花睡去,故烧高烛照红妆。"

软语商量:宋·史达祖《双双燕》:"还相雕梁藻井。又软语、商量不定。"

心苦:宋·辛弃疾《卜算子》:"根底藕丝长,花里莲心苦。"

"色香"句:清·顾贞观《小重山》:"色香空尽转难忘。"

菰(gū)米:植物菰(茭白)的籽实。明·李时珍《本草纲目·谷二·菰米》:"菰生水中……至秋结实,乃雕胡米也,古人以为美馔。今饥岁,人犹采以当粮。"唐·杜甫《秋兴》:"波漂菰米沉云黑,露冷莲房坠粉红。"

潇湘:指湘江。《山海经·中山经》:"帝之二女居之,是常游于江渊,澧沅之风,交潇湘之渊。"相传舜之二妃娥皇、女英随之南巡不返,死于湘水。唐·李白《远别离》:"远别离,古有皇英之二女,乃在洞庭之南,潇湘之浦。"明·徐祯卿《古意》:"帝子葬何处,潇湘云正深。"这里借二妃代指并蒂莲。

淡黄柳·咏柳

> 三眠未歇。乍到秋时节。一树斜阳蝉更咽。曾绾灞陵离别。
> 絮已为萍风卷叶。空凄切。
>
> 长条莫轻折。苏小恨、倩他说。尽飘零、游冶章台客。红板
> 桥空,湔裙人去,依旧晓风残月。

【笺注】

三眠:三眠柳,即柽(chēng)柳。此柳枝条细柔,姿态婆娑。《三辅故事》:"汉苑中有柳状如人形,号曰人柳。一日三眠三起。"故又称三眠柳。

"一树"句:唐·李商隐《柳》:"如何肯到清秋日,已带斜阳又带蝉。"

灞陵:汉文帝之墓地,在今陕西省西安市东。李白《忆秦娥》:"秦楼月,年年柳色,灞陵伤别。"

"长条"句:南朝·元帝《绿柳诗》:"长条垂拂地,轻花上逐风。"宋·寇准《阳关引》:"青青杨柳,又是轻攀折。"

"苏小"句:苏小小,南齐时钱塘名妓。唐·白居易《杭州春望》:"涛声夜入伍员庙,柳色春藏苏小家。"

章台：汉长安街名，是当时长安妓院集中之处，后人以章台代指妓院赌场等场所。《汉书·张敞传》："时罢朝会，过走马章台街……使御吏驱，自以便面拊马。"颜师古注谓其不欲见人，以扇自障面。后世以"章台走马"指冶游之事。宋·晏幾道《鹧鸪天》："新挪果，旧分钗。冶游音信隔章台。"

【典故】

☆ 尽飘零，游冶章台客——章台柳

据唐·孟棨《本事诗》载，诗人韩翃少有才名，天宝末年举进士，羁留长安，时家徒四壁，邻人李生与之交好。李生有爱姬柳氏，为"当今名色"，仰慕韩翃才华，李生遂慷慨将柳氏赠予韩翃，并解囊玉成二人婚事。韩翃及第后归乡省亲，不敢携柳氏前往，便将其置于长安。后韩翃被淄州节度使侯希逸辟为书记，复往长安密访柳氏，使人寄诗曰："章台柳，章台柳，往日依依今在否？纵使长条似旧垂，亦应攀折他人手。"时经安史之乱，两京沦陷，柳氏早已落发为尼，寄居佛寺。见韩翃诗，柳氏复书答赠《杨柳枝》曰："杨柳枝，芳菲节。可恨年年赠离别。一叶随风忽报秋，纵使君来岂堪折！"不久，柳氏又遭番将沙吒利所劫，宠之专房。韩翃怅然不能割舍，便以计夺还，方算破镜重圆。

洞仙歌·咏黄葵

铅华不御，看道家妆就。　问取旁人入时否。　为孤情澹韵，判不宜春，矜标格、开向晚秋时候。

无端轻薄雨，滴损檀心，小叠宫罗镇长皱。　何必诉凄清，为爱秋光，被几日、西风吹瘦。　便零落、蜂黄也休嫌，且对倚斜阳，倦偎红袖。

【笺注】

黄葵：秋葵，俗称羊角豆，一年或多年生草本植物，花黄色。

"铅华"二句：铅华，搽脸之粉。三国·曹植《洛神赋》："芳泽无加，铅华弗御。"道家妆，身着黄色道袍。宋·晏殊《菩萨蛮》："秋花最是黄葵好。天然嫩态迎秋早。染得道家衣。淡妆梳洗时。"

入时：合乎时尚。唐·朱庆余《近试上张水部》："妆罢低声问夫婿，画眉深浅入时无。"

"无端"句：宋·晏幾道《生查子》："无端轻薄云，暗作帘纤雨。"

檀心：指黄葵浅红色的花心。宋·苏轼《黄葵》："檀心自成晕，翠叶森有芒。"

"小叠"句：宋·范成大《菊谱》："叠罗黄，状如小金黄，花叶尖瘦，如剪罗縠。"镇长，总长。

蜂黄：古代妇女涂额的黄色妆饰。也称花黄、额黄。唐·李商隐《酬崔八早梅有赠兼示之作》："何处拂胸资蝶粉，几时涂额藉蜂黄。"

鬓云松令·咏浴

鬓云松，红玉莹。早月多情，送过梨花影。半晌斜钗慵未整。晕入轻潮，刚爱微风醒。

露华清，人语静。怕被郎窥，移却青鸾镜。罗袜凌波波不定。小扇单衣，可耐星前冷。

【笺注】

鬓云：形容妇女鬓发美如乌云。宋·无名氏《鬓云松令》："鬓云松，眉叶聚。一阕离歌，不为行人驻。"

红玉：红色宝石，比喻女子肌肤红润。《西京杂记》："赵后体轻腰弱，善行步进退，女弟昭仪，不能及也。但昭仪弱骨丰肌，尤工笑语。二人并色如红玉。"宋·柳永《红窗听》："如削肌肤红玉莹。举措有、许多端正。"

露华：清冷的月光。南朝·王俭《春夕》诗："露华方照岁，云彩复经春。"唐·杜牧《寝夜》:"露华惊敝褐,灯影挂尘冠。"

青鸾镜:即镜子。

卜算子·咏柳

> 娇软不胜垂,瘦怯那禁舞。 多事年年二月风,翦出鹅黄缕。
> 一种可怜生,落日和烟雨。 苏小门前长短条,即渐迷行处。

【笺注】

"娇软"句:隋炀帝《望江南》:"堤上柳,烟里不胜垂。"

"多事"二句:谓二月春风将柳枝吹成鹅黄色的丝条。唐·贺知章《咏柳》:"不知细叶谁裁出,二月春风似剪刀。"

"苏小"句:唐·温庭筠《杨柳枝》:"苏小门前柳万条,毵毵金线拂平桥。"

望江南·咏弦月

> 初八月,半镜上青霄。 斜倚画阑娇不语,暗移梅影过红桥。
> 裙带北风飘。

【笺注】

青霄:青天,高空。晋·左思《蜀都赋》:"干青霄而秀出,舒丹气而为霞。"

画阑:绘有彩画的栏杆。

红桥:红色之桥。唐·张说《清明日诏宴宁王山池赋得飞字》:"绿渚传歌榜,红桥度舞旗。"

"裙带"句:唐·李端《拜新月》:"细语人不闻,北风吹裙带。"

锦堂春·帘际一痕轻绿

帘际一痕轻绿，墙阴几簇低花。 夜来微雨西风软，无力任欹斜。仿佛个人睡起，晕红不著铅华。 天寒翠袖添凄楚，愁近欲栖鸦。

【笺注】

晕红：见《浣溪沙·谁道飘零不可怜》之"晕红"笺注。

天寒翠袖：见《眼儿媚·咏红姑娘》之"翠袖"笺注。

临江仙·卢龙大树

雨打风吹都似此，将军一去谁怜。 画图曾见绿阴圆。 旧时遗镞地，今日种瓜田。

系马南枝犹在否，萧萧欲下长川。 九秋黄叶五更烟。 只应摇落尽，不必问当年。

【笺注】

此词为纳兰康熙二十一年(1682年)年秋赴梭龙途中所作。

卢龙：清直隶县名，今河北卢龙县。

"雨打"句：宋·辛弃疾《永遇乐·京口北固亭怀古》："舞榭歌台，风流总被雨打风吹去。"

"将军"句：将军，指将军树。《后汉书·冯异传》："异为人谦退不伐，行与诸将相逢，辄引车避道。进止皆有表识，军中号为整齐。每所止舍，诸将并坐论功，异常独屏树下，军中号曰'大树将军'。及破邯郸，乃更部分诸将，各有配隶，军士皆言愿属大树将军，光武以此多之。"

遗镞(zú)：丢失的箭矢，借指细微的损失。汉·贾谊《过秦论》："秦无亡矢遗镞之费，而天下诸侯已困矣。"

南枝：指故土，故国。《古诗十九首·行行重行行》："胡马依北风，越鸟巢南枝。"《周书·杜杲传》："王褒、庾信之徒既羁旅关中,亦当有南枝之思耳。"

九秋：深秋。南朝·谢灵运《善哉行》："三春燠敷,九秋萧索。"唐·杜甫《月》诗："斟酌姮娥寡,天寒奈九秋。"

临江仙·寒柳

> 飞絮飞花何处是,层冰积雪摧残。疏疏一树五更寒。爱他明月好,憔悴也相关。
>
> 最是繁丝摇落后,转教人忆春山。湔裙梦断续应难。西风多少恨,吹不散眉弯。

【笺注】

"层冰"句：《楚辞·招魂》："层冰峨峨,积雪千里。"

春山：因春日远山如黛,故此处意为女子的眉毛,进而指女子。唐·李商隐《代董秀才却扇》诗："莫将画扇出帷来,遮掩春山滞上才。"

点评

杨希闵评："托驿柳以寓意,其音凄唳,荡气回肠。"(《词轨》)

陈廷焯评："明月无私,令人叹息。情词兼胜。"(《云韶集》)"缠绵沉着,似此真可伯仲小山,颉颃永叔。"(《词则·大雅集》)"容若《饮水词》,才力不足,合者得五代人凄婉之意。余最爱其《临江仙》'垂柳'词云：'疏疏一树五更寒,爱他明月好,憔悴也相关。'言中有物,几令人感激涕零。容若词亦以此篇为压卷。"(《白雨斋词话》)

吴梅评："容若小令,凄惋不可卒读,顾梁汾、陈其年皆低首交称之。究其所指,洵足追美南唐二主。清初小令之工,无有过于容若者矣。同时有佟世南《东白堂词》,较容若略逊。而意境之深厚,措词之显豁,亦可与容若相勒。然如《临江仙·寒柳》《天仙子·渌水亭秋夜》《酒泉子·荼蘼谢后作》,非容若不能作也。"(《词学通论》)

明·卞文瑜《山楼绣佛图》

吴世昌评："亦峰（按：即陈廷焯）以容若为'才力不足'，可见有眼无珠。"（《词林新话》）

临江仙·塞上得家报，云秋海棠开矣，赋此

> 六曲阑干三夜雨，倩谁护取娇慵。可怜寂寞粉墙东。已分裙衩绿，犹裹泪绡红。
>
> 曾记鬓边斜落下，半床凉月惺忪。旧欢如在梦魂中。自然肠欲断，何必更秋风。

【笺注】

秋海棠：多年生草本植物，根状茎近球形，花小，粉色，又称"八月春""断肠花"。元·伊世珍《嫏嬛记》："昔有妇人思所欢不见，辄涕泣，恒洒泪于北墙之下。后洒处生草，其花甚媚，色如妇面，其叶正绿反红，秋开，名曰断肠花，又名八月春，即今秋海棠也。"

"曾记"两句：明·王彦泓《临行阿锁欲尽写前诗》："可记鬓边花落下，半身凉月靠阑干。"

"旧欢"句：唐·温庭筠《更漏子》："春欲暮，思无穷，旧欢如梦中。"

临江仙·夜来带得些儿雪

> 夜来带得些儿雪，冻云一树垂垂。东风回首不胜悲。叶干丝未尽，未死只颦眉。
>
> 可忆红泥亭子外，纤腰舞困因谁。如今寂寞待人归。明年依旧绿，知否系斑骓。

【笺注】

冻云：严冬的阴云。唐·方干《冬日》："冻云愁暮色，寒日淡斜晖。"

"东风"句：宋·赵鼎《鹧鸪天·建康上元作》："分明一觉华胥梦，回

首东风泪满衣。"

鬟眉：形容垂落的柳叶。唐·骆宾王《王昭君》："古镜菱花暗，愁眉柳叶鬟。"

雨霖铃·种柳

> 横塘如练。 日迟帘幕，烟丝斜卷。 却从何处移得，章台仿佛，乍舒娇眼。 恰带一痕残照，锁黄昏庭院。 断肠处、又惹相思，碧雾濛濛度双燕。
>
> 回阑恰就轻阴转。 背风花、不解春深浅。 托根幸自天上，曾试把、霓裳舞遍。 百尺垂垂，早是酒醒，莺语如翦。 只休隔、梦里红楼，望个人儿见。

【笺注】

娇眼：宋·苏轼《水龙吟》："萦损柔肠，困酣娇眼，欲开还闭。"

风花：风中的花。《南齐书·乐志》："阳春白日风花香，趋步明月舞瑶裳。"唐·卢照邻《折杨柳》："露叶凝愁黛，风花乱舞衣。"

清平乐·上元月蚀

> 瑶华映阙。 烘散荧墀雪。 比似寻常清景别。 第一团圆时节。
> 影娥忽泛初弦。 分辉借与宫莲。 七宝修成合璧，重轮岁岁中天。

【笺注】

瑶华：美玉，代指明月。晋·葛洪《抱朴子·勖学》："瑶华不琢，则耀夜之景不发。"晋·王嘉《拾遗记·周》："(成王)四年，旃涂国献凤雏，载以瑶华之车，饰以五色之玉，驾以赤象，至于京师。"唐·元稹《和东川李相公慈竹十二韵》："慈竹不外长，密比青瑶华。"

荧墀(míng chí)：生有荧莶的宫殿台阶。荧，一种传说中的瑞草。

清景：月夜的景象。宋·苏轼《永遇乐·彭城夜宿燕子楼》："明月如霜,好风似水,清景无限。"

"第一"句：指一年中的第一次月圆。

宫莲：莲花瓣的美称,宫灯。

七宝：古代传说,月由七宝合成。唐·段成式《酉阳杂俎·天咫》："君知月乃七宝合成乎,月势如丸,其影日烁其凸处也,常有八万二千户修之。"

重轮：日、月周围光线经云层冰晶的折射而形成的光圈,古代以为祥瑞之象。《隋书·音乐志中》："烟云同五色,日月并重轮。"唐·刘禹锡《贺皇太子受册笺》："苍震发前星之辉,黄离表重轮之瑞。"

虞美人·峰高独石当头起

峰高独石当头起。影落双溪水。马嘶人语各西东,行到断崖无语小桥通。

朔鸿过尽归期杳。人向征鞍老。又将丝泪湿斜阳。回首十三陵树暮云黄。

【笺注】

"马嘶"句：人抄近道,马则绕行。

丝泪：泪如雨丝。南朝·鲍照《代陆平原君子有所思行》："蚁壤漏山河,丝泪毁金骨。"

于中好·冷露无声夜欲阑

冷露无声夜欲阑。栖鸦不定朔风寒。生憎画鼓楼头急,不放征人梦里还。

秋滟滟,月弯弯。无人起向月中看。明朝匹马相思处,如隔千山与万山。

【笺注】

"冷露"句：唐·王建《十五夜望月寄杜郎中》："中庭地白树栖鸦，冷露无声湿桂花。"

"无人"句：唐·卢纶《裴给事宅白牡丹》："别有玉盘承露冷，无人起向月中看。"

"如隔"句：唐·岑参《原头送范侍御》："别君只有相思梦，遮莫千山与万山。"

忆秦娥·龙潭口

山重叠，悬崖一线天疑裂。天疑裂。断碑题字，古苔横啮。
风声雷动鸣金铁。阴森潭底蛟龙窟。蛟龙窟。兴亡满眼，旧时明月。

【笺注】

龙潭口：在辽宁铁岭县境。

古苔横啮：断碑上长满了苍苔，好像是啃咬着碑文。啮，咬。

兴亡满眼：宋·李廌(zhì)《游宝应寺》："兴亡满眼无人语，独倚栏干默自知。"

忆秦娥·春深浅

春深浅，一痕摇漾青如翦。青如翦。鸳鸯立处，烟芜平远。
吹开吹谢东风倦。缃桃自惜红颜变。红颜变。兔葵燕麦，重来相见。

【笺注】

春深浅：宋·李持正《明月逐人来》："星河明淡。春来深浅，红莲正、满城开遍。"

鹭鸶：鹭。因其头顶、胸、肩、背部皆生长毛如丝,故称此名。

缃桃：即缃核桃,结浅红色果实的桃树。宋·陈允平《恋绣衾》:"缃桃红浅柳褪黄。燕初来、宫漏渐长。"

兔葵燕麦：形容景色荒凉。兔葵,植物名,《尔雅·释草》作"菟葵"。燕麦,高寒作物,对土壤的适应性很强,能自播繁衍。明·李时珍《本草纲目》:"燕麦多为野生,因燕雀所食,故名。"唐·刘禹锡《再游玄都观》引:"重游玄都,荡然无复一树,唯兔葵燕麦,动摇于春风耳。"

满庭芳·堠雪翻鸦

> 堠雪翻鸦,河冰跃马,惊风吹度龙堆。阴磷夜泣,此景总堪悲。待向中宵起舞,无人处、那有村鸡。只应是,金笳暗拍,一样泪沾衣。
>
> 须知今古事,棋枰胜负,翻覆如斯。叹纷纷蛮触,回首成非。剩得几行青史,斜阳下、断碣残碑。年华共,混同江水,流去几时回。

【笺注】

龙堆：白龙堆的略称,古西域沙丘名。汉·扬雄《法言·孝至》:"龙堆以西,大漠以北,鸟夷兽夷,郡劳王师,汉家不为也。"李轨注:"白龙堆也。"唐·岑参《献封大夫破播仙凯歌》之四:"洗兵鱼海云迎阵,秣马龙堆月照营。"

阴磷：阴火,磷火之类,俗称鬼火。唐·李益《从军夜次六胡北饮马磨剑石为祝殇辞》:"我因扣石问以言,水流鸣咽幽草根,君宁独不怪阴磷。"

中宵起舞：宋·辛弃疾《贺新郎·同父见和,再用前韵》:"我最怜君中宵舞,道男儿、到死心如铁。"

金笳：指铜笛之类。笳,中国古代北方民族的一种吹奏乐器,似笛。出于西北民族地区,汉时传入中原,通常称"胡笳"。唐·武元衡《汴河闻笳》诗："何处金笳月里悲,悠悠边客梦先知。"

蛮触:《庄子·则阳》:"有国于蜗之左角者,曰触氏;有国于蜗之右角者,曰蛮氏。时相与争地而战,伏尸数万。"蛮触,即触蛮之争,比喻由于极小之事而引起了争端。

混同江:指松花江,中国七大河之一,黑龙江在中国境内的最大支流,流经吉林、黑龙江两省。

望海潮·宝珠洞

汉陵风雨,寒烟衰草,江山满目兴亡。 白日空山,夜深清呗,算来别是凄凉。 往事最堪伤。 想铜驼巷陌,金谷风光。 几处离宫,至今童子牧牛羊。

荒沙一片茫茫。 有桑干一线,雪冷雕翔。 一道炊烟,三分梦雨,忍看林表斜阳。 归雁两三行。 见乱云低水,铁骑荒冈。 僧饭黄昏,松门凉月拂衣裳。

【笺注】

宝珠洞:北京八大处公园的第七处寺院,位于平坡山顶,是远眺京城美景,观赏日出的极佳处。

清呗:谓清晰的诵经之声。明·蒋一葵《长安客话·西湖》:"常时凫雁闻清呗,旧日鱼龙识翠华。"

"想铜驼"句:宋·周邦彦《瑞鹤仙》:"寻芳遍赏,金谷里,铜驼陌。"铜驼巷陌,即铜驼街。原址在今河南省洛阳市故洛阳城中,以道旁曾有汉铸铜驼两枚相对而得名,为古代著名的繁华区域。金谷,即金谷园,是西晋石崇于洛阳金谷涧中所筑的园馆,别称"梓泽"。石崇常在此处与宾客设宴豪饮。据《晋书·石崇传》载:"崇有别馆在河阳之金谷,一名梓泽,送者倾都,帐饮于此焉。"此处代指繁华之地。

离宫:古代帝王出巡所住行宫。《汉书·贾山传》:"秦非徒如此也,起咸阳而西至雍,离宫三百,钟鼓帷帐,不移而具。"颜师古注:"凡言离宫者,皆谓于别处置之,非常所居也。"

桑干:河名,今永定河上游,相传每年桑葚熟时河水干涸,故名。唐·许浑《塞下》:"夜战桑干北,秦兵半不归。朝来有乡信,犹自寄征衣。"

林表:树林之外。南朝·谢朓《休沐重还丹阳道中诗》:"云端楚山见,林表吴岫微。"

松门:古代寺庙前常植松树,后常用松门代表寺庙之门。唐·王勃《游梵宇三觉寺》:"萝幌栖禅影,松门听梵音。"

采桑子·居庸关

> 巂周声里严关峙,匹马登登。乱踏黄尘。听报邮签第几程。
> 行人莫话前朝事,风雨诸陵。寂寞鱼灯。天寿山头冷月横。

【笺注】

居庸关:在北京昌平西北。居庸关得名,始自秦代,相传秦始皇修筑长城时,将囚犯、士卒和强征来的民夫徙居于此,取"徙居庸徒"之意。

巂(guī)周:谓车轮转一周,巂同"规"。《礼记·曲礼》上:"立视五巂。"

邮签:古代驿馆夜间报时之器,即漏筹。唐·杜甫《宿青草湖》:"宿桨依农事,邮签报水程。"

鱼灯:鱼形之灯。宋·何梦桂《哭桥陵》:"空有鱼灯照荒土,忍将玉轴问遗民。"

天寿山:北京昌平县东北之天寿山,明十三陵所在地。

天仙子·渌水亭秋夜

> 水浴凉蟾风入袂。鱼鳞蹙损金波碎。好天良夜酒盈尊,心自醉。愁难睡。西南月落城乌起。

【笺注】

水浴凉蟾：指水中月影。宋·周邦彦《过秦楼》："水浴清蟾，叶喧凉吹，巷陌马声初断。"

鱼鳞：水纹。唐·白居易《早春西湖闲游》："小桥装雁齿，轻浪甃鱼鳞。"

好天良夜：美好的时节。宋·柳永《女冠子·大石调》："好天良夜，无端惹起，千愁万绪。"

杂·感

卷 五

或饮天涯千盏酒，
平生百感几时休？
西风夜诉斜阳柳，
便引新词入旧忧。

浣溪沙·已惯天涯莫浪愁

已惯天涯莫浪愁。　寒云衰草渐成秋。　漫因睡起又登楼。

伴我萧萧惟代马，笑人寂寂有牵牛。　劳人只合一生休。

【笺注】

浪愁：空愁，无谓地忧愁。宋·杨万里《无题》诗："渠侬狡狯何须教，说与旁人莫浪愁。"

萧萧：象声词，常形容马叫声。《诗·小雅·车攻》："萧萧马鸣，悠悠旆旌。"

代马：代地狄人所培育的良马。代马、胡犬、昆山之玉，是赵国三宝。代，古国名，泛指北方。汉·桓宽《盐铁论·未通》："故'代马依北风，飞鸟翔故巢'，莫不哀其生。"

牵牛：牵牛星，俗称"牛郎星"。《诗·小雅·大东》："睆彼牵牛，不以服箱。"

劳人：忧伤之人，这里是作者自指。《诗·小雅·巷伯》："骄人好好，劳人草草。苍天苍天！视彼骄人，矜此劳人。"

浣溪沙 · 庚申除夜

收取闲心冷处浓。 舞裙犹忆柘枝红。 谁家刻烛待春风。
竹叶樽空翻彩燕，九枝灯炧颤金虫。 风流端合倚天公。

【笺注】

本词作于康熙十九年(1680 年)除夜。

柘枝红：即柘枝舞。中亚一带的民间舞，伴乐以鼓为主，间有歌唱。
唐时由西域传入中原。

刻烛：古人在蜡烛上刻度数，点燃时以计时间。唐·韩偓《妬媒》：
"已嫌刻烛春宵短，最恨鸣珂晓鼓催。"

竹叶：即竹叶酒，古代人把浅绿色的酒统称为竹叶酒。唐·白居易
《钱湖州以箬下酒李苏州以五酘酒相次寄到无因同饮聊咏所怀》："倾如竹
叶盈樽绿，饮作桃花上面红。"

彩燕：古代立春时用彩绸剪成燕子的形状，装饰在头上，称为彩燕。
南朝·宗懔《荆楚岁时记》："立春之日悉剪彩为燕戴之，贴'宜春'二字。"

九枝灯：古时一干多支的灯。唐·李商隐《楚宫》："如何一柱观，不
碍九枝灯？"

金虫：以黄金制成的虫形首饰，此处喻灯花。

浣溪沙 · 红桥怀古和王阮亭韵

无恙年年汴水流。 一声水调短亭秋。 旧时明月照扬州。
曾是长堤牵锦缆，绿杨清瘦至今愁。 玉钩斜路近迷楼。

【笺注】

这首词作于康熙二十三年(1684 年)十月，其时纳兰扈驾抵达扬州。

红桥：桥名，在今江苏省扬州市。明崇祯时建造，为扬州游览胜地之

一。清·王士禛《浣溪沙·红桥》词："北郭青溪一带流,红桥风物眼中秋。绿杨城郭是扬州。"

王阮亭：即王士禛,原名王士禛,字子真,一字贻上,号阮亭。本词是和王士禛《浣溪沙·红桥》之韵所作。

汴水：古水名,始于河南荥阳,流经开封,东至江苏徐州转入泗水。是隋朝开凿的大运河的一部分,隋炀帝即由此道巡幸江都。

"一声"二句：唐·杜牧《扬州》："谁家唱水调,明月满扬州。"水调,曲调名。传说隋炀帝开凿汴渠,渠成,做《水调》,后演变为宫廷大曲。

长堤：长堤,指隋堤,筑于隋代,今河道淤没,堤址仍存,在河南省永城市。

锦缆：锦制的缆绳。《隋书·食货志》："执青丝缆挽船,以幸江都。"

玉钩斜路：亦作"玉勾斜",在今江苏江都县境内,是古代著名的游宴地。相传为隋炀帝葬宫人处,后泛指葬宫人处。

迷楼：古代楼名,传说为隋炀帝时建造。

【典故】

☆ 玉钩斜路近迷楼——迷楼

典出宋代传奇小说《迷楼记》。隋炀帝晚年沉迷于女色,欲享天地之乐,因嫌弃宫室壮丽有余而无"曲房小室,幽轩短槛",于是令造"迷楼"。迷楼"工巧之极,自古无有也"。所费甚巨,帑库为之一虚。人若误入,终日不能出。隋炀帝大喜,对左右说道："使真仙游其中,亦当自迷也,可目之曰迷楼。"后又选良家女数千纳入楼中,每日里沉溺酒色,荒淫无度,常常数月不出,身体也渐渐疲乏嗜睡。于是有矮民王义上奏劝谏,隋炀帝从之,在宫中择一静室清养。然而不过两日,便不耐而出,说道："能悒悒居此乎?若此,虽寿千万岁,亦安用也!"复回迷楼之中。隋亡后,唐帝提兵号令入京,见此楼,大惊曰"此皆民膏血所为也!"乃命焚之,火经月不灭,迷楼之说止于传奇而已。

浣溪沙·小兀喇

桦屋鱼衣柳作城。 蛟龙鳞动浪花腥。 飞扬应逐海东青。
犹记当年军垒迹，不知何处梵钟声。 莫将兴废话分明。

【笺注】

这首词约作于康熙二十一年(1682 年)的二月至五月，当时纳兰扈驾东巡经过此地。

小兀喇："兀喇"是满语音译，又作"乌拉"或"乌喇"，即今天的吉林市松花江畔。

"桦屋"一句：桦屋、鱼衣、柳城均是指赫哲族的生活方式。赫哲族起源于东海女真赫哲部落，他们以捕鱼为生，穿鱼兽皮衣，住桦木搭建的房子，扦插柳木围城。

海东青：一种大型猛禽，又称"海青"，是女真人狩猎的重要助手。明·李时珍《本草纲目·禽部》："青雕出辽东，最俊者谓之海东青。"

梵钟声：僧人诵经时敲击的钟声。

"莫将"一句：纳兰族曾举族迁至叶赫河岸，号"叶赫国"，后被清族努尔哈赤所灭。小兀喇一带曾是纳兰家族的领地，作者故地重游，想起当年事，却不能言说分明，因此有所感慨。

浣溪沙·抛却无端恨转长

抛却无端恨转长。 慈云稽首返生香。 妙莲花说试推详。
但是有情皆满愿，更从何处著思量。 篆烟残烛并回肠。

【笺注】

慈云：佛家语，佛家称佛的慈悲如大云覆盖世界，这里指代佛祖。

返生香：又称"惊魂香"，汉·东方朔《海内十洲记》记载，聚窟洲神鸟山上有返魂树,若砍下其树根和树心,在玉釜里煮成汁、煎成丸,可制成惊魂香,即返生香,死者闻到香气便会复活,复活后再也不会死亡。

妙莲花说:妙莲华,佛教语,用以比喻佛的真知灼见,犹如莲花出淤泥而不染。唐·许浑《僧院影堂》:"日暮松烟空漠漠,秋风吹破妙莲华。"

满愿:佛教语。谓实现了发愿要做的事。唐·皮日休《病后春思》诗:"应笑病来惭满愿,花笺好作断肠文。"

篆烟:盘香的烟缕。宋·高观国《御街行·赋帘》词:"莺声似隔,篆烟微度,爱横影、参差满。"

菩萨蛮·问君何事轻离别

问君何事轻离别。 一年能几团圆月。 杨柳乍如丝。 故园春尽时。
春归归不得。 两桨松花隔。 旧事逐寒潮。 啼鹃恨未消。

【笺注】

这首词大约作于康熙二十一年(1682 年),纳兰当时随驾在松花江岸望祭长白山时所作。

"杨柳"二句:唐·温庭筠《菩萨蛮》:"杨柳又如丝,驿桥春雨时。"

松花:即松花江,黑龙江的最大支流。

寒潮:寒凉的潮水。唐·宋之问《夜渡吴松江怀古》诗:"寒潮顿觉满,暗浦稍将分。"

啼鹃:啼叫的杜鹃鸟。鹃,即子规鸟,又称杜鹃鸟,传说杜鹃昼夜悲鸣,啼至血出乃止。唐·白居易《琵琶行》:"其间旦暮闻何物?杜鹃啼血猿哀鸣。"

【典故】

☆ 啼鹃恨未消——望帝啼鹃

据《华阳国志·蜀志》载,古蜀国王杜宇,号望帝,教民务农,为蜀人爱戴。年老将皇位禅于治水有功的蜀相开明，自己隐居西山。时为二月，有杜鹃鸟啼，故蜀人悲其音。此传说甚多，又有望帝催耕务农说，杜宇含冤而死，化杜鹃悲诉说等，不一而足。"望帝啼鹃"后多指杜鹃悲啼声，用来渲染哀怨、思归之情。

点评

清·陈廷焯评："'杨柳乍如丝。故园春尽时。'亦凄婉，亦闲丽，颇似飞卿语，惜通篇不称。"（《白雨斋词话》）

吴梅评："'杨柳乍如丝。故园春尽时。'凄婉闲丽，较'驿桥春雨'更进一层。"（《词学通论》）

菩萨蛮·回文

雾窗寒对遥天暮。暮天遥对寒窗雾。花落正啼鸦。鸦啼正落花。
袖罗垂影瘦。瘦影垂罗袖。风剪一丝红。红丝一剪风。

【笺注】

回文：修辞手法之一。即相同的句子或词语，变换位置或颠倒过来，回环往复皆能成诵。如《道德经》中："信言不美，美言不信。"宋·苏轼《菩萨蛮》："柳庭风静人眠昼。昼眠人静风庭柳。"都是使用了回文的修辞手法。

菩萨蛮·研笺银粉残煤画

研笺银粉残煤画。画煤残粉银笺研。清夜一灯明。明灯一夜清。
片花惊宿燕。燕宿惊花片。亲自梦归人。人归梦自亲。

【笺注】

研(yà)笺：压印有图画的信笺。研，压印。

银粉：铅粉、铝粉的通称。唐·苏鹗《杜阳杂编》卷上："上崇奉释氏，每春百品香，和银粉以涂佛室。"

煤：墨。宋·陆游《老学庵笔记》："中官欲于苑中作墨灶，取西湖九里松作煤。"

菩萨蛮·惜春春去惊新燠

> 惜春春去惊新燠。　粉融轻汗红绵扑。　妆罢只思眠。　江南四月天。
> 绿阴帘半揭。　此景清幽绝。　行度竹林风。　单衫杏子红。

【笺注】

新燠(yù)：天气刚刚变热。燠，暖、热。

红绵扑：即红丝棉的粉扑，古代妇女化妆用品。

"行度"句：唐·祖咏《宴吴王宅》："砌分池水岸，窗度竹林风。"

"单衫"句：《乐府诗集·西洲曲》："单衫杏子红，双鬓鸦雏色。"

菩萨蛮·晓寒瘦著西南月

> 晓寒瘦著西南月。　丁丁漏箭余香咽。　春已十分宜。　东风无是非。
> 蜀魂羞顾影。　玉照斜红冷。　谁唱后庭花。　新年忆旧家。

【笺注】

瘦著：削瘦。月缺为瘦，即为弯月或月牙。唐·李商隐《拟沈下贤》："千二百轻鸾，春衫瘦著宽。"

丁丁：形容漏箭声。唐·方干《陪李郎中夜宴》："间世星郎夜宴时，丁丁寒漏滴声稀。"

漏箭：漏壶的部件。箭形，上刻时辰度数，随水浮沉以计时。宋·陆游《晨起》："衣润熏笼暖，灯残漏箭长。"

咽：填塞，充塞。汉·刘向《新序》："云霞充咽，则夺日月之明。"

蜀魂：即杜鹃。借"望帝啼鹃"意。

顾影：亦作"顾景"。自顾其影。有自矜、自负之意。《后汉书·南匈奴传》："昭君丰容靓饰，光明汉宫，顾景裴回，竦动左右。"

斜红：指头上戴的红花。南朝·梁简文帝《艳歌篇十八韵》："分妆间浅靥，绕脸傅斜红。"

"谁唱"句：唐·李白《金陵歌送别范宣》："天子龙沉景阳井，谁歌《玉树后庭花》。"

【典故】

☆ 谁唱后庭花——《玉树后庭花》

据《陈书·张贵妃列传》载，陈后主纵情享乐，穷奢极欲，终日与宠妃张丽华等妃嫔于阁楼上饮酒作乐。每引宾客与贵妃等游宴，使诸贵人及女学士与狎客弄臣共赋新诗，互相赠答，采其中艳丽的词赋谱上新曲，选千百个有容色的宫女习而歌之。其曲有《玉树后庭花》《临春乐》等，大略都是赞美张贵妃、孔贵嫔之容色的。陈后主由此怠于政事，内闱不修，朝政无纲，终至亡国。《玉树后庭花》因被比作靡靡之音、亡国之曲。

后附宋·郭茂倩《乐府诗集》卷四十七《玉树后庭花》诗：

玉树后庭花

南朝·陈叔宝

丽宇芳林对高阁，新装艳质本倾城。

映户凝娇乍不进，出帷含态笑相迎。

妖姬脸似花含露，玉树流光照后庭。

菩萨蛮·为春憔悴留春住

为春憔悴留春住。那禁半霎催归雨。深巷卖樱桃。雨余红更娇。
黄昏清泪阁。忍便花飘泊。消得一声莺。东风三月情。

【笺注】

半霎：极短的时间。

"黄昏"二句：宋·邵叔齐《扑蝴蝶》："攀枝嗅蕊,露陪清泪阁。"

消得：需要;须得。宋·刘克庄《清平乐·五月十五夜玩月》："消得几多风露,变教人世清凉。"

点评

林花谢评："'深巷卖樱桃,雨余红更娇。'尤起人一片遐思。"（《读词小笺》）

菩萨蛮·飘蓬只逐惊飙转

飘蓬只逐惊飙转。行人过尽烟光远。立马认河流。茂陵风雨秋。 寂寥行殿锁。梵呗琉璃火。塞雁与宫鸦。山深日易斜。

【笺注】

飘蓬：飘飞的蓬草,比喻人、事漂泊不定。南朝·刘孝绰《答何记室》诗："游子倦飘蓬,瞻途杳未穷。"

茂陵：明宪宗朱见深的陵墓,在今北京市昌平县北天寿山。诗词中常用来指前朝帝王的陵墓。唐·李贺《金铜仙人辞汉歌》："茂陵刘郎秋风客,夜闻马嘶晓无迹。"

"寂寥"句：唐·李商隐《旧顿》诗："犹锁平时旧行殿,尽无宫户有宫鸦。"宫鸦：栖息在皇宫禁院中的乌鸦。

梵呗(fàn bài)：佛家语。谓作法事时的歌咏赞颂之声。南朝·慧皎《高僧传论·经师论》："原夫梵呗之起,亦肇自陈思。"

琉璃火：即琉璃灯,寺庙中点燃用玻璃或琉璃制作的油灯。

浣溪沙·咏五更，和湘真韵

微晕娇花湿欲流。　簟纹灯影一生愁。　梦回疑在远山楼。

残月暗窥金屈戌。　软风徐荡玉帘钩。　待听邻女唤梳头。

【笺注】

湘真：即陈子龙，明末官员、文学家。清兵陷南京后，他积极组织武装抵抗，事败后被捕，投水殉国。

远山楼：明·王次回《梦游》："绣被鄂君仍眺赏，蓬窗新署远山楼。"

屈戌：门窗、屏风、橱柜等上的环纽、搭扣。这里代指闺房。唐·李商隐《骄儿诗》："凝走弄香奁，拔脱金屈戌。"

点评

清·陈廷焯评："秀绝矣，亦自凄绝。结句从旁面生情。"（《云韶集》）

清平乐·孤花片叶

孤花片叶。　断送清秋节。　寂寂绣屏香篆灭。　暗里朱颜消歇。

谁怜散髻吹笙。　天涯芳草关情。　懊恼隔帘幽梦。　半床花月纵横。

【笺注】

香篆：香名，形似篆文。宋·洪刍《香谱·香篆》："（香篆）镂木以为之，以范香尘为篆文，然于饮席或佛像前，往往有至二三尺径者。"

"暗里"句：宋·陆游《晨起对镜》："朱颜岂是一朝去，暗铄潜消五十年。"

散髻：即解散髻。南朝王俭所创的发式。《南齐书·王俭传》："（王俭）作解散髻，斜插帻簪，朝野慕之，相与放效。"

吹笙：以吹笙比喻饮酒。宋·张元幹《浣溪沙》词题："范才元自酿，色香玉如,直与绿萼梅同调,宛然京洛风味也,因名曰萼绿春,且作一首。谚以窃尝为吹笙云。"

关情:牵动情怀。唐·陆龟蒙《又酬次韵》:"酒香偏入梦,花落又关情。"

"懊恼"句:宋·贺铸《减字浣溪沙》:"攲枕有时成雨梦,隔帘无处说春心。"

清平乐·将愁不去

将愁不去。 秋色行难住。 六曲屏山深院宇。 日日风风雨雨。

雨晴篱菊初香。 人言此日重阳。 回首凉云暮叶。 黄昏无限思量。

【笺注】

将愁:长久之愁。将,长久的意思。《楚辞·九辩》:"岁忽忽而遒尽兮,恐余寿之弗将。"

篱菊:篱下的菊花。出自晋·陶渊明《饮酒》之五:"采菊东篱下,悠然见南山。"

凉云:阴凉之云。南朝·谢朓《七夕赋》:"朱光既夕,凉云始浮。"

于中好·咏史

马上吟成鸭绿江。 天将间气付闺房。 生憎久闭金铺暗,花笑三韩玉一床。

添哽咽,足凄凉。 谁教生得满身香。 至今西海年年月,犹为萧家照断肠。

【笺注】

"马上"句:辽后萧观音曾作诗《伏虎林应制》:"威风万里压南邦,东去能翻鸭绿江。"

鹧鸪天·离恨

> 背立盈盈故作羞。手挼梅蕊打肩头。欲将离恨寻郎说，待得郎来恨却休。
>
> 云澹澹，水悠悠。一声横笛锁空楼。何时共泛春溪月，断岸垂杨一叶舟。

【笺注】

盈盈：此指女子之风姿、仪态美好动人。《玉台新咏·古乐府〈日出东南隅行〉》："盈盈公府步，冉冉府中趋。"

锁：萦绕，形容笛声不绝。

断岸：江边的绝壁。

于中好·小构园林寂不哗

> 小构园林寂不哗。疏篱曲径仿山家。昼长吟罢风流子，忽听楸枰响碧纱。
>
> 添竹石，伴烟霞。拟凭尊酒慰年华。休嗟髀里今生肉，努力春来自种花。

【笺注】

楸枰(qiū píng)：棋盘。古时多用楸木制作，故名。宋·陆游《自嘲》："遍游竹院寻僧语，时拂楸枰约客棋。"

髀肉：大腿上的肉。唐·白居易《题裴晋公女几山刻石诗后》："战袍破犹在，髀肉生欲圆。"

【典故】

☆ **休嗟髀里今生肉——髀肉复生**

据《三国志·蜀先主传》裴松之注载，刘备败于曹操后土地尽失，只得投奔同族的刘表。某日二人一同饮酒谈天，刘备起身如厕，见到自己"髀里生肉"，不禁感慨地流下眼泪。归坐时脸上还留有泪痕。刘表讶异地问起缘由，刘备长叹道："吾常身不离鞍，髀肉皆消。今不复骑，髀里肉生。日月若驰，老将至矣，而功业不建，是以悲耳。""髀肉复生"，谓因久不骑马，大腿上的肉又长起来了。后遂以之为长久安逸、无所作为之典。

忆王孙·暗怜双绁郁金香

> 暗怜双绁郁金香。　欲梦天涯思转长。　几夜东风昨夜霜。　减容光。　莫为繁花又断肠。

【笺注】

双绁：指郁金香成双成对。绁，系，拴。

容光：脸上的光彩。清·顾贞观《凤凰台上忆吹箫》："花寒人瘦，减尽容光。"

忆王孙·西风一夜翦芭蕉

> 西风一夜翦芭蕉。　满眼芳菲总寂寥。　强把心情付浊醪。　读离骚。　洗尽秋江日夜潮。

【笺注】

翦：使凋败。

浊醪：浊酒，用糯米、黄米等酿制，较为混浊。晋·左思《魏都赋》："清酤如济，浊醪如河。"

忆王孙·刺桐花底是儿家

刺桐花底是儿家。 已拆秋千未采茶。 睡起重寻好梦赊。 忆交加。 倚著闲窗数落花。

【笺注】

刺桐：树名。亦称山芙蓉、空桐树，具圆锥形皮刺，故名刺桐。宋·辛弃疾《满江红·暮春》："算年年、落尽刺桐花，寒无力。"

儿家：古代年轻女子对其家的自称，犹言我家。唐·寒山《诗三百三首》之六十："何须久相弄，儿家夫婿知。"

赊：渺茫、稀少。

交加：指男女偎依，亲密无间。唐·韩偓《春闺》诗之一："愿结交加梦，因倾激滟尊。"

生查子·鞭影落春堤

鞭影落春堤，绿锦鄣泥卷。 脉脉逗菱丝，嫩水吴姬眼。 啮膝带香归，谁整樱桃宴。 蜡泪恼东风，旧垒眠新燕。

【笺注】

鄣泥：即马鞯(jiān)，垂于马腹两侧，用于遮挡泥土，故称。南朝·刘义庆《世说新语·术解》："王武子善解马性。尝乘一马，着连钱障泥，前有水，终日不肯渡。王云：'此必是惜障泥。'使人解去，便径渡。"

菱丝：即菱蔓。唐·李贺《南园》诗之九："泻酒木栏椒叶盖，病容扶起种菱丝。"

嫩水：嫩绿的春水。宋·方千里《浣溪沙》："嫩水带山娇不断，湿云堆岭腻无声。"

吴姬：指吴地的美女。唐·李白《金陵酒肆留别》："风吹柳花满店香,吴姬压酒劝客尝。"

　　啮膝：良马名。唐·杜甫《清明》："渡头翠柳艳明眉,争道朱蹄骄啮膝。"

　　樱桃宴：始于唐代的宴会习俗,这里指文人雅会。

【典故】

☆ 谁整樱桃宴——樱桃宴

　　据五代·王定保《唐摭言·慈恩寺题名游赏赋咏杂记》载,乾符四年(公元 877 年),刘邺二子刘覃进士及第,时樱桃初出,京中人虽贵不能尝鲜,刘覃却遣人重金购得数十石,大宴宾朋以庆祝。席上樱桃堆积如山,所用的糖酪都不止数升,连驾车之人都受惠得益。"樱桃宴"遂成为庆贺新进士及第的宴席,直到明清,风俗犹存。

生查子·散帙坐凝尘

> 散帙坐凝尘,吹气幽兰并。　茶名龙凤团,香字鸳鸯饼。
> 玉局类弹棋,颠倒双栖影。　花月不曾闲,莫放相思醒。

【笺注】

　　散帙：本指打开的书帙,此处借指读书。南朝·谢灵运《酬从弟惠连》："凌涧寻我室,散帙问所知。"

　　凝尘：积聚的尘土。《晋书·简文帝纪》："帝少有风仪,善容止,留心典籍,不以居处为意,凝尘满席,湛如也。"

　　吹气幽兰：意为气若兰花。三国·曹植《美女篇》："顾盼遗光彩,长啸气若兰。"

　　龙凤团：即龙凤团茶,是北宋皇家专用的贡茶,因上有龙凤形的纹饰得名。也被称为"龙凤茶"、"龙团"、"北苑茶"、"北苑贡茶"。

　　香字鸳鸯饼：燃着鸳鸯饼,香烟环绕。香字,犹香篆,指焚香时所起的烟缕。宋·黄庭坚《情人怨戏效徐庾慢体》诗之三："隙光斜斗帐,香字冷熏笼。"鸳鸯饼,古代将香料用印模制成饼状。鸳鸯饼,形似鸳鸯的焚香饼,一饼可熏燃一日。

玉局:棋盘的美称。唐·李商隐《灯》诗："锦囊名画掩,玉局败棋收。"

弹棋:古代博戏之一。

花月:指花前月下。唐·白居易《老病》："昼听笙歌夜醉眠,若非月下即花前。"

蝶恋花·出塞

> 今古河山无定据。画角声中,牧马频来去。满目荒凉谁可语。西风吹老丹枫树。
>
> 从前幽怨应无数。铁马金戈,青冢黄昏路。一往情深深几许。深山夕照深秋雨。

【笺注】

本词作于康熙二十一年(1682 年),其时纳兰与副统郎谈等出塞远赴梭龙。

无定据:没有一定。宋·叶梦得《临江山·熙春台与王取道贺方回曾公衮会别》："自笑天涯无定准,飘然到处迟留。"宋·毛开《渔家傲·次丹阳忆故人》："可忍归期无定据,天涯已听边鸿度。"

画角:古代管乐器,因外有彩绘而得名,多用于军中警报昏晓、振奋士气。唐·陈子昂《和陆明府赠将军重出塞》："晚风吹画角,春色耀飞旌。"

牧马:战马。唐·温庭筠《送并州郭书记》："塞城牧马去,烽火射雕归。"

"西风"句:宋·胡仲弓《征人妇》："西风吹老碧桐秋,因念征夫事远

明·戴进《春山积翠图》

游。"丹枫树：经霜泛红的枫叶。唐·李商隐《访秋》诗："殷勤报秋意，只是有丹枫。"

铁马金戈：戈闪耀着金光，马配备了铁甲，形容战士持枪驰马的威武雄壮的英姿。后引申为战事。宋·辛弃疾《永遇乐·京口北固亭怀古》："想当年，金戈铁马，气吞万里如虎。"

青冢：指汉代王昭君的墓，在今内蒙古自治区呼和浩特市南。冢，指高大陵墓。唐·杜甫《咏怀古迹》之三："一去紫台连朔漠，独留青冢向黄昏。"

"一往"句：宋·欧阳修《蝶恋花》："庭院深深深几许。杨柳堆烟，帘幕无重数。"

点评

吴世昌评："此首通体俱佳，唯换头'从前幽怨'不叶，可倒为'幽怨从前'。"（《词林新话》）

蝶恋花·准拟春来消寂寞

准拟春来消寂寞。愁雨愁风，翻把春担阁。不为伤春情绪恶。为怜镜里颜非昨。

毕竟春光谁领略。九陌缁尘，抵死遮云壑。若得寻春终遂约。不成长负东君诺。

【笺注】

愁雨愁风：宋·赵长卿《水龙吟》："从前爱惜娇姿，终日愁风怕雨。"

担阁：耽误。宋·王安石《千秋岁引》词："无奈被些名利缚，无奈被他情担阁。"

九陌：原指汉代长安城中的九条大道，这里指都城大道和繁华闹市。《三辅黄图·长安八街九陌》："《三辅旧事》曰：长安城中八街、九陌。"

唐·骆宾王《帝京篇》:"三条九陌丽城隈,万户千门平旦开。"

抵死:总是。

寻春:游赏春景。唐·陈子昂《晦日宴高氏林亭》诗:"寻春游上路,追宴入山家。"

浪淘沙·闷自剔残灯

> 闷自剔残灯。暗雨空庭。潇潇已是不堪听。那更西风偏著意,做尽秋声。
>
> 城柝已三更。欲睡还醒。薄寒中夜掩银屏。曾染戒香消俗念,莫又多情。

【笺注】

著意:用心。

城柝(tuò):城上巡夜敲的木梆。

戒香:指佛教戒律。佛教认为戒律能涤除尘世的污浊之气,使人忘却尘世烦恼,故以"香"喻。唐·司空图《为东都敬爱寺讲律僧惠确化募雕刻律疏》:"启秘藏而演毗尼,熏戒香以消烦恼。"唐·韩偓《赠僧》:"三接旧承前席遇,一灵今用戒香熏。"

浪淘沙·秋思

> 霜讯下银塘。并作新凉。奈他青女忒轻狂。端正一枝荷叶盖,护了鸳鸯。
>
> 燕子要还乡。惜别雕梁。更无人处倚斜阳。还是薄情还是恨,仔细思量。

【笺注】

霜讯:即霜信,霜期来临的信息。

银塘：清澈明净的池塘。

青女：传说中掌管霜雪的女神，此处借指霜雪。

还是：不知是。

【典故】

☆ 奈他青女忒轻狂——青女

典出《淮南子·天文训》："至秋三月，地气不藏，乃收其杀。百虫蛰伏，静居闭户；青女乃出，以降霜雪。""青女"，神话传说中掌管霜降的神。高诱注："青女，天神，青霄玉女，主霜雪也。"因以"青女"指代下霜降雪。

浪淘沙·望海

> 蜃阙半模糊。踏浪惊呼。任将蠡测笑江湖。沐日光华还浴月，我欲乘桴。
>
> 钓得六鳌无。竿拂珊瑚。桑田清浅问麻姑。水气浮天天接水，那是蓬壶。

【笺注】

蜃阙：即蜃楼。古人认为海市蜃楼是"蛟蜃之气所为"。蜃，神话传说的一种海怪，形似大牡蛎（一说是水龙）。唐·许敬宗《奉和春日望海》："惊涛含蜃阙，骇浪掩晨光。"

蠡测：即"以蠡测海"，"蠡"是贝壳做的瓢，用贝壳来量海，比喻以浅陋的见识来揣度事物。《汉书·东方朔传》："以管窥天，以蠡测海。"

乘桴(fú)：乘坐竹木小筏。桴，木筏。《论语·公冶长》："道不行，乘桴浮于海。"

鳌：汉族传说中海里的大龟或大鳌。

"竿拂"句：唐·杜甫《送孔巢父谢病归游江东，兼呈李白》诗："诗卷长留天地间,钓竿欲拂珊瑚树。"

"桑田"句:晋·葛洪《神仙传》:"麻姑自说:接待以来,已见东海三为桑田。"

蓬壶:即蓬莱。古代传说中的海中仙山。晋·王嘉《拾遗记·高辛》:"三壶则海中三山也。一曰方壶,则方丈也;二曰逢壶,则蓬莱也;三曰瀛壶,则瀛洲也。形如壶器。"

【典故】

☆ 钓得六鳌无──六鳌

典出《列子·汤问》,渤海之东有五山,为岱舆、员峤、方壶、瀛洲、蓬莱。山根在不同海底相连,常随潮波上下移动。山上仙圣因无一刻稳定而诉于天帝,天帝恐五山流于西极,仙圣失其住所,便令十五只巨鳌将仙山负起,分三批轮班,六万年交接一次,这样五座山才开始不再移动。龙伯之国有巨人,抬脚几步便到五山前,"一钓而连六鳌",合负而归家,灼其骨用以占卜。岱舆、员峤二山失鳌而流于北极,沉于大海,其上仙圣流离迁徙不计其数。天帝震怒,令削减龙伯国之版图,龙伯国民的身材也随之缩小。至伏羲、神农时,其国人犹数十丈高。

☆ 桑田清浅问麻姑──沧海桑田

典出晋·葛洪《神仙传·王远》。汉桓帝时,神仙王远与神女麻姑下凡去蔡经家饮酒。麻姑年纪十八九岁,十分美貌,身着彩色仙衣,光彩耀日;随身所带器具皆为金玉制;饭食多是奇花异果,香气弥漫,蔡经从未见过。麻姑云:"自从得了道接受天命以来,已见东海三为桑田。向到蓬莱,水又浅于往昔,会时略半也,岂将复还为陵陆乎?"后遂以"沧海桑田"比喻世事变迁或时间久远。

水调歌头·题西山秋爽图

空山梵呗静，水月影俱沉。悠然一境人外，都不许尘侵。岁晚忆曾游处，犹记半竿斜照，一抹界疏林。绝顶茅庵里，老衲正孤吟。

云中锡，溪头钓，涧边琴。此生著几两屐，谁识卧游心。准拟乘风归去，错向槐安回首，何日得投簪。布袜青鞋约，但向画图寻。

【笺注】

水月：指澄明如水的月亮，多用于描写寺庙中的月色。唐·郑谷《南康郡牧陆肱郎中辟许棠先辈为郡从事因有寄赠》诗："夜清僧伴宿，水月在松梢。"

界疏林：连接着稀疏的树林。

"绝顶"句：唐·崔峒《题兰若》："绝顶茅庵老此生，寒云孤木独经行。"

老衲：僧人的谦称，亦借用于道士。出家人所穿的衣服最初是由别人不用的布块缝纳而成，道家中也有"身披百衲伏魔衣，手持五明降鬼扇"的说法，"老衲"一词由此得来。有时老尼姑也自称"老衲"。

锡：即锡杖，僧人行路时所携带的道具。

几两屐：又称"阮家屐。"泛指木屐。

乘风归去：宋·苏轼《水调歌头》："我欲乘风归去，又恐琼楼玉宇，高处不胜寒。"

槐安：指槐安梦。宋·范成大《次韵宗伟阅番乐》："尽遣余钱付桑落，莫随短梦到槐安。"

投簪：丢下固冠用的簪子，比喻弃官。宋·苏轼《踏莎行》："解佩投簪，求田问舍。"

布袜青鞋：本是平民装束，后多指隐者。唐·杜甫《奉先刘少府新画山水障歌》："吾独胡为在泥滓？青鞋布袜从此始。"

【典故】

☆ 此生著几两屐——阮家屐

据南朝·刘义庆《世说新语·雅量》载,祖士少(祖约)好财,阮遥集(阮孚)好屐,二人都是"恒自经营",同样是为外物所累,但并不能判断两人孰优孰劣。有人去拜访祖士少,见他正在整理财物,还有两小筐没整理好。因怕被来客看见,祖士少就把它们放在身后,"倾身障之,意未能平"。也有人偶然去拜访阮遥集,见他正吹火给鞋子上蜡,边忙边感叹道:"(虽说有这么多鞋子),未知一生当着几量屐?"神情悠闲顺畅,平静如昔。由此二人高下立辨。后遂以"阮家屐"为木屐之美称。

☆ 谁识卧游心——卧游

南朝刘宋宗炳是山水画论的鼻祖。据《宋书·宗炳传》载,宗炳"好山水,爱远游"。曾乘船游览四处美景,西涉荆江、巫峡,南登衡山,并在衡山上结庐而居。后来因病只得返回江陵,遗憾道:"老疾俱至,名山恐难遍,唯澄怀观道,卧以游之。"于是将所游之地,皆画于壁上,整日坐卧观看。"卧游"遂成为后世山水画家的重要命题之一。后以"卧游"为赏山水画以代游览之典。

☆ 槐安回首——南柯一梦

典出唐·李公佐的传奇小说《南柯太守传》。一东平人淳于梦饮酒于古槐树下,醉后入梦,见两个使者代"槐安国王"延请,于是随之前往,入古槐树洞中,见一座大城,楼题"大槐安国"。槐安国王将他招为驸马,让他娶金枝公主并任南柯太守,享尽荣华富贵。如此三十载过去,忽有一年,檀萝国入侵,淳于梦领命迎敌却大败而归。不久公主也病死了,国王猜忌他将他遣发回家。还入家门时他突然惊醒,醒后见槐下有一大蚁穴,南枝又有一小穴,即梦中的槐安国与南柯郡。后以"南柯一梦"喻梦,或比喻一场空欢喜。

水调歌头·题岳阳楼图

落日与湖水，终古岳阳城。登临半是迁客，历历数题名。 欲问遗踪何处，但见微波木叶，几篌打鱼罾。 多少别离恨，哀雁下前汀。

忽宜雨，旋宜月，更宜晴。 人间无数金碧，未许著空明。 淡墨生绡谱就，待倩横拖一笔，带出九疑青。 仿佛潇湘夜，鼓瑟旧精灵。

【笺注】

岳阳楼：在今湖南省岳阳市古城西门城墙之上，为古今著名风景名胜，宋庆历五年(1045年)滕子京守巴陵时重修，范仲淹作《岳阳楼记》，遂使此楼名声更加显著。自古有"洞庭天下水，岳阳天下楼"之美誉，与湖北武昌黄鹤楼、江西南昌滕王阁并称为"江南三大名楼"。

迁客：指遭贬斥放逐之人。南朝·江淹《恨赋》："或有孤臣危涕，孽子坠心，迁客海上，流成陇阴。"

"历历"句：宋·陆九渊《题慧照寺》："请君细数题名客，更有何人似我顽。"古代许多文人墨客曾在岳阳楼上题诗，如唐·杜甫《登岳阳楼》、唐·白居易《题岳阳楼》、唐·崔珏《岳阳楼晚望》、唐·江为《岳阳楼》、唐·李商隐《岳阳楼》等。

"但见"句：《楚辞·九歌·湘夫人》："袅袅兮秋风，洞庭波兮木叶下。"木叶，树叶。

罾(zēng)：古代一种用木棍或竹竿作支架的方形渔网。

金碧：金黄和碧绿的颜色，此处指金碧山水画，是中国山水画之一种，以泥金、石青和石绿三种颜料作为主色。唐·罗邺《上阳宫》诗："深锁笙歌巢燕听，遥瞻金碧路人愁。"

生绡：未漂煮过的丝织品。古时多用以作画，因亦指画卷。唐·韩愈《桃源图》："流水盘回山百转，生绡数幅垂中堂。"

倩：请。

九疑：山名，亦作"九嶷"，在湖南宁远县南。《山海经·海内经》："南方苍梧之丘，苍梧之渊，其中有九嶷山，舜之所葬，在长沙零陵界中。"

精灵：指潇湘二妃。

台城路·洗妆台怀古

六宫佳丽谁曾见，层台尚临芳渚。 露脚斜飞，虹腰欲断，荷叶未收残雨。 添妆何处。 试问取雕笼，雪衣分付。 一镜空濛，鸳鸯拂破白苹去。

相传内家结束，有帕装孤稳，靴缝女古。 冷艳全消，苍苔玉匣，翻出十眉遗谱。 人间朝暮。 看胭粉亭西，几堆尘土。 只有花铃，绾风深夜语。

【笺注】

洗妆台：金章宗完颜璟为元妃李师儿所建的梳妆楼，在今北京北海的琼华岛上。王圻在《稗史汇编·地理门·郡邑》中自注云："都人讹为萧太后梳妆楼。"本篇纳兰也有此误解，因此文中引有萧观音典故。

渚：水边。

露脚斜飞：唐·李贺《李凭箜篌引》："吴质不眠倚桂树，露脚斜飞湿寒兔。"露脚：指雨脚。

虹腰：指虹桥。宋·吴文英《喜迁莺》："向虹腰、时送斜阳凝伫。"

添妆：向新娘赠送财物。此处指向后妃佳丽们分送财物礼品。

雕笼：精致雕刻的鸟笼，这里代指笼中鹦鹉。汉·祢衡《鹦鹉赋》："闭以雕笼，翦其翅羽。"

雪衣：即唐玄宗与杨贵妃的爱鸟"雪衣娘"，是一只白色鹦鹉。

白苹：水中浮草，夏秋开小白花，因此得名，又写作"白苹"或"白萍"。

内家：宫中之人，唐·李敬方《太和公主还宫》："生还侍儿少，熟识内家稀。"

帕装孤稳,靴缝女古:辽·王鼎《焚椒录》:"宫中为(懿德皇后)语曰:'孤稳压帕女古靴,菩萨唤作耨斡(nòu wò)么。'盖言以玉饰首,以金饰足,以观音作皇后也。"帕装,即帕服,古代盛服。孤稳,玉。女古,黄金;都是古代契丹语的音译。

十眉遗谱:即《十眉图》。眉谱,旧时画眉的图谱。唐明皇令画工画《十眉图》。一曰鸳鸯眉(又名八字眉),二曰小山眉(又名远山眉),三曰五岳眉,四曰三峰眉,五曰垂珠眉,六曰月棱眉(又名却月眉),七曰分梢眉,八曰涵烟眉,九曰拂云眉(又曰横烟眉),十曰倒晕眉。

花铃:指护花铃。系在花枝上的小金铃,以声音惊走鸟雀。

【典故】

☆ 洗妆台——琼华岛与元妃李氏

琼华岛为土石累积而成,据元·陶宗仪《南村辍耕录》载,成吉思汗统一漠北,引起了金朝的警惕。有风水相师言蒙古境内有一座山龙气隐现,金"时国已多事",愿得此山以镇之,因此派人将这座山挖平,土石运往中都。"积累成山,因开挑海子,栽植花木,营构宫殿,以为游幸之所。"据明·王圻《稗史汇编·地理门·郡邑》载:"琼花岛梳妆台皆金故物也。……妆台则章宗所营,以备李妃行园而添妆者。"李妃,世宗元妃李氏,金章宗对她极为宠爱。据明·陆容《菽园杂记》记载,金章宗尝与李妃于中秋夜在此地赏月,因琼华岛是土垒而成,章宗一时感怀,说道:"二人土上坐。"李妃对曰:"一月日边明。"章宗大为赞赏。

☆ 试问取雕笼,雪衣分付——雪衣娘

据唐·郑处诲《明皇杂录》载,开元年间,岭南献白鹦鹉,伶俐可爱,能学人言,深受唐明皇与杨贵妃的喜爱,唤它作"雪衣女(娘)"。雪衣娘十分聪慧,明皇令人教授它当时词臣所作的诗,"数遍便可讽诵"。杨贵妃教它诵《多心经》,亦记得非常熟练,日夜不停地念,好像在为杨贵妃祛祸避灾。

明皇与贵妃及诸王博戏,每次明皇落于下风,侍从便呼唤雪衣娘,雪衣娘必飞入局中扰乱,或者啄嫔妾诸王的手,"使不能争道"。后来雪衣娘被一只老鹰杀死,明皇和贵妃非常难过,将它葬于苑中,"为立冢,呼为鹦鹉冢"。

金菊对芙蓉·上元

金鸭消香,银虬泻水,谁家夜笛飞声。 正上林雪霁,鸳甃晶莹。 鱼龙舞罢香车杳,剩尊前、袖掩吴绫。 狂游似梦,而今空记,密约烧灯。

追念往事难凭。 叹火树星桥,回首飘零。 但九逵烟月,依旧笼明。 楚天一带惊烽火,问今宵、可照江城。 小窗残酒,阑珊灯炧,别自关情。

【笺注】

此篇大概作于康熙二十年(1681 年),其时三藩之乱未平。纳兰的好友张见阳于康熙十八年(1679 年)将赴任湖南江华县。

金鸭:镀金的鸭形香炉。唐·戴叔伦《春怨》:"金鸭香消欲断魂,梨花春雨掩重门。"

银虬:古代计时用的漏壶底部的银质流水龙头。亦作"银蚪"。唐·王维《送张舍人佐江州同薛据十韵》:"清晨听银蚪,薄暮辞金马。"

谁家夜笛飞声:唐·李白《春夜洛城闻笛》:"谁家玉笛暗飞声,散入春风满洛城。"

上林:即上林苑,原是中国秦汉时期的皇家园林,后泛指皇室宫苑园囿。

鸳甃(zhòu):用对称的砖瓦砌的井壁。宋·秦观《水龙吟》词:"卖花声过尽,斜阳院落,红成阵,飞鸳甃。"

鱼龙舞罢香车杳:宋·辛弃疾《青玉案·元夕》:"宝马雕车香满路。凤箫声动,玉壶光转,一夜鱼龙舞。"鱼龙舞,指古代百戏中,猞猁变化成鱼和龙的杂耍节目。香车,香木做的车。唐·卢照邻《行路难》:"春景春风花似雪,香车玉舆恒阗咽。"

吴绫:吴绫,古代丝织物,清代吴江名产。

火树星桥:形容元宵节灯市繁华热闹的景象。唐·苏味道《正月十五夜》:"火树银花合,星桥铁锁开。"

九逵:四通八达的大道。《三辅黄图·都城十二门》:"长安城面三门,四面十二门,皆通达九逵,以相经纬。"后多指京城的大路。

楚天:楚地的天空,后泛指南方的天空。唐·杜甫《暮春》诗:"楚天不断四时雨,巫峡常吹千里风。"

关情:牵动情怀。

风流子·秋郊即事

平原草枯矣,重阳后,黄叶树骚骚。 记玉勒青丝,落花时节,曾逢拾翠,忽听吹箫。 今来是,烧痕残碧尽,霜影乱红凋。 秋水映空,寒烟如织,皂雕飞处,天惨云高。

人生须行乐,君知否、容易两鬓萧萧。 自与东君作别,划地无聊。 算功名何许,此身博得,短衣射虎,沽酒西郊。 便向夕阳影里,倚马挥毫。

【笺注】

骚骚:象声词,风吹树叶的声音。唐·徐凝《莫愁曲》:"玳瑁床头刺战袍,碧纱窗外叶骚骚。"

玉勒青丝:玉勒,玉饰的马衔。北周·庾信《华林园马射赋》:"控玉勒而摇星,跨金鞍而动月。"青丝,青丝鞚,即青色丝绳的马络头。南朝·梁元帝《紫骝马》诗:"宛转青丝鞚,照耀珊瑚鞭。"此处代指骑马春游。

寒烟如织:寒冷的烟雾弥漫。唐·李白《菩萨蛮》:"平林漠漠烟如织,寒山一带伤心碧。"

皂雕：亦作"皁雕"，一种黑色大型猛禽。唐·王昌龄《城傍曲》："邯郸饮来酒未消，城北原平掣皂雕。"

人生须行乐：《古诗十九首·生年不满百》："为乐当及时，何能待来兹。"

两鬓萧萧：宋·无名氏《摸鱼儿》："谩换得霜痕，萧萧两鬓，羞与共秋镜。"萧萧：指头发花白稀疏的样子。

划地：越是，越发。宋·曾觌《卜算子·湖州砖墙吴氏女失身于上山张氏作妾》词："数尽万般花，不比梅花韵。雪压风欺恁地寒，划地清香喷。"

短衣射虎：形容英雄气概。短衣：指打猎的装束。射虎：典出汉代飞将军李广射虎的故事。

沽酒：指买酒。唐·韩愈·《赠崔立之评事》诗："墙根菊花好沽酒，钱帛纵空衣可准。"

倚马挥毫：南朝·刘义庆《世说新语·文学》："桓宣武北征，袁虎时从，被责免官。会须露布文，唤袁倚马前令作。手不辍笔，俄得七纸，殊可观。东亭在侧，极叹其才。"后人多据此典以"倚马"形容才思敏捷。唐·吴融《灵池县见早梅》诗："栖身未识登龙地，落笔元非倚马才。"宋·吴文英《高阳台·寿毛荷塘》："风月襟怀，挥毫倚马成章。"

【典故】

☆ 算功名何许，此身博得，短衣射虎——射虎

据《史记·李将军列传》载，李广从前所居郡中常有老虎出没，被李广射杀，后广居右北平时，也射过老虎。当时老虎跳起将李广击伤，但终究还是死在了李广的箭下。《三国志·吴主传》亦有孙权射虎之事："权将如吴，亲乘马，射虎于庱(chěng)亭。"当时孙权之马被虎所伤，孙权便以双戟击伤虎。后遂以"射虎"形容英雄气概。

☆ 便向夕阳影里，倚马挥毫——倚马才

东晋文学家袁虎才思敏捷，初时为谢安参军，后被豫州刺史谢尚荐与大司马桓温，掌府内文书起草之职。据南朝·刘义庆《世说新语·文学》载，袁虎随从桓温率兵北征，因责被免官，恰巧急需一篇檄文，于是唤袁虎前来"倚马前令做"。袁虎"手不辍笔，俄得七纸，殊可观"。旁者极叹其才。后遂以"倚马才"喻敏捷的文思。

点评

清·田茂遇评："豪情云举，想见秋岗盘马时。"（《清平初选后集》）

清·况周颐评："意境虽不甚深，风骨渐能骞举，视短调为有进。更进，庶几沉著矣。歇拍'便向夕阳'云云，嫌平易无远致。"（《蕙风词话》）

金缕曲·疏影临书卷

> 疏影临书卷。带霜华、高高下下，粉脂都遣。别是幽情嫌妩媚，红烛啼痕休泛。趁皓月、光浮冰茧。恰与花神供写照，任泼来、淡墨无深浅。持素障，夜中展。
>
> 残釭掩过看逾显。相对处、芙蓉玉绽，鹤翎银扁。但得白衣时慰藉，一任浮云苍犬。尘土隔、软红偷免。帘幌西风人不寐，怎清光、肯惜鹣裳典。休便把，落英翦。

【笺注】

此篇用秋水轩韵。

冰茧：用蚕茧制作的纸。此处喻皓月之下，月光照在朵朵梅花上如同洁白的蚕茧纸。

花神：这里指的是梅花的神韵。

写照：映照。

鹤翎：比喻细长的白色花瓣。唐·王建《于主簿厅看花》："小叶稠枝粉压摧,暖风吹动鹤翎开。"

扁:薄。

"但得"句:唐·杜甫《可叹》:"天上浮云如白衣,斯须改变如苍狗。"
浮云苍犬,犹如白云苍狗,比喻世事无常,变化不定。

软红:原意是红尘,后指俗世的繁华热闹。宋·吴文英《水调歌头》:
"绣鞍马,软红路,乍回班。"

"帘幙"句:宋·刘敞《寄苏州张六》:"西风入帘幕,游子念江湖。"

鹔鹴裘:鹔鹴裘,相传为汉代司马相如所著的裘衣,用鹔鹴鸟的皮
制成。

南歌子·古戍

古戍饥乌集,荒城野雉飞。 何年劫火剩残灰。 试看英雄碧
血,满龙堆。

玉帐空分垒,金笳已罢吹。 东风回首尽成非,不道兴亡命也,
岂人为。

【笺注】

古戍:边疆古老的营地堡垒。唐·章八元《新安江行》诗:"古戍悬鱼
网,空林露鸟巢。"

"古戍"句:唐·杜甫《晚行口号》:"落雁浮寒水,饥乌集戍楼。"饥乌,
饥饿的乌鸦。

劫火:借指兵火。清·顾炎武《恭谒天寿山十三陵》诗:"康昭二明
楼,并遭劫火亡。"

玉帐:借指主将。宋·张孝祥《水调歌头》:"猩鬼啸篁竹,玉帐夜
分弓。"

"东风"句:唐·牟融《送罗约》:"后夜定知相忆处,东风回首不
胜悲。"

点评

叶恭绰评："纳兰容若风流文采几冠当时，其好与诸名流纳交，余以为别有气类之感，以其上代金台石部固为后金所殄灭也。余昔诵其词，有'兴亡命也岂人为'句而憬然。"（《解珮令并序》）

一络索·野火拂云微绿

> 野火拂云微绿。西风夜哭。苍茫雁翅列秋空，忆写向、屏山曲。
> 山海几经翻覆。女墙斜矗。看来费尽祖龙心，毕章为、谁家筑。

【笺注】

野火：指磷火，民间俗称"鬼火"。《列子·天瑞》："羊肝化为地皋，马血之为转邻也，人血之为野火也。"

拂云：触到云，极言其高。北魏·郦道元《水经注·浊漳水》："凡诸宫殿、门台、隔雉，皆加观榭。层甍反宇，飞檐拂云。"

屏山曲：山势弯曲如屏风一样，此处代指长城。

赤枣子·惊晓漏

> 惊晓漏，护春眠。格外娇慵只自怜。寄语酿花风日好，绿窗来与上琴弦。

【笺注】

惊晓漏：清晨漏声将人惊醒。

娇慵：刚睡醒时娇懒惺忪的模样。唐·李贺《美人梳头歌》："春风烂熳恼娇慵，十八鬟多无气力。"

酿花：催花开放。清·袁枚《随园诗话》卷十："（张瑶英）到湖心亭，书二十八字云：'酿花天气雨新晴，一片清光两岸平。最好湖心亭上望，满堤人似水中行。'"

绿窗：指古代贫家女子所住之室。与"红楼"相对，红楼指古代富家女子所居之处。唐·白居易《秦中吟十首·议婚》："绿窗贫家女，寂寞二十余。荆钗不直钱，衣上无真珠。"又，"红楼富家女，金缕绣罗襦。见人不敛手，娇痴二八初"。

上琴弦：代指弹琴。

眼儿媚·林下闺房世罕俦

林下闺房世罕俦，偕隐足风流。今来忍见，鹤孤华表，人远罗浮。中年定不禁哀乐，其奈忆曾游。浣花微雨，采菱斜日，欲去还留。

【笺注】

此词乃纳兰为一隐居友人所作。

林下：原为山林隐居之处，这里有林下风气之意。

罕俦：少可相比。南朝·萧子显《南齐书·王思远传》："陛下矜遇之厚，古今罕俦。"

"偕隐"：一同隐居，这里指夫妻二人一同隐居。

忍：通"认"，认识。

鹤孤：孤高。古人认为鹤生性孤高，故有此称。宋·苏轼《次韵刘景文见寄》："细看落墨皆松瘦，想见掀髯正鹤孤。"

华表：指房屋外部的华美装饰。三国·何晏《景福殿赋》："皓皓旰旰，丹彩煌煌，故其华表，则镐镐铄铄，赫奕章灼。"

罗浮：罗浮山，在广东省东江北岸。本为咏梅的典故，这里借指昔日繁华事。

欲去还留：宋·黄公度《浣溪沙》："欲去还留无限思，轻匀淡抹不成妆。"

【典故】

☆ 林下闺房世罕俦——林下风

据南朝·刘义庆《世说新语·贤媛》载，东晋谢道韫为女中名士，极受其弟谢玄的推崇。同郡人张玄常称赞其妹才情，"欲以敌之"。时有尼姑济，常出入张、谢两家，人问其优劣。尼姑答曰："王夫人神情散朗，故有林下风气。顾家妇清心玉映，自是闺房之秀。"后遂以"林下风"称颂女子闲雅飘逸的风采，而以"闺秀"称呼大户人家有才德的女儿。

☆ 鹤孤华表——辽东鹤

典出晋·陶渊明《搜神后记·丁令威》。丁令威，本辽东人，学道于灵虚山，后化鹤归辽，立于城门华表柱上。时有少年举弓欲射之，鹤乃飞起，徘徊空中而言曰："有鸟有鸟丁令威，去家千岁今始归，城郭如故人民非，何不学仙冢垒垒。"唱罢飞去。后遂以"辽东鹤"喻久别重归故里，慨叹世事变迁之典。

☆ 人远罗浮——罗浮梦

典出唐·柳宗元《龙城录·赵师熊醉憩梅花下》。隋开皇年间，赵师雄迁广东罗浮。一日天寒日暮，赵师雄醉卧于松林间酒肆傍，朦胧间见一美人，芳香袭人，言语清雅，于是一起饮酒交谈，后来双双醉倒。等赵师雄醒来，却发现自己睡在一株梅花树下。后人便以"罗浮梦"比喻人生如梦，好景不常在；以"罗浮"、"罗浮美人"等代指梅花。

好事近·马首望青山

马首望青山，零落繁华如此。再向断烟衰草，认藓碑题字。

休寻折戟话当年，只洒悲秋泪。斜日十三陵下，过新丰猎骑。

【笺注】

"再向"句：宋·林一龙《越中吟》："世事茫茫今复古,断烟衰草共凄凉。"

薛碑：长满苔藓的古碑。清·顾贞观《忆秦娥》："双崖碧,古今多少,薛碑题迹。"

折戟：唐·杜牧《赤壁》："折戟沉沙铁未销,自将磨洗认前朝。"

十三陵：明代十三个皇帝陵墓的总称。陵名为：长陵(成祖)、献陵(仁宗)、景陵(宣宗)、裕陵(英宗)、茂陵(宪宗)、泰陵(孝宗)、康陵(武宗)、永陵(世宗)、昭陵(穆宗)、定陵(神宗)、庆陵(光宗)、德陵(熹宗)、思陵(思宗)。位于北京市昌平县天寿山麓。清·顾炎武《金陵杂诗》之二："重闻百五日,遥祭十三陵。"

新丰猎骑：唐·王维《观猎》："忽过新丰市,还归细柳营。"猎骑,打猎者的坐骑,这里指猎人。

琵琶仙·中秋

碧海年年,试问取、冰轮为谁圆缺。 吹到一片秋香,清辉了如雪。 愁中看、好天良夜,争知道、尽成悲咽。 只影而今,那堪重对,旧时明月。

花径里、戏捉迷藏,曾惹下萧萧井梧叶。 记否轻纨小扇,又几番凉热。 只落得、填膺百感,总茫茫、不关离别。 一任紫玉无情,夜寒吹裂。

【笺注】

碧海：指青天。天青若海,故称碧海。宋·晁补之《洞仙歌·泗州中秋作》词："青烟幂处,碧海飞金镜。"

紫玉：笛子,以紫竹制成。宋·张元幹《卜算子》："紫玉谁人三弄寒,细吹断、江梅意。"

秋千索·锦帷初卷蝉云绕

锦帷初卷蝉云绕。却待要、起来还早。不成薄睡倚香篝，一缕缕、残烟袅。

绿阴满地红阑悄。更添与、催归啼鸟。可怜春去又经时，只莫被、人知了。

【笺注】

锦帷：亦作"锦帏"，锦帐之意。唐·李商隐《牡丹》："锦帏初卷卫夫人，绣被犹堆越鄂君。"

蝉云：即蝉鬓。鬓发薄如蝉翼，黑如蝉身，故有此称。晋·崔豹《古今注·杂注》："魏文帝宫人绝所爱者，有莫琼树、薛夜来、陈尚衣、段巧笑，四人日夕在侧，琼树乃制蝉鬓。缥眇如蝉翼，故曰蝉鬓。"

经时：许久、历久。唐·权德舆《玉台体十二首》之九："莫作经时别，西邻是宋家。"

江城子·咏史

湿云全压数峰低，影凄迷，望中疑。非雾非烟、神女欲来时。若问生涯原是梦，除梦里，没人知。

【笺注】

湿云：唐·李颀《宋少府东溪泛舟》诗："晚叶低众色，湿云带繁暑。"

凄迷：景物凄凉而模糊。宋·辛弃疾《贺新郎·赋水仙》："烟雨凄迷僝僽损，翠袂遥遥谁整？"

非雾非烟：《史记·天官书》："若烟非烟，若云非云，郁郁纷纷，萧索轮囷，是谓卿云。卿云见，喜气也。若雾非雾，衣冠而不濡，见则其域被甲而趋。"

【典故】

☆ **神女欲来时——巫山神女**

典出战国·宋玉《高唐赋》序。昔者,怀王曾游高唐,"怠而昼寝",朦胧之中见一美人,自言其为巫山之女,高唐之客。听闻国君游高唐,来此自荐枕席。遂与怀王欢好,离去时又说:"妾在巫山之阳,高丘之阻,旦为朝云,暮为行雨,朝朝暮暮,阳台之下。"后以"巫山云雨"为男女欢好、幽合之典,或指自然云雨风景。"巫山神女"即指楚怀王梦遇之女。

添字采桑子·闲愁似与斜阳约

闲愁似与斜阳约,红点苍苔。 蛱蝶飞回。 又是梧桐新绿影,上阶来。 天涯望处音尘断,花谢花开。 懊恼离怀。 空压钿筐金缕绣,合欢鞋。

【笺注】

红点:蝴蝶飞落在了苍苔上。

钿筐:镶嵌螺钿的筐子。钿,镶嵌装饰。

百字令·废园有感

片红飞减,甚东风不语、只催漂泊。 石上胭脂花上露,谁与画眉商略。 碧瓷瓶沉,紫钱钗掩,雀踏金铃索。 韶华如梦,为寻好梦担阁。

又是金粉空梁,定巢燕子,一口香泥落。 欲写华笺凭寄与,多少心情难托。 梅豆圆时,柳绵飘处,失记当初约。 斜阳冉冉,断魂分付残角。

【笺注】

胭脂:指落在石上的花瓣。

碧甃：青绿色的井壁，代指井。唐·方干《书吴道隐林亭》诗："橘枝亚路黄苞重,井脉牵湖碧甃深。"

紫钱：指苔藓。唐·李贺《过华清宫》："云生朱络暗,石断紫钱斜。"

金铃索：系护花铃的绳索。

定巢燕子：宋·周邦彦《瑞龙吟》："愔愔坊陌人家,定巢燕子,归来旧处。"

华笺：质好而色美的纸笺。五代·韦庄《立春》诗："殷勤为作宜春曲,题向花笺帖绣楣。"

梅豆：梅花苞蕾。《金瓶梅词话》第四十六回："杏花梢间着梨花雪,一点点梅豆青小。"

失记：忘记、遗忘。宋·韩淲《菩萨蛮》："人间多少闲风度。薄情失记相逢处。"

残角：远处隐约的角声。唐·刘复《夕次襄邑》诗："古戍飘残角,疏林振夕风。"

点评

清·周稚圭评："或言：纳兰容若,南唐李重光后身也。予谓重光天籁也,恐非人力所能及。容若长调多不协律,小令则格高韵远,极缠绵婉约之致,能使残唐坠绪绝而复续。第其品格,殆叔原、方回之亚乎！"（《箧中词》）

摸鱼儿·午日雨眺

涨痕添、半篙柔绿,蒲梢荇叶无数。空濠台榭烟柳暗,白鸟衔鱼欲舞。红桥路,正一派、画船箫鼓中流住,呕哑柔橹。又早拂新荷,沿堤忽转,冲破翠钱雨。

蒹葭渚,不减潇湘深处。霏霏漠漠如雾。滴成一片鲛人泪,也似汨罗投赋。愁难谱。只彩线、香菰脉脉成千古,伤心莫语。记那日旗亭,水嬉散尽,中酒阻风去。

【笺注】

午日：端午节又称午日节。

"涨痕"句：元·张翥《摸鱼儿·春日西湖泛舟》："涨西湖、半篙新雨。"涨痕，涨水的痕迹。

空濛：缥缈迷茫的样子。南朝·谢朓《观朝雨》诗："空濛如薄雾，散漫似轻埃。"

白鸟：一般指鹤、鹭之类。《诗·大雅·灵台》："麀鹿濯濯，白鸟翯翯。"

呕哑柔橹：唐·胡宿《赵宗道归辇下》："江浦呕哑风送橹，河桥勃窣柳垂堤。"呕哑，指管弦声。柔橹，指船桨轻划之声。

翠钱：新荷的雅称。

汨罗投赋：指屈原投汨罗江而死，后人作赋投入江中以示凭吊。

旗亭：酒楼。因其楼外悬旗，故称。唐·刘禹锡《武陵观火诗》："花县与琴焦，旗亭无酒濡。"

中酒：醉酒。晋·张华《博物志·杂说下》："人中酒不解，治之以汤，自渍即愈。"

阻风：被风所阻。唐·韩偓《阻风》诗："肥鳜香粳小艓艒，断肠滋味阻风时。"

满庭芳·题元人芦洲聚雁图

似有猿啼，更无渔唱，依稀落尽丹枫。湿云影里，点点宿宾鸿。占断沙洲寂寞，寒潮上、一抹烟笼。全不似，半江瑟瑟，相映半江红。

楚天秋欲尽，荻花吹处，竟日冥濛。近黄陵祠庙，莫采芙蓉。我欲行吟去也，应难问、骚客遗踪。湘灵杳，一尊遥酹，还欲认青峰。

【笺注】

宾鸿：即鸿雁。宋·陈允平《虞美人》："欲问归期消息、望宾鸿。"

占断：占尽、全部占有。唐·吴融《杏花》诗："粉薄红轻掩敛羞，花中占断得风流。"

"全不似"三句：唐·白居易《暮江吟》："一道残阳铺水中，半江瑟瑟半江红。"

冥濛：幽暗不明。

黄陵祠庙：即黄陵庙。传说为舜二妃娥皇、女英之庙，亦称二妃庙，在今湖南省湘阴县之北。北魏·郦道元《水经注·湘水》："湖水西流，径二妃庙南，世谓之黄陵庙也。"

湘灵：即湘夫人，娥皇与女英二妃。宋·苏轼《江神子》："烟敛云收，依约是湘灵。欲待曲终寻问取，人不见，数峰青。"

酹：把酒洒在地上表示祭奠或起誓。宋·苏轼《念奴娇·赤壁怀古》："人生如梦，一尊还酹江月。"

卜算子·五日

村静午鸡啼，绿暗新阴覆。　一展轻帘出画墙，道是端阳酒。
早晚夕阳蝉，又噪长堤柳。　青鬓长青自古谁，弹指黄花九。

【笺注】

五日：即农历五月初五端午节。

端阳酒：指用菖蒲、艾叶泡制的酒，古人认为饮此酒可以驱虫辟邪。

"青鬓"句：宋·贺铸《行路难》："青鬓常青古无有。"青鬓，浓黑的鬓发。

黄花九：九月初九重阳节。黄花，菊花。

凤凰台上忆吹箫·守岁

锦瑟何年，香屏此夕，东风吹送相思。记巡檐笑罢，共捻梅枝。还向烛花影里，催教看、燕蜡鸡丝。如今但、一编消夜，冷暖谁知。

当时。欢娱见惯，道岁岁琼筵，玉漏如斯。怅难寻旧约，枉费新词。次第朱幡翦彩，冠儿侧、斗转蛾儿。重验取、卢郎青鬓，未觉春迟。

【笺注】

锦瑟：本意为漆有织锦纹的瑟。此处为"锦瑟年华"之意。语出唐·李商隐《锦瑟》："锦瑟无端五十弦，一弦一柱思华年。"

香屏：华美的屏风。宋·晏幾道《阮郎归》："去时庭树欲栖鸦，香屏掩月斜。"

巡檐：来往于檐前。唐·杜甫《舍弟观赴蓝田取妻子到江陵喜寄》："巡檐索共海花笑、冷蕊疏枝半不禁。"

燕蜡鸡丝：丝鸡与葛燕，或称蜡燕，古代正旦之日所做的食品。

一编：指书。编，编连。

朱幡：亦作"朱旛"，红色的旗幡，尊显之家所用。汉·刘向《列仙传·崔文子》："长吏之文所请救，文拥朱旛，系黄散，以徇人门。"

【典故】

☆ 卢郎青鬓——卢郎

据宋代钱易的《南部新书》记载：唐时有一位卢家子弟，年纪很大了才当上校书郎，并娶崔氏女为妻。婚后崔氏女因嫌弃他老迈，言语间颇有微词，神色间偶有不豫。卢请她"诗以述怀为戏"，崔氏女立即作了一首："不怨卢郎年纪大，不怨卢郎官职卑，自恨妾身生较晚，不见卢郎年少时。"后遂用作闺怨之典。

翦梧桐·自度曲

新睡觉，正漏尽、乌啼欲晓。 任百种思量，都来拥枕，薄衾颠倒。 土木形骸，分甘抛掷，只平白、占伊怀抱。 听萧萧、一翦梧桐，此日秋声重到。

若不是、忧能伤人，甚青镜、朱颜易老。 忆少日清狂，花间马上，软风斜照。 端的而今，误因疏起，却懊恼、殢人年少。 料应他、此际闲眠，一样积愁难扫。

【笺注】

土木形骸：形体像土木一样自然。比喻人不加修饰的本来面目。《晋书·嵇康传》："康早孤，有奇才，远迈不群。身长七尺八寸，美词气，有风仪，而土木形骸，不自藻饰，人以为龙章凤姿，天质自然。"

分：本来。

忧能伤人：指忧愁会损害健康。汉·孔融《论盛孝章书》："单子独立，孤危愁苦，若使忧能伤人，此子不得永年矣。"

青镜：青铜镜。唐·李峤《梅》诗："妆面回青镜，歌尘起画梁。"

殢(tì)：有困囚耽误之意。宋·辛弃疾《鹧鸪天》："莫殢春光花下游，便须准备落花愁。百年风雨风对却，万事三平二满休。"

酒泉子·谢却荼蘼

谢却荼蘼。 一片月明如水。 篆香消，犹未睡。 早鸦啼。
嫩寒无赖罗衣薄。 休傍阑干角。 最愁人，灯欲落。 雁还飞。

【笺注】

荼蘼：又作佛见笑、百宜枝等，落叶或半常绿蔓生小灌木，初夏开花，花为白色。宋·朱淑真《鹧鸪天》："千钟尚欲偕春醉，幸有荼蘼与海棠。"

"嫩寒"二句：宋·张先《醉落魄》："朱唇浅破桃花萼，倚楼谁在阑干角。夜寒指冷罗衣薄。"宋·王诜《踏青游》词:"金勒狨鞍,西城嫩寒春晓。"无赖,无奈。

阑干:即栏杆。

明月棹孤舟·海淀

> 一片亭亭空凝伫。趁西风、霓裳遍舞。白鸟惊飞,菰蒲叶乱,断续浣纱人语。
>
> 丹碧驳残秋夜雨。风吹去、采菱越女。辘轳声断,昏鸦欲起,多少博山情绪。

【笺注】

菰蒲:菰和蒲,都是生长在水中的植物。宋·张元幹《念奴娇》:"荷芰波生,菰蒲风动,惊起鱼龙戏。"

丹碧:指涂饰在建筑物或器物上的色彩。宋·陆游《桃源忆故人·应灵道中》词:"丹碧未干人去。高栋空留句。"

博山:博山炉。博山炉是汉、晋时期常用的焚香器具,以青铜或陶瓷制,其上雕刻着传说中的海上仙山——博山,并因此而得名。宋·晏殊《望仙门》:"博山炉暖泛浓香。泛浓香。为寿百千长。"

水龙吟·题文姬图

> 须知名士倾城,一般易到伤心处。柯亭响绝,四弦才断,恶风吹去。万里他乡,非生非死,此身良苦。对黄沙白草,呜呜卷叶,平生恨、从头谱。
>
> 应是瑶台伴侣,只多了、毡裘夫妇。严寒斋簌,几行乡泪,应声如雨。尺幅重披,玉颜千载,依然无主。怪人间厚福,天公尽付,痴儿騃女。

【笺注】

这首词作于康熙十六年(1677年)丁巳，纳兰性德借咏图来说吴兆骞事。文姬，东汉才女蔡文姬，名蔡琰，字文姬，书法家蔡邕的女儿。

柯亭响绝：即蔡邕已死。柯亭又名高迁亭，在今浙江省绍兴市西南，以产良竹著名。

四弦：原指琵琶，此处指第四弦。

毡裘夫妇：蔡文姬《胡笳十八拍》第三拍："毡裘为裳兮骨肉震惊，羯膻为味兮枉遏我情。"

觱篥(bì lì)：又称"笳管"、"头管"，源自西域龟兹的一种管乐器，形似喇叭，以竹作管，管口插有芦苇制的哨子，有九孔，其音悲恻。唐·刘商《胡笳十八拍》第七拍："龟兹觱篥愁中听，碎叶琵琶夜深怨。"

尺幅重披：用绢纸重新绘出了文姬图。尺幅，本义指小幅的纸或绢，这里引申为作画。披，披露、陈述。

依然无主：蔡文姬《胡笳十八拍》第四拍："天灾国乱兮人无主，唯我薄命兮没戎虏。"

【典故】

☆ 柯亭响绝——柯亭笛

据晋·干宝《搜神记》载，蔡邕曾至柯亭，此处以竹做椽，蔡邕仰头看到这些竹椽，感叹道："良竹也。"于是取下来做了支笛子，笛声果然廖远清亮。又有一说是蔡邕告诉吴人说，他曾经过会稽高迁亭，见屋子东间第十六根椽竹可以做笛子，后"取用，果有异声"。晋人伏滔在《〈长笛赋〉序》中亦记载了此事。后遂以"柯亭笛"泛指良笛或俊才。

☆ 四弦才断——文姬辨琴

蔡文姬自幼便于音律上颇有天赋。据《后汉书·董祀妻》李贤注引刘昭《幼童传》说：蔡文姬的父亲蔡邕夜间弹琴，突然断了一根弦，蔡琰说：

"第二弦。"蔡邕说:"偶得之耳。"于是故意弄断一弦再问,蔡琰答曰:'第四弦。'结果分毫不差。

☆ 毡裘夫妇——蔡文姬

据《后汉书·列女传》载,东汉女诗人蔡琰,字文姬,为名士蔡邕之女,"博学有才辩,又妙于音律"。她初嫁与卫仲道,夫亡无子,归宁于家。兴平年间,天下丧乱,蔡琰被匈奴掳走,没于南匈奴左贤王,在胡地生活了十二年,并育有二子。曹操忆及当初与蔡邕的情谊,感伤其无嗣,便以黄金千两,白璧一双将蔡琰赎回,又安排她嫁给了董祀。传说蔡文姬思乡心切而又不舍骨肉,故在归途中作《胡笳十八拍》以遣怀,纳兰在本词中有多处引用。

赤枣子·风淅淅

风淅淅,雨纤纤。 难怪春愁细细添。 记不分明疑是梦,梦来还隔一重帘。

【笺注】

淅淅:象声词。风、雨声。唐·李咸用《闻泉》诗:"淅淅梦初惊,幽窗枕簟清。"

纤纤:形容雨细长。

如梦令·万帐穹庐人醉

万帐穹庐人醉。 星影摇摇欲坠。 归梦隔狼河,又被河声搅碎。 还睡。 还睡。 解道醒来无味。

【笺注】

这首词作于康熙二十一年(1682年)，纳兰扈从东巡时。

穹庐：古代游牧民族居住的圆形毡帐。《汉书·匈奴传》："匈奴父子同穹庐卧。"颜师古注："穹庐，游帐也。其形穹隆，故曰穹庐。"

狼河：即白狼河。

解道：知道。唐·张籍《凉州词》："边将皆承主恩泽，无人解道取凉州。"

渔父·收却纶竿落照红

> 收却纶竿落照红。　秋风宁为簟芙蓉。　人淡淡，水濛濛，吹入芦花短笛中。

【笺注】

纶竿：钓竿。宋·徐积《渔父乐》词："渔唱歇，醉眠斜，纶竿蓑笠是生涯。"

宁为：竟为。

"吹入"句：宋·吴锡畴《渔父》："入夜醉归横短笛，满江明月浸芦花。"

点评

唐圭璋评："《渔歌子》风致殊胜，词见徐虹亭《枫江渔父图》。一时胜流，咸谓此词可与张志和《渔歌子》并传不朽。世之爱读容若词者亦多矣，又何可不读此阕。"（朱崇才辑《攀桐词话》）

南乡子·秋莫村居

> 红叶满寒溪。一路空山万木齐。试上小楼极目望，高低。一片烟笼十里陂。
>
> 吠犬杂鸣鸡。灯火荧荧归骑迷。乍逐横山时近远，东西。家在寒林独掩扉。

【笺注】

"一片"句：五代·韦庄《台城》："无情最是台城柳，依旧烟笼十里堤。"陂(bēi)：池塘。

荧荧：灯火闪烁的样子。宋·吕渭老《水调歌头》："灯火荧荧深夜，高卧南窗折几，杯到不留残。"

通议大夫一等侍卫进士纳腊君墓表

姜宸英　撰

　　君姓纳腊氏。其先据有叶赫之地，所谓北关者也。父今大学士、宫傅公；母一品夫人，觉罗氏。君初名成德，字容若，后避东宫嫌名，改名性德。以今年乙丑五月晦卒。卒而朝之士大夫及四方知名士之游于京师者，皆为君叹息泣下。其哀君者，无问识不识，而与君不相闻者，常十之六七。然皆以当今失君为可惜，则君之贤以才可知矣。君年十八九联举礼部，当康熙之癸丑岁。未几也，予与相见于其座主东海阁学公邸，而是时君自分齿少，不愿仕，退而学经读史，旁治诗歌古文词。又三年，对策则大工。时皆谓当得上第，而今上重器君，不欲出之外廷，置名二甲，久之，授三等侍卫，再迁至一等。自上所巡幸西苑、南海子、沙河及登医巫闾山，东出关至乌喇，南巡上泰岱，过祀阙里，渡江以临吴会，君鲜不左橐鞬右橐笔以从。遇上射猎，兽起于前，以属君，发辄命中，惊其老宿将。所得白金绮绣、中衣袍帽、法帖佩刀、名马香扇之赐，前后委属。间令赋诗，奉诏即奏稿，上每称善。二十一年八月，使觇唆龙羌。其地去京师重五六十驿，间行或累日无水草，持干糒食之。取道松花江，人马行冰上竟日，危得渡。仅抵其界，卒得其要领还报，上大喜。君虽跋涉艰险，归时从奚囊倾方寸札出之，叠数十纸细行书，皆填词若诗，略记其风土方物。虽形色枯槁不自知，反遍示客，资笑乐。性雅好读书，日黎明间省毕，即骑马出，入直周庐，率至暮。虽大寒暑，还坐一榻上翻书观之，神止闲定，若无事者。诗萧闲冲淡，得唐人之旨，然喜为长短句特甚。尝言："诗家自汉魏以来，作者代起，姓氏多澌灭。填词滥觞于唐人，极盛于宋，其名家者不能以十数，吾为之易工，工而传之易久。而自南渡以后弗论也。"其于词，小令取唐五代，宗晏氏父子；长调则推周、秦及稼轩诸家。以为其章法转换、顿挫离合之妙，正与文家散行体何异，而世故薄之，何耶？故即第左葺茅为庐，常居之，自题曰"花间草堂"。视其凝思惨淡，终合天巧，真若有自得之趣者。今年五月辛巳，君将从驾出关，连促予入城。中夜酒酣，谓予曰："吾行从子究竟班马事矣，子谓我何如？"予笑曰："顷闻君论词之法，将无优为之耶？"是时，窃视君意锐甚。明日予出城，君固留，愿至晚。予不可。送予及门，曰："吾此行以八月归，当偕数子为文字之游。如某某者，不可以无与，君宜为我遍致之。"先是万寿节，上亲书唐贾《早朝》诗赐君；月余，令赋《乾清门应制》诗及译御制《松赋》，皆称旨。于是复挈予手曰："吾倘蒙恩得量移一官，可并力斯事，与公等角一日之长矣。"意郑重若不忍别者。然不幸以明日得疾，七日，遂不起。年止三十一。以君之才与志，使假之天年，古人不难到。其终于此，命也。居闲素缜密，与人交，遇意所不欲，百方请之不可得谒。及其所乐就，虽以予之狂，终日叫号慢侮于其侧，而不予怪。盖知予之失之不偶，而嫉时愤俗特甚也。然时亦以此规予，予辄愧之。君视门阀贵盛，屏远权势，所言经史绝不及时政。所接一二寒生罢吏而外，少见士大夫。事两亲，退食必在左右。遇公事必虔，不避劳苦。尝司天闲牧政，马大蕃息。侍上西苑，上仓卒有所指挥，君奋身为僚友先。上叹曰："此富贵家儿，乃能尔耶！"其感激主恩深厚，思所图报，日不去口。然视文章之士，较长挈短，放浪山水，跌宕诗酒，而无所羁束，常恨不得身与其间，一似以贪贱为可乐者。于世事如不经意，时时独处深念，则又怒然抱无穷之思。人问之，不答。以此竟死，其施不得见，其志未就也。而吾辈所区区欲为君不朽之传者，亦止于此而已。悲夫！君始病，朝廷遣医络绎，命刻时以状报。及死数日，唆龙外羌款书至。上时出关，即遣宫使就几筵哭而告之，以前奉使功也。赙恤之典，皆溢常格。呜呼！君臣之际，生死之间，其可感也已。君所辑有《词韵正略》、《全唐诗选》，著诗若干卷；有集名《侧帽》、《饮水》者，皆词也。书行楷遒丽，得晋人法。娶卢氏，继官氏。其中外世系，详载阁学所撰墓志铭及顾舍人华峰所次行述。副室以某氏。生子二人，女子一人。子长曰福哥，次某。

通议大夫一等侍卫进士纳兰君墓志铭

徐乾学　撰

呜呼,始容若之丧,而余哭恸也!今其弃余也数月矣。余每一念至,未尝不悲来填膺也。呜呼,岂直师友之情乎哉!余阅世将老矣,从我游者亦众矣,如容若之天姿之纯粹,识见之高明,学问之淹通,才力之强敏,殆未有过之者也。天不假之年,余固抱丧予之痛,而闻其丧者,识与不识,皆哀而出涕也,又何以得此于人哉!太傅公失其爱子,至今每退朝,望子舍必哭。哭已,皇皇焉如冀其复者,亦岂寻常父子之情也。至尊每为太傅劝节哀,太傅愈益悲不自胜。余间过相慰,则执余手而泣曰:惟君知我子,惠邀君言,以掩诸幽,使我子虽死犹生也。余奚忍以不文为辞。顾余之知容若,自壬子秋榜后始,迄今十三四年耳。后容若入侍中,禁廷严密,其言论梗概,有非外臣所得而知者。太傅属痛悼,未能殚述,则是余之所得而言者,其于容若之生平,又不过什之二三而已。呜呼,是重可悲也!容若姓纳兰氏,初名成德,后避东宫嫌名,改曰性德。年十七,补诸生,贡入太学。余弟立斋为祭酒,深器重之,谓余曰:司马公贤子,非常人也。明年,举顺天乡试,余忝主司,宴于京兆府,偕诸举人青袍拜堂下,举止闲雅。越三日,谒余邸舍,谈经史源委及文体正变,老师宿儒有所不及。

明年会试中式,将廷对,患寒疾。太傅曰:吾子年少,其少俟之。于是益肆力经济之学,熟读《通鉴》及古人文辞,三年而学大成。岁丙辰,应殿试,条对剀切,书法遒逸,读卷执士各官咸叹异焉。名在二甲,赐进士出身。闭门扫轨,萧然若寒素,客或诣者,辄避匿。拥书数千卷,弹琴咏诗,自娱悦而已。未几,太傅入秉钧,容若选授三等侍卫,出入扈从,服劳惟谨,上卷注异于他侍卫。久之,晋二等,寻晋一等。上之幸海子、沙河,及西山、汤泉及畿辅、五台、口外、盛京、乌刺,及登东岳,幸阙里,省江南,未尝不从。先后赐金牌、彩缎、上尊、御馔、袍帽、鞍马、弧矢、字帖、佩刀、香扇之属甚夥。是岁万寿节,上亲书唐贾至《早期》七言律赐之。月余,令赋《乾清门应制》诗,译御制《松赋》,皆称旨。于是外庭金言,上知其有文武才,非久且迁擢矣。呜呼,孰意其七日不汗死也。容若既得疾,上使中官侍卫及御医日数辈络绎至第诊治。于是上将出关避暑,命以疾增减报,日再三。疾亟,亲处方药赐之,未及进而殁。上为之震悼,中使赐奠,恤典有加焉。容若尝奉使觇唆龙诸羌,其殁后旬日,适诸羌输款,上于行在遣官使拊其几筵哭而告之,以其尝有劳于是役也。于此亦足以知上所以属任之者非一日矣。呜呼,容若之当官任职,其事可得而纪者,止于是矣。余滋以其孝友忠顺之性,殷勤固结,书所不能尽之言,言所不能传之意,虽若可仿佛其一二,而终莫能而悉也,为可惜也。容若性至孝。太傅尝偶恙,日侍左右,衣不解带,颜色黝黑。及愈乃复初。太傅及夫人加餐,辄色喜,以告所亲。友爱幼弟,弟或出,必遣亲近僮仆护之,反必往视,以为常。其在上前,进反曲折有常度。性耐劳苦,严寒执热,直庐顿次,不敢乞休沐自逸,类非绮襦纨袴者所能堪也。自幼聪敏,读书一再过即不忘。善为诗,在童子已句出惊人,久之益工,得开元、大历间丰格。尤喜为词,自唐、五代以来诸名家词皆有选本,以洪武韵改并联属,名《词韵正略》。所著《侧帽集》,后更名《饮水集》者,皆词也。好观北宋之作,不喜南渡诸家,而清新秀隽,自然超逸,海内名为词者皆归之。他论著尚多。其书法摹褚河南临本禊帖,间出入于《黄庭内景经》。当入对殿廷,数千言立就,点画落纸,无一笔非古人者。荐绅以不得上第入词馆为容若叹息。及被恩命,引而置之珥貂之行，而后知上之所以造就之者，别有在也。容若数岁即善骑射，自在环卫，益便习，发无不中。其扈跸时，雕弓书卷，错杂左右。日则校猎，夜必读书，书声与他人鼾声相和。间以意制器，多巧倕所不能。于书画评鉴最精。其料事屡中。不肯轻与人谋，谋必竭其肺腑。尝读赵松雪自写照诗有感，即绘小像，仿其衣冠。坐客或期许过当，弗应也。余谓之曰：尔何酷类王逸少！容若心独喜。所论古时人物，尝言王茂弘阑阁阑阁，心术难问；娄师德唾面自干，大无廉耻。其识见多此类。间尝与之言往圣昔贤修身立行，及于民物之大端，前代兴亡理乱所在，未尝不慨然以思。读书至古今家国之故，忧危明盛，持盈守谦，格人先正之遗戒，有动于中，未尝不形于色也。呜呼，岂非《大雅》之所谓亦世克生者耶，而竟止于斯也。夫岂徒吾党之不幸哉！君之先世有叶赫之地，自明初内附中国。讳星垦达尔汉，君始祖也。六传至讳养汲弩，君高祖考也。有子三人，第三子讳金台什，君曾祖考也。女弟为太祖高皇帝后，生太宗文皇帝。太祖高皇帝举大事，而叶赫为明外捍，数遣使谕，不听，因加兵克叶赫，金台什死焉。卒以旧恩，存其世祀。其次子即今太傅公之考，讳倪迓韩，君祖考也。君太傅之长子，母觉罗氏，一品夫人。渊源令绪，本崇积厚，发闻滋大，若不可圉。配卢氏，两广总督兵部尚书都察院右副都御史兴祖之女，赠淑人，先君卒。继室官氏，某官某之女，封淑人；男子子二人，福哥、永寿，遗腹子一人；女子子一人，皆幼。君生于顺治十一年十二月，卒于康熙二十四年五月己丑，年三十有一。君所交游皆一时俊异，于世所称落落难合者，若无锡严绳孙、顾贞观、秦松龄、宜兴陈维崧、慈溪姜宸英，尤所契厚。吴江吴兆骞久徙绝塞，君闻其才名，赎而还之。坎坷失职之士走京师，生馆死殡，于赀财无所计惜。以故，君之丧，哭之者皆出涕，为哀挽之词者数十百人，有生平未识面者。其于余绸缪笃挚，数年之中，殆日以余之休戚为休戚也，故余之痛尤深。既为诗以哭之，应太傅之命而又为之铭。其葬盖未有日也。铭曰：

天实生才，蕴崇胚胎，将象贤而奕世也，而靳与之年，谓之何哉！使功绪不显于旗常、德泽不究于黎庶，岂其有物焉为之灾。惟其所树立，亦足以不死矣，而亦又奚哀。

通议大夫一等侍卫进士纳兰君神道碑铭

韩 菼 撰

维天笃我劢相之臣,神灵和气,萃于厥家。常开哲嗣,趾美前人。自厥初才子,罔不世济。若伊之有陟,巫之有贤。媲于功宗,登于策书。后之名公卿子,发闻能益人家国者,亦往往间出。其或年之有永有不永,斯造物者之不齐。虽休光美实,显有令闻,足以自寿无穷。而存亡之系,在于有邦有家。则当吾世而尤痛我纳兰君。

君氏纳兰,讳成德,后改性德,字容若。惟君世远有代序,常据有叶赫之地。明初内附,为君始祖星恳达尔汉。六传至君高祖讳养汲努,女为高皇后,生太宗文皇帝。曾祖讳金台什,祖讳倪迓韩。父今大学士太傅公也。母觉罗氏,封一品夫人。太傅公勋高望钜,为时柱石,而庭训以义方。君胚胎前光,重休袭嘉,自少小已杰然见头角。喜读书,有堂构志,人皆曰太傅有子。年十八九,联举京兆礼部试。又三年而当丙辰廷对,劲直切劘,累累数千言,一时惊叹。今上知君材,欲引以自近,以二甲久次,选授三等侍卫,再迁至一等。盖上方励精思治,大正于群仆侍御之臣,欲罔非正人,以旦夕承弼。其惟君吉士,以重此选也。君日侍上所,所巡幸,无近远必从,从久不懈,益谨。上马驰猎,拓弓作霹雳声，无不中。或据鞍占诗，应诏立就。白金文绮、中衣佩刀、名马香扇、上尊御馔之赐相属也。

康熙二十一年秋，奉使觇唆龙羌。道险远，君间行疾抵其界，劳苦万状，卒得其要领还报。后梭龙输款，而君已殁。上时出关，遣官使拊其几筵哭而告之，重悯其劳也。君既以敬慎勤密当上意，而上益稔其有文武才，且久更明习，可属任。尝亲书唐贾至《早朝》诗赐之，又令赋《乾清门应制》诗，译御制《松赋》，上皆称善。中外咸谓君将不久于宿卫，行付以政事，以展其中之所欲施。君亦自感厉，思竭所以报者，而不幸遘病。病七日，遂不起。时上日遣中官侍卫及御医问所苦，命以其状日再三报，亲处方药赐之，未及进而绝。上震悼，遣使赐奠，恩恤有加，屡慰谕太傅公毋过悲，然上弥思之弗置也。

呜呼！君其竟死矣，而君之志未一竟也。君性至孝，未闾明人直，必之太傅夫人所问安否，归晚亦如之。燠寒之节，寝膳之宜，日候视以为常。而其志尤在于守身不辱，保家亢宗，不仅以承颜色娱口体为孝也。侍禁闼数年，进止有常度，不失尺寸。盛寒暑必自强，不敢辄乞浣沐。其从行于南海子、西苑、沙河、西山、汤泉尤数，尝西登五台，北陟医巫闾山，出关临乌喇，东南上泰岱，过阙里，度江淮，至姑苏，揽取其山川风物，以自宽广，资博闻。而上有指挥，未尝不在侧，无几微毫发过。性周防，不与外庭一事。而于往古治乱、政事沿革兴坏，民情苦乐，吏治清浊，人才风俗盛衰消长之际，能指数其所以然，而亦不敢易言之。窥其志，岂无意当世者。惟其惓惓忠爱之忱，蕴蓄其不言之积，以俟异日之见庸。为我有邦于万斯年之计，而家亦与其福也。君虽履盛处丰，抑然不自多。于世无所芬华，若戚戚于富贵，而以贫贱为可安者。身在高门广厦，常有山泽鱼鸟之思。达官贵人相接如平常，而结分义，输情愫，率单寒羁孤侘傺困郁守志不肯悦俗之士。其翕热趋和者，辄谢弗为通。或未一造门，而闻声相思，必致之乃已。以故海内风雅知名之士，乐得君为归，藉君以起者甚众。而吴江吴孝廉兆骞，以俊才久戍绝塞，君力赎以还而馆之，殁复为之完其丧，世尤高君义也。读书机速过人，辄能举其要。著诗若干卷，有开天丰格。颇好为词，盖爱作长短句，跌宕流连，以写其所难言。尝辑《全唐诗选》、《词韵正略》。而君有集名《侧帽》、《饮水》者，皆词也。工书，妙得拨镫法，临摹飞动。晚乃笃意于经史，且欲窥寻性命之学，将尽裒辑宋元以来诸儒说经之书以行世，其志盖日进而未止也。

嗟夫！君于地则亲臣，即他日之世臣也。使假之年，而充斯志也，以竟其用，譬若登高顺风，不疾声速，与夫疏逖新进之臣较其难易，夫岂可同日而语。昊天不吊，百年之乔木，其坏也忽诸。斯海内之知与不知者，无不摧伤，而余独尤为邦家致惜者也。君卒于康熙乙丑夏五月，距其生年三十有一。娶卢氏，赠淑人，两广总督尚书兴祖之女。继官氏，封淑人，某官某之女。子二，长曰福哥，次曰某。女二，俱幼。始君与余同出学士东海先生之门，君之学皆从指授。先生亟叹其才，佳其器识之远，殁而哭之恸，既为文以志其藏。而顾舍人贞观、姜征君宸英雅善君，复状而表之矣。太傅公以君之常道余不置也，属以文其隧上之碑。余方悼斯世之失君，而非徒哭吾私，其敢以荒落辞，辄论次君志之大者如此，而系之以铭。铭曰：

凤觜麟角绝世稀，渥洼箔云种权奇。家之令器邦之基，弱年文史贯珠玑。胸罗星斗翼天垂，拜献昌言白玉墀。致身端不藉门资，雀弁峨峨吉士宜。帝简厥良汝予为，周卢陛枑中矩规。郎曹窃视足不移，手挽繁弱仰月支。错杂帐帘书与诗，奉使绝徼穷羌氐。冰雪轇輵不宿驰，山川厄塞抵掌知。卒降其王若鞭笞，帝方用嘉足指麾。将试以政工允釐，岁星执戟亦暂期。阿鸿摩天竟长辞，正人元气身不訾。平生菀结何所思，要扶羲和浴咸池。明良常见唐虞时，千秋万世此志赍。埋玉黄泉当语谁，泰山毫芒一见之。琳琅金薤散为词，我今特书表其微。荒郊白烟冢离离，独君不朽征君碑。

图书在版编目（CIP）数据

人生若只如初见：纳兰词鉴赏/掌阅公版组编
著.—杭州：浙江大学出版社，2016.7
ISBN 978-7-308-15749-0

Ⅰ.①人… Ⅱ.①掌… Ⅲ.①纳兰性德（1655～
1685）—词（文学）—诗歌欣赏 Ⅳ.①I207.23

中国版本图书馆 CIP 数据核字（2016）第 079637 号

人生若只如初见：纳兰词鉴赏

掌阅公版组　编著

责任编辑	卢　川	
责任校对	杨利军　李增基	
封面设计	周　灵	
版式设计	卓义云天	
出版发行	浙江大学出版社	
	（杭州市天目山路 148 号　邮政编码 310007）	
	（网址：http://www.zjupress.com）	
排　　版	杭州林智广告有限公司	
印　　刷	浙江印刷集团有限公司	
开　　本	710mm×960mm　1/16	
印　　张	18.75	
字　　数	260 千	
版印次	2016 年 7 月第 1 版　2016 年 7 月第 1 次印刷	
书　　号	ISBN 978-7-308-15749-0	
定　　价	39.00 元	

版权所有　翻印必究　印装差错　负责调换

浙江大学出版社发行中心邮购电话：(0571) 88925591；http://zjdxcbs.tmall.com